NEON GENESIS
EVANGELION
新世紀福音戰士
ANIMA 2
原作◆カラー
山下いくと
企劃、編輯◆柏原康雄
IKUTO YAMASHITA presents
ANIMA 2
U0074653
Kadokawa Fantastic Novels

新世紀福音戰士ANIMA 2

CONTENTS

#1海嘯

■白色貳號機

箱根的NERV JPN指揮所總算是和在北海道失去聯繫的真嗣恢復通訊。但也就只有一下子，遙測傳來的超級ＥＶＡ視覺情報很混亂。

「真嗣，保持距離！」美里也只能這樣下令。

對手不是此時試圖擾亂地球的敵人，而是人類部隊。而背負著巨大漩渦雲現身的純白巨人則是——

美里盯著螢幕，拿起電話聽筒——

「摩耶，妳看到狀況了吧，妳有聽過另一架貳號機的事嗎？」

向位於整備室的伊吹科學部技術部兼任主任詢問。

帶著機翼的白色巨人是貳號機型的ＥＶＡ。ＥＶＡ貳號機是由歐盟的德國ＮＥＲＶ所建造，而以災害救助名義在北海道展開行動的聯合國軍是由歐盟軍所編成。對於因此推斷那是「另一架

貳號機」的美里，「……只論可能性的話。」摩耶回應：

「可以認為是德國ＮＥＲＶ在建造貳號機時，刻意沒有處理掉所培養的貳號機素體。」

『就像我們堆放在這裡地下的零號機脊椎那樣？』

「只要將完成體混在廢棄數量之中就行了……但妳也知道，要讓核心穩定下來比建造物體身軀困難，也就是要讓靈魂固定……」

『了解，謝啦！』☆喀嚓☆

摩耶就跟過去的律子一樣，在美里中斷對話之前把聽筒拿離耳邊，避免聽到刺耳的聲響。

「葛城司令，現在有比這件事還要至關重大的問題吧。」

摩耶探出身體，從整備室上層俯瞰Ｆ型ＥＶＡ零號機，然後叫起下層甲板的工程師。

「準備熱身——恐怕要出擊了。」

真嗣再度看向手邊控制臺上的螢幕，上頭與指揮所螢幕上顯示的影像相同。以初號機視角看到的初號機型ＥＶＡ——的那對機翼。

「以第二階段為藍本的拘束裝甲，還有才剛用於實戰的Allegorica之翼，這可不只是ＥＶＡ建造時的事，目前NERV JPN的第一級技術情報擺明已經外洩了吧。」

沐浴著從漆黑雲隙中灑落的陽光，飄浮在空中的白色ＥＶＡ顯得更加白皙耀眼。就宛如一幅畫——沒錯，就像是在美術課時以高畫質檔案播放的宗教畫。

那架貳號機型ＥＶＡ伴隨著雲層移動，從雲層之中現身——儘管看起來像是這樣，但有可能做到這種事嗎？在這之前，雷達毫無反應……

「冬二！坐在那個上頭的——是班長！」

真嗣略過報告程序，向不得不通知的友人說道。

『——那怎麼可能！』

冬二驚慌失措的答覆傳來。這也難怪吧。

「可是……」真嗣與超級ＥＶＡ共享著心臟。擴大知覺所感知到的印象，讓真嗣能夠肯定。

——那是洞木同學。

有種奇怪的感覺——熟識的溫柔之物與厭惡之物共存的形式。讓人想起貳號機、小光，還有消失在月球的明日香。

那麼這股厭惡感從何而來？——有什麼擾亂了那架白色貳號機型ＥＶＡ的和諧。

漆黑的氣息來自雙肩上的懸掛架——

「阿爾瑪洛斯鱗片！」——怦嗡！超級ＥＶＡ的心臟跳了一下。

——這跟卡特爾的０．０ＥＶＡ是相同的情況嗎？

零No.卡特爾的０・０ＥＶＡ之所以會失控，就是因為已是屍體的天使載體的能量源——ＱＲ紋章。或許是由於身為屍體的緣故，植入鱗片的天使載體追尋著超級ＥＶＡ的心跳而來。在意識到阿爾瑪洛斯鱗片(QR紋章)的存在後，超級ＥＶＡ就突然緊張起來。

——怦嗡！就連應該跟ＥＶＡ一心同體的真嗣都控制不住激烈心跳。

眼前的白色貳號機型上搭載著ＱＲ紋章。這個事實導致超級ＥＶＡ——初號機的緊張感急速轉為於攻擊衝動。真嗣壓抑著這股攻擊衝動問道：

「班長，妳被ＱＲ紋章操控了嗎！」

白色ＥＶＡ舉起十字槍的槍尖。

『正好相反……我們透過德國ＮＥＲＶ的技術，控制住了黑色巨人的量子共鳴板。』

這麼說完後，貳號機型ＥＶＡ向前揮出十字槍，就像是前進的信號。

白色巨人背後的雲層傳出轟隆聲響，是數以百計的渦輪聲，無數的飛機突破雲層出現，陸續飛越超級ＥＶＡ的上空。

「什麼，這是怎麼回事！」

超級ＥＶＡ的龐大身軀嚇得退開好幾步。真嗣無法理解眼前看到的景象，巨人就只是站在那裡茫然地看著事態發展。

「……是救災用的派遣部隊嗎？」既然帶著戰鬥機，就不可能會是救災部隊了。

他們要去哪裡？——往南飛的話，就是往本州的方向。

■預警對象

眼看著出現的軍用機愈來愈多，在形成一支大部隊後，也依舊沒有停止增加的跡象。位在第三新東京市的NERV JPN指揮所也因此騷動了起來。

「在脫離雲層前，雷達毫無反應！」

「——這個姑且不論，有事前通知嗎！」

「沒有！」

最糟糕的局面，是人類對抗未知威脅時因為內部的不和，演變成人類同時對抗人類及未知威脅，此刻這個狀況正確實發生著。揮之不去的不安迅速占據了美里的內心。

是我犯下了太多錯誤吧，為了建立讓使徒無法再度先發制人的系統，在這三年內對國內外採取了各種強硬手段……不對，我是知道會有什麼後果才做的，不是嗎——給我振作起來啊，葛城美里。

「別慌，快去統整現況報告！」美里大喝一聲。

「詢問安理會，並給我畫面上的部隊組織情報！這看起來可不像是聯合國軍先前告知的救災派遣部隊啊。」

「光從畫面上能確認的就有德、英、法、義、西等歐洲國家的混合航空聯隊，根據可辨識的機身編號研判，可能還派出了受到空軍掩護的地面部隊……！」

「多數公共媒體被強行操控！」青葉大喊後，將內容播放出來。

『各位日本國民。』那是一如真嗣所言的熟悉嗓音，令冬二大驚失色。

「——為啥啊！」

一面從雲層中派出戰力，可疑的白色巨人報上己方的身分。

『我們是根據管理福音戰士的聯合國第五〇八號決議所派遣的聯合國立即反應部隊。這架福音戰士是EVA EURO II Heurtebise，乃是聯合國軍的先遣部隊。

先前由於NERV JPN的不作為，導致歐洲圈蒙受到重大的人員傷亡。此外，目前NERV JPN還刻意強化自身權限，不受聯合國控制，已逐漸成為違反聯合國憲章理念的暴力集團。

基於以上狀況，聯合國判斷NERV JPN並無運用管理聯合國設備——福音戰士之能力，故決定接管其設施與裝備。

此次聯合國軍的行動不過是聯合國內部的部門改組。

任務目的是為了讓NERV JPN重新編製成健全的聯合國組織，並不會對日本國及日本國民造成危害，損及各位的權益。』

班長的聲音幾乎在所有的通訊頻率與即時新聞網站上毫無停頓地說完以上宣言，但她那如同喃喃自語的語調，讓冬二明顯感到不太對勁。一點精神也沒有。

『班長就像在說夢話一樣……』真嗣說道。

——砰！突然迸裂開來的聲響把眾人嚇得回頭仰望，是美里把裝滿緊急應變手冊的鋼製推車給踹倒了。

「不作為，不作為，不～作～為～個頭啦！把麻煩事全都推過來，要我們迎擊朗基努斯的也是你們，最後還給我來這一招！」

美里狠狠地環顧周遭一圈道：「把反恐警戒昇到最高等級。」

日向戰戰兢兢地問：「預警對象是？」

「人類，發動血紅狀況。」

「！……是國家間的軍事衝突指南嗎？司令是認為歐盟越過北極海攻來了嗎……不對……目前看起來就是如此吧。」日向連忙挺直背脊坐正。

「可是，發動需要那個……姑且不論日本政府，必須要先經過聯合國的認可。但對方可是經由聯合國決議出動的……」

「要是聯合國真的下達了這種指令，我們早就知道了。歐盟這是先斬後奏喲。」美里哼了一聲。

「既然對方的ＥＶＡ裝了ＱＲ紋章，就能判定為天使載體的同類。以其出現時的緊急迎擊權限出動，事後再取得認可——尤其是國內的相關人員，必須詢問他們許多事。對於目前正在南下的航空戰力，戰自（註：戰略自衛隊（J.S.S.D.F.））沒有作出反應。」

「啊……」也就是日本國允許了歐盟這次的行動。

眾人回想起三年前遭受戰自特種部隊襲擊的總部戰。

「沒錯，因為我們的組織構成薄弱，一旦讓他們侵入都市就完蛋了。注意鄰近的戰自駐紮區動向，要是他們越過火山臼，這次就要不擇手段地阻止他們——好，鈴原代理副司令，有什麼事嗎？」

冬二表情複雜地把手舉到肩膀高度。

「請允許我飛往北海道的……現……現場。」

姑且先不論是偽裝還是本人，情報部判斷方才的宣告，確認聲紋都與目前全家下落不明的第三新東京市居民，仙石原高中二年級學生的洞木光一致，此一報告剛好送到司令席的螢幕上，而瞥了一眼的美里，也不是對冬二的私人情況毫不知情。

『既沒有交往，也沒有分手，就只有後天性青梅竹馬的程度不斷提高的關係，是一種倦怠期喲～』雖然明日香曾這麼說——

「在事態平復下來的可能性出現前，所有人都禁止離開總部。選拔F型零號機的駕駛員。」

『零No.卡特爾不行。』整備室立刻傳來摩耶的答覆。

『No.珊克死亡時的思考殘響，導致她的精神失衡。」

美里嘖了一聲。「零的精神波鏡像連結明明就中斷了，卻老是只在棘手的時候恢復通訊呢——剩下小小波……希絲啊……代理副司令！」

「……是。」

「以希絲和F型零號機為中心指揮防空攔截。總之是不可能讓你去北海道的，北方因為震災亂成一團，途中也會在某處和南下的航空聯隊撞個正著，去做你現在能做到的事吧。」

「電子攻擊警報！」日向喊道。「軌道上的無人0·0EVA希絲機，接收到約十二座衛星、二十三座地面站發出的大量信號。」

「看吧！把不知道還能維持多久的衛星浪費在這種事情上——鈴原，在流量過載之前，用希絲的指令切斷她與0·0EVA的神經連結。」

冬二不接受美里的決定，不對，是沒辦法接受吧。因為小光在那裡，不知為何地搭乘著來路

不明的ＥＶＡ。他想立刻飛往北海道質問她。

但是——啪！冬二拍打自己的臉頰。

「可是，這樣我們以後也會無法連接０．０耶。」

「讓輔助ＡＩ擬態反應，要是毫無反應的話，對方說不定會放棄奪取，直接把０．０打下來吧。」

「收到。」

「鈴原，這是為了將來喲。」

「……我去叫希絲起床。」

「超級ＥＶＡ周邊出現變化。」

對方是在位於北方大地的初號機——超級ＥＶＡ——無法出手的狀態下空降了地面車輛嗎？

螢幕上出現了維持著相對速度的小光點。

「真嗣，不能被包圍！快退開！要避免交戰，盡可能地脫離現場！」

是為了壓制被從箱根引誘過來的超級ＥＶＡ，才派遣歐盟的ＥＶＡ前來的吧——但並不是要讓白色巨人直接對付超級ＥＶＡ嗎？

「要……要退到哪裡啊！」

這是個好問題。然而他是單獨站立於以雄厚軍力攻來的對手群之中，不論退往何處都無法避免交戰。真嗣的超級ＥＶＡ如今正獨自孤立在遠方。恐怕連現在使用的遙測通訊斷線也只是時間上的問題。

「青葉，想辦法維持與真嗣的遙測通訊功能。對方想擊落跟隨初號機的無人機是易如反掌，一旦我方遭受電波干擾，就無從得知超級ＥＶＡ的狀況了。」

「遵命。即使用雷射通訊，也會在收發時被發現到呢。總之我先將初號機發送的遙測雷射轉成瞬間脈衝的壓縮訊號，雖然我想衛星很快就會被鎖定了……也得想想其他辦法。」

■縮小的陷阱

並非所有飛機都朝南方飛離。

戰鬥機在飛離時，在超級ＥＶＡ周圍撒下某種東西，而這些帶狀散布的燃料空氣炸彈將崎嶇的地面整平，伸出低壓輪胎的大型運輸機就在揚起的沙塵散去後，以如同墜落般的速度降落。

運輸機還沒停好，機上就陸續衝出戰鬥車輛以及裝設著板狀天線的大型多輪裝甲車。

「咦！」這些車輛開始圍繞著初號機行駛。

而且沒有靠近如今稱為絕對領域圈內的距離。彷彿蜈蚣般連成一排，輪胎濺起土壤，維持著若即若離的距離繞行著。

真嗣用視線追逐著車輛——不知道該如何是好。

——就在這時。「怎麼了！」EVA EURO II的Allegorica之翼發光了。

霎時間，搞不懂發生了什麼事。

突然喪失著陸感後，超級ＥＶＡ就跌倒了——EVA EURO II就在這時刺出巨大長槍。

「什麼！」儘管勉強迴避這一擊，但真嗣卻感受到以人形覆蓋住超級ＥＶＡ的絕對領域傳來的刺燙感。「擋不住的，會被貫穿！」

他們做了什麼？是用Allegorica之翼對我發出重力變化嗎？這怎麼可能。

是因為大幅縮減了信號頻寬吧，耳邊響起美里沙沙作響的聲音。

『真嗣，快脫離車輛的包圍！那是將你困住的手段！快……』

與NERV JPN指揮所的通訊連結中斷了。

「美里小姐！」

真嗣——超級ＥＶＡ從地上起身。

「這種程度的包圍一下就能跳過去了，先跨出一步……」

然而就在他起步前，EVA EURO II的Allegorica再度閃爍。就在他感覺光線似乎繞開了的同時，超級ＥＶＡ就起跳失敗，跨出去的腳深深劃過地面，再度跌落。長槍這次是橫向往上揮，斬斷了右肩的懸掛架。

EVA EURO II已降落地面，來到趴伏在地的超級ＥＶＡ面前。

人型的動作是以腰部為基準，靠著雙腿支撐腰部，維持包含上半身在內的一切平衡。被認為能讓一切化為可能的究極機體，只是被牽制住雙腿，就只能束手無策的摔得滿身是土。

混亂到最後，超級ＥＶＡ讓碰觸到的物體停止運動，但這充其量也只是讓地面結凍。在無法爬起來的不斷掙扎之下，視野變得愈來愈狹隘，真嗣目前正處於危險狀態。

■希絲出擊

箱根山位於箱根山火山臼的中央地帶，如果將整個火山臼視為一個鐘面，蘆之湖就位在七點到十點鐘方向，而第三新東京市與NERV JPN總部則是位在十點到十一點鐘方向。

在箱根山群的眾多山岳之中，NERV JPN在駒岳山頂上設置了各種天線基地臺、自動防空設施，還有圍繞著重重裝甲的F型ＥＶＡ零號機專用射擊哨。

因一隻腳為義肢而不適合行走的F型零號機，會搭載在升降平臺上，從地下通道上升到射擊哨。擔任駕駛員的小不點綾波零No.希絲，在裝滿插入栓的LCL裡一面吐著泡泡，一面檢查跟零號機右手合併的長管槍「天使脊柱」，確認並排在上頭相當於「脊椎骨」的重粒子加速器槍管校正沒有偏差，在容許範圍內。

「OK。」

目前眾綾波之間的精神波鏡像連結被阻絕，綾波們開始出現自己的個性，但統合綾波們的零No.特洛瓦的個性表現卻很薄弱。所以她的F型零號機也依舊保持純淨，更換駕駛員時就只需要進行調整私家車座椅程度的操作，把插入拴座椅換成No.希絲的七歲小孩專用的小型座椅後，就能直接出擊。

希絲在收到目標進入軌道的資料後，隨即開始射擊。飛越超級EVA的航空聯隊還在地平線的另一端，雖然只要有目標的位置情報，這也不是無法攻擊的距離，但還是太遠了。所以這是要以彈道路徑狙擊從上空飛來的飛行體。

據推測，該物體是尚未散開的集束炸彈。

如果目的是要接管設備的話，應該不會使用鑽地型N²彈，但說不定會使用空炸型N²彈，或者預測到NERV地下設施屬於半懸浮的減震結構而使用極低頻炸彈。

就算無法藉由攻擊引爆，也能靠質量的變化改變飛行體的軌道，但在這個時代，就連砲彈也能在飛行中操控姿態。

每次攻擊都會增加碎片，而本來要從目標資料中去除的碎片裡，就算混著「之後才改變軌道飛來的真正攻擊」也無從辨識，所以沒辦法排除碎片的資料，導致警戒對象變得愈來愈多。

在代示碎片的圓點斜上方，標示著編號、分布範圍、大小的註解也隨之增加。而在飛行體下方的第三新東京市，則是已經封閉了通往都市區域的所有路徑，展開了要塞大樓群。

■不停的圓舞

超級ＥＶＡ不斷遭到毫不留情的攻擊。

一旦想起身，軸心腳的著地感就會突然消失，使之倒地，然後EVA EURO II的長槍就會刺來，重複著這個循環。而混在周圍繞行的裝甲車之中的戰鬥車輛，還有在上空盤旋的武裝直昇機也進行著射擊。被理當能夠承受的傳統武器擊中，外部裝甲卻開始出現損傷。這是因為即使超級ＥＶＡ以自身形狀展開了絕對領域，強度卻減弱了。

「班長，別打了！快醒過來。」真嗣的意識開始模糊。

『碇同學，你這話還真奇怪，現在的班長是你吧。』

「！」這是事實。在高中二年級的班上，真嗣是班長，小光是副班長。

「可是，我又不常待在學校……」

小光彷彿夢囈般的意識再度遠離。

為什麼像我這樣的人會被選上班長啊……

——你在這個世界表現得太好了，所以補完計畫的中心也肯定會是她吧，因為你不適合擔任人類的代表……在下一個世界，你將會被迫陷入孤獨吧——

即使如此，我也——薰的聲音傳來。

NERV JPN現在擁有三座MAGI型AI，其中一座正在抵禦集中而來的網路攻擊，試圖分析攻擊的傾向。

箱根近郊的戰自駐地雖然沒有動作，但可以確定他們似乎不是NERV JPN的夥伴，向他們詢問狀況只會聽到「由於受到大規模網路攻擊，目前已關閉了所有線路」的語音不斷重播，北方的基地上空也設置了廣範圍的電波干擾。

「這樣與其說是要讓來自北方的客人混亂，倒不如說是要遮蔽我們的視線，讓客人好好躲起來呢。」

儘管第三新東京市朝超級ＥＶＡ發射了好幾次導引武器與無人偵察機，但全都在途中遭攔截迎擊，毫無斬獲，就算不是冬二，也還是令美里心急如焚，想飛到現場去的心情愈來愈強烈。

這時，為了取得EVA EUROⅡ的初次遭遇分析而前往研究室的日向，帶著摩耶一同回到了指揮所。在一臉煩躁的美里瞪視之下，誠顯得畏畏縮縮的。

「有……有頭緒了。」

「所以，那是什麼？」

摩耶將自己終端機上的靜止畫面投影在美里的螢幕上解說著。

「在周圍展開的裝甲車輛上所搭載的設備——我認為是量子波動鏡。」

咦？我好像在哪裡聽過這個名字。對著一臉納悶的美里，日向說道：

「總之就是超級ＥＶＡ的胸部結構。」

「！這是什麼意思？」

「顯示畫面。」摩耶說道。「時空騷亂從失控的S^2機關所鑿開的多元宇宙缺口流入後，被初號機以量子波動鏡加以反射，控制為『心跳』的形式。」

畫面上多出ＣＧ簡圖。讓美里也能看出EVA EUROⅡ發出的力在周圍的車輛之間不斷反彈。

「所以那些車輛是在將EVA EUROⅡ用Allegorica之翼發出的局部重力源的反響，進行反向增幅

呢。」

「而且經由波動鏡車輛之間的泵作用——增幅，這就像是在遠處製造了重力透鏡。」

「於是被裝甲車圍繞的那個地點，就形成了有如超級ＥＶＡ胸腔內壁一樣的空間，讓偏重力的反響能毫不消散的反彈，但這會是如此巨大的力量嗎？」

「力量不用很大。如果是在動作途中，或是動作完畢之後，ＥＶＡ是不會因為些許的影響而失去平衡，不過要是針對動作的瞬間……ＥＶＡ雖然巨大強悍，但這是以人型為基礎的缺點，所以只要是人都無法倖免的。」

美里嘆了口氣。

「雖然怎樣都無所謂，但對方新武器的把戲全都來自我方的技術，這點還真是讓人非常火大呢。要是能平安度過這場騷動的話，就讓情報部全員出動調查吧。」

在氣氛變得相當陰沉的指揮所中。

響起青葉莫名開朗的自言自語：「很好♪行得通喔～」

操作員和美里全都轉頭看著他。受到眾人矚目，青葉露出一臉「糟糕」的表情。

「啊，不好意思……請看主螢幕。」

當螢幕上再度顯示出北方戰場時，指揮所頓時一片譁然。

儘管樣子很悽慘，不過超級ＥＶＡ還在運作。

「哇！這是哪裡的畫面？咦？視點位置是不是反過來啦。」

是遭到通訊干擾而中斷的超級ＥＶＡ與EVA EUROII的對峙畫面。雖然解析度有點低——美里看向顯示時間——但似乎是即時畫面，儘管仍明顯處於劣勢之中——

——太好了，他還活著。

「沒錯，是在這次侵略之前來到北海道的聯合國軍UNT 3Th——聯合國信仰衝突調停第三旅的觀測攝影機的畫面。」

美里腦中浮現那個令人不爽的部隊代表的長相。

「帶頭的果然是那群傢伙嗎！」

「是先遣部隊呢。」

「這個影像是在經過複雜的加密之後發送出去的，儘管不知道總共傳送到哪些地方去了，但當中有兩處是我們自己人。分別是通稱新市谷的第二東京，還有總理官邸的地下危機管理中心，由於新市谷那邊比較難下手，所以我就從總理官邸那邊稍微動了點手腳～」

政府打從一開始就掌握了這個事態。

「沒辦法從這裡呼叫真嗣吧。」

對於美里的詢問，青葉隨口答道：

「可以喲，用雙向線路，但可能會被立刻遮斷，所以就只限一次。」

＃2最後的 SEELE

■反抗

EVA EURO II巧妙運用著機翼的力場，幾乎沒有踩在柔軟土壤上地接近，刺出手中的十字槍；相對地，不斷遭受妨礙，完全無法起身的超級ＥＶＡ，只能滿身泥濘的趴在地上躲避攻擊。

——鏗！超級ＥＶＡ的裝甲被再度扯下。

絕對領域界線會變得薄弱，就表示真嗣的精神層面正逐漸被逼到極限。一站起來就被擊倒。這就有如一種拷問，只能在地上痛苦打滾，無法掙脫泥巴此一平面的感受迫使他身心俱疲，在不知不覺中奪走他正向思考的能力。

真嗣也嘗試過就這樣倒在地上用手撥開周圍的裝甲車輛，直接脫離包圍，但手臂卻不夠長，裝甲車輛只需要轉個彎改變路徑，就能將超級ＥＶＡ永遠囚禁在車輛的繞行之中。

就算假設有帶電磁步槍之類的武器過來，也很難打中在身邊繞行的車輛。低階的自動槍塔能輕易辦到的事，ＥＶＡ卻難以做到。

就算以超乎常識的反應速度發揮的力量再強大，ＥＶＡ也過度依賴個人的思考。也就是不同於自動處理系統，沒辦法分散注意力。最主要的，還是現在EVA EUROⅡ就待在身旁，大部分的集中力都放在這邊了。

還有武器，ＥＶＡ的武器全都著重於放在壓倒性的貫穿力上，基本上沒有能進行面壓制的武器。這是因為攻擊對象全都像使徒這樣，有著巨大無比的容積，並帶有非常難以貫穿的護盾，可說是只和這種敵人交戰的狀況所導致的結果。

「——可惡，不過就是地面車輛……！」

一旦想要站起，就會被那股無形的力量拉倒。最主要的，還是目前真嗣需要自己以外的視角，正是因為沒有觀測者，只靠他自己的視角無從發現EVA EUROⅡ的機翼——Allegorica組件產生的重力變化會經由周圍裝甲車上的量子波動鏡反射，每當超級ＥＶＡ想要站起時，就在他腳邊製造小型的重力扭曲。他——超級ＥＶＡ早已手無寸鐵，因為他把高振動粒子刀投擲出去，試圖突破包圍——當然，這是不可能辦到的事，所以他沒有擊中任何車輛——當在飛塵中失去粒子刀下落時，就連垂死掙扎地不斷閃避EVA EUROⅡ刺來的長槍，也已經到極限了。

就在這時，啵♪的響起一聲警報，同時開啟了通訊視窗。

『真嗣！』ＬＣＬ裡突然迴盪起聲音。「！——冬二？」

『快把睡昏頭的小光打醒！』

是以近距離雷射通訊發送未經加密編碼的聲音訊號。發訊源是聯合國信仰衝突調停第三旅[UBTTh]。這是為了與沒想到會成為敵人的該部隊在當地聯絡，所設定的通訊協定，但剛剛的聲音是——

「為什麼是用對面的通訊網路？」還來不及提問，冬二就滔滔不絕地說道：

『用霹靂舞或鞍馬的要領試試，爬不起來就算了，在被推倒之前試著改變支點！延長攻擊範圍……』

發訊突然中斷，訊號消失，通訊視窗關閉。

即使在NERV JPN與超級ＥＶＡ的通訊被遮斷的狀況下，很難駭入歐盟軍的通訊網路，但不出所料的，如果是從正在收看戰況轉播的日本總理官邸這邊著手，就有辦法駭入，青葉方才的提案就跟他預告的一樣，立刻就被遮斷了。但這與其說是作戰，倒不如說幾乎都是……

「這是怎樣，搞笑嗎？」

雖然沒看過鴿子被玩具槍打中時的表情，但目前真嗣大概就是這種表情吧。就在這時，真嗣愈來愈狹隘的視野頓時豁然開朗。

「……對了，要叫醒班長。」

最主要的是，藉由給予目的，讓超級ＥＶＡ畏縮的身體也突然激烈動起。

箱根的NERV JPN指揮所再度失去現場的影像，螢幕變得一片漆黑，顯示著「沒有訊號」的提示。

「你在搞什麼啊！」青葉與日向同時轉頭看向冬二。

「就說會被立刻遮斷了吧，代理副司令！」

「怎麼能不說對方武器系統的事呢！代理副司令！」

「抱……抱歉。」

一如摩耶的判斷，歐盟的裝甲車輛搭載著量子波動鏡，乍看之下是毫無規律地繞行，但其實是靠著減震器與平衡環架，讓五輛車維持著縝密的陣型——在地上打滾的超級ＥＶＡ放棄起身。

「他放棄了嗎？」在看到超級ＥＶＡ固定住上半身後，下一瞬間就從他背後的陰影之中跑出某種物體，就像是時鐘的指針一樣在地上高速旋轉……是超級ＥＶＡ的腳，以與繞行車輛反方向旋轉的腳超出原本估算的運動半徑，輕易地踢中了一輛車。

「洞木副班長！」真嗣總算是用正確的職稱呼叫小光了。

他就這樣用腳踢開EVA EUROⅡ刺來的長槍槍柄，之後抓住彈到空中的長槍並站起來的則是超級ＥＶＡ。

『——碇……同學？』小光的聲音聽起來就像是剛睡醒一樣。

真嗣瞪著染黑白皙貳號機肩膀的鱗片大喊。

「全是裝著這東西害的！」

真嗣不知道那個黑色巨人的阿爾瑪洛斯鱗片（QR紋章）為什麼會出現在EVA EUROII的雙肩上——但他見過被植入這種東西後，不幸淪為逃亡者的零No.卡特爾。也不認為小光的反應很正常——既然如此！

他不讓EVA EUROII有機會飛離，在用搶來的長槍深深刺進EUROII的右肩根部後，超級EVA就以左手抓住對方的右手，就這樣連同手臂一起扯掉肩膀上的QR紋章。

這雖是可能會導致休克的粗暴療法，但反饋的痛楚說不定能讓小光恍惚的意識清醒過來。

然而，真嗣所感受到的小光意識狀態卻跟他預想的不同。如果真嗣是知道黑膠唱片的世代，說不定會形容這就像是唱片在同一個段落不斷跳針。再三反覆的影像，有什麼化為鹽柱的畫面在不斷重播，這是無止盡的恐怖。

「這是……什麼……」

失去右肩QR紋章的EVA EUROII，形態從右側開始崩潰。不過左肩QR紋章亮起，讓形態從崩潰之中突然恢復過來。

「是靠著QR紋章維持形狀嗎？就跟天使載體一樣？」

這到底是怎麼回事——載體是利用量產型ＥＶＡ的屍體……

——難不成這架ＥＶＡ沒有核心！

即使失去右手，白色貳號機型ＥＶＡ也毫不退縮，用剩下的左手抽出腰間的劍砍來。

「沒有痛覺嗎！剛才的影像是什麼……！」

真嗣並不知道小光的姊姊在歐洲被朗基努斯的光芒照射而化為鹽柱崩潰一事。他感覺是那奇怪的影像，遮蔽住了小光處在恍惚狀態下的意識。

——卡特爾因為直接接觸到ＱＲ紋章而遭到精神汙染；而這是洞木同學與ＱＲ紋章之間介入某種東西，是替身插入拴系統的一種嗎！

後退閃避開EVA EUROⅡ劍擊的真嗣，注意到剩下的裝甲車輛組成了新的陣型。

「又想放倒我嗎！」

正當他這麼想時，周遭開始響起有如大軍過境的轟鳴聲。

——怦嗡！咦——真嗣感到驚訝。「這個聲音難道是！」

這是超級ＥＶＡ心跳聲的翻版。

EVA EUROⅡ藉由讓Allegorica之翼的重力變化與裝甲車輛的量子波動鏡共鳴，模擬出超級ＥＶＡ的心跳，也就是時空間轟鳴在回響時造成的背景波動。

——怦嗡！「你們這是想做什麼。」

當這個偽造的轟鳴聲蓋過超級ＥＶＡ的心跳聲分貝量時，超級ＥＶＡ手中扯下來的ＥＶＡ EURO II手臂，突然朝著原本的身體伸長過去。

「嗚哇！」真嗣嚇得把手拋開。

至今在與天使載體的戰鬥中，ＱＲ紋章一旦遭到破壞或是脫離軀體，就會忽然消失無蹤，本來這次也會是如此。

然而，貳號機與歐盟軍所發出的模擬心跳，卻在ＱＲ紋章消失之前讓它回到軀體上。利用紋章會追求超級ＥＶＡ心跳的特性。

被拋開的手臂就像有著自我意識似的用手掌拍打著地面彈起，EVA EURO II在用左手接住右手後——就將右手壓在被扯斷的肩膀上。

「原來如此……！就是這樣把紋章呼喚過去！把天使載體裝進沒有核心的軀體裡。」

ＱＲ紋章連同右手一起與原本的軀體結合後，類生體部件就在轉眼間修復再生，讓被扯斷的手臂恢復了。這或許也如同建造EVA EURO II的德國ＮＥＲＶ技術陣容的意圖。

人類的想像力無窮。就算是認為絕無可能，別無他法的事情，一旦察覺其他跡象，就算那是對自己族類的威脅，也會加以利用，開闢出新的道路。

真嗣顫抖起來——怦嗡！

但這是藉由以毒攻毒所登上的舞臺，難道不會連人類都因此化為毒物嗎？不會引來其他出乎意料的災難嗎？

置身在EVA EURO II發出的模擬心跳聲之中，超級ＥＶＡ的心跳聲隨著真嗣激動的情緒增大，而就在這時，真嗣猛然感到一股強烈的惡寒。「——！」

感受到全身的寒毛倒豎。超級ＥＶＡ立刻做出反應，蹬著伸出無數白色手臂的大地向後跳開一大步——有什麼伸出來了！

真嗣看到剛剛應該還踩踏著的大地變成一個黑洞，從中伸出無數的白色手臂騷動著。全是天使載體的手臂。在邊緣伸出無數手臂的空洞裡，有著不可思議的景象。那是遺跡嗎？他在伸出手臂的另一端，瞬間看到了一座彷彿玻璃工藝品的結構物，而兩輛行駛在洞上的量子波動鏡裝甲車倏地消失在洞裡。

似乎是引來了某種出乎意料的事態。

EVA EURO II在空中開始後退。小光也看到了吧。

■黑雲

飛越EVA EURO II所製造的雲層南進的聯合國立即反應部隊，越過津輕海峽抵達本州上空。從他們的位置，能看到極光自西方天際不斷往歐洲方向延伸。自從朗基努斯之槍開始繞行地球後，在極區以外的地區觀測到極光也不再罕見，當朗基努斯界面化為鏡面開始聚焦陽光燃燒大氣後，高層的電磁場就受到干擾，讓世界各地都降下了七彩的電漿帷幕。

「這樣的話，就算不靠這個國家的人進行ＥＣＭ（電子反制），自然界的電場騷動也會藏匿起我們的行蹤吧。」

機上乘載著空降部隊的運輸機組員，在檢查自己機上的電磁遮蔽等級時，毫無例外地都如此揣想。

「是個很好的開始。」

其實這次的發展，對大舉襲向NERV JPN的歐盟各國空降旅而言，也是非常倉促的決定。

NERV JPN實質上獨占並強權性運用福音戰士的現狀，不僅是歐盟，就連各國也覺得很不痛快。於是在美國的ＥＶＡ開發受挫後，歐洲就以強烈認定貳號機遭到NERV JPN侵占，掌控著德國

ＮＥＲＶ的德國為中心，計畫著奪回ＥＶＡ的運用權限。而機會就在這時候到來，不對，應該說是被製造出來了。聯合國命令NERV JPN進行月球探測的任務，讓運行時間與信賴度最高的ＥＶＡ貳號機，以及降落地表偵查的０．０ＥＶＡ珊克機這兩架ＥＶＡ離開了NERV JPN。而迎擊朗基努斯所造成的二度災害，讓歐洲各國上百萬人化為鹽柱，讓他們實際上也確實需要取得能夠壓制輿論的成果。

然而，堪察加半島發生的局部性巨大震災，讓原本預定要協同作戰並提供前進基地的俄羅斯突然拒絕參加。同時情報也因為災害亂成一團，正當眾人認為作戰可能會延期，為了補給與偵察而派出先遣部隊時，超級ＥＶＡ卻意外出現在原定將作為橋頭堡的北海道北端。是作戰情資外洩了嗎？不對，要是純屬偶然的話，NERV JPN所在的箱根山火山臼，防備應該會變得更加薄弱。這些情報與個人的判斷錯綜複雜。儘管如此，但要是在平時發生的話，就有辦法應付這種局面吧，但是在連朗基努斯界面都化為鏡面，開始聚焦陽光燃燒地球各地的災害之中，當部分人員因為情報混亂而誤以為作戰開始而出動時，他們就只能聚集起來，揮出已經舉起的拳頭了。

不對，儘管是因為混亂而出動，但如今一切都是照著時刻表在進行。超級ＥＶＡ受到EVA EURO II壓制，是預期以上的成果。

在以電波干擾箱根山火山臼發射的導引武器，並擊墜非導引武器後，混合航空聯隊就採取低空飛行避開Ｆ型零號機的超長距離狙擊，從聳立在西側的日本最大的盾牌——富士山背後一口氣逼近，突襲第三新東京市的NERV JPN。

「這是什麼？」歐盟各國的駕駛員就在這時遭遇到不可思議的氣象。就像是用縮時攝影機拍攝的影像，從西方以非現實的速度展開了一面漆黑雲層。

儘管他們為了隱藏自身蹤跡攻打NERV JPN而置身於安排好的電波風暴之中，讓氣象雷達無法發揮功用，但應該有在事前確實掌握這附近一帶的天候。

由於聲納、雷達、光學雷達、紅外線鎖定等所有主動探測器的宿命，就等同於在黑暗中打開手電筒找人，被找的那方會率先注意到對方發出的光芒。因此作戰中的軍用機，不會在飛行時進行任何探測，只會在必要時從射程外的空中預警機雷達那邊接收情報，而且不會回訊答謝。沒理由特意暴露自己的位置讓敵方知道。

關於那雲層的動向，日本海上的預警機沒有發出任何警訊——下次的定時聯絡是……

就在機體叮叮咚咚響起撞到東西的聲響後，下一瞬間，周遭就宛如下起暴雨般發出嘩啦巨響，運輸機闖進了從正下方升起的漆黑雲層之中。座艙罩就像被塗抹上了什麼似的，讓他們瞬間失去了視野。那些撞爛的物體是蟲嗎？

是規模驚人的蝗蟲群。

歐盟混合航空聯隊還來不及避開，就飛進了範圍廣大的蝗蟲群之中。蝗蟲群就像是不具質量的液體般，任意地變換形狀運動著。目睹聯合國軍機的前導集團遭到蝗蟲群吞沒，後續部隊隨即解除通訊管制。然而，他們卻無法立即連絡上日本方，周遭一帶持續受到電波干擾。儘管想改變航道，能改變的幅度卻受限於集團行動，可能脫離的方向也已經滿布漆黑蟲雲。

有幾支太陽能無人機隊伍成功提升高度，而跟隨這批先導機移動的部隊雖然從上方突破了蝗蟲群，但大部分的航空聯隊還是遭到宛如群體生物般的黑雲吞沒。

在第二次衝擊之後，比起效能，軍用機更重視耐久性，設計成就算遭遇到一兩次鳥擊狀況也還能繼續飛行，只是吸進蟲子，理應不會有任何影響，但密度異常的蝗蟲卻漸漸奪走引擎的輸出，等注意到時已經無法提高動力，讓軍機接二連三地降低高度。理應會被風速吹開的蝗蟲倚仗著龐大數量，厚厚地覆蓋在機體上，導致雨刷動彈不得，而主動感測器受到電磁風暴干擾，光學雷達與靜態感測器因為塞滿蝗蟲而故障，各式各樣的誤報使導航系統失常。在沾滿蝗蟲而什麼都看不見的駕駛艙裡，機組人員正想方設法地改變機體位置，但方向舵早已無法動彈。屬於歐洲空降旅精銳部隊的高科技翅膀，就這麼在光也照不透的蟲雲之中淪為碳鋁製的棺材，而試圖讓乘載人員逃離——毅然進行空投的機體，則是瞬間就被蝗蟲湧入而增加了負重，人員一開啟降落傘，傘面就接二連三被蝗蟲啃噬得千瘡百孔，各式各樣的物品與人員被氣壓吸到空中，然後依循重力法則回歸大地。

至於提升了高度而勉強存活下來的歐盟軍機，則是遭到從NERV JPN千里迢迢飛來的HARM（高速反輻射飛彈）散布的鎢彈雨給打成蜂窩，或是被自動導引武器擊潰引擎，但即便如此也還是有三分之一的航空隊成功改變航道，開始提升到比來程時還要高的高度上。即使他們事前也已準備好逃往西方的計畫，但蟲雲就是從那個方向過來的，而且在拖曳著極光的電磁風暴之中，也沒有辦法與中國取得連繫。

無視於他們想做什麼，或是什麼也沒做。完全不顧人類的狀態，失常的自然粗暴地掃過。事後讓他們感到不愉快的是，來程時任由他們穿越的幾座戰自防空陣地，在他們回程時隆隆開砲，再度折斷了幾對殘敗的翅膀。

當通稱為新市谷的第二新東京市一改前態，亡羊補牢似的向第三新東京市的NERV JPN發送超級ＥＶＡ還健在的影像情報時，早已是ＥＭＣ與衛星通訊障礙解除，真嗣經由民間電力公司通報EVA EURO II朝北方天空飛離之後的事了。這時NERV JPN還無法正確得知覆蓋住日本東北，並維持數日之久的蝗蟲災情，也難以判斷歐盟空軍放棄侵略的理由。

「這到底是怎樣啊……」

「大概結束了吧。」

「這件事要怎樣用政治解決啊？」

美里疲憊地咯咯笑了幾聲。「……誰知道到底會怎樣呢？」

歐盟這次襲擊所打的主意，是要接管NERV JPN設施與地下的時間停滯球，還有NERV JPN現有的所有福音戰士，然而這個名義為國家任務，卻在既非人類也並非ＥＶＡ的壓倒性力量之前功虧一簣。事後證明承認此項作戰的歐盟議會也已決議「放棄」，這整件事情，就只是徒然讓問題變得更加複雜……

「司令，在跟歐盟協商時……也請讓我同行。」

然而，人們只能不停地去尋求解答。

「ＯＫ，到時就麻煩你了，代理副司令。」

■月夜再臨

漫山遍野的濃密蝗蟲群，不僅阻止歐盟的侵略，還對本州的北半側帶來重大損害。而且對農作物與植物造成危害，還幾乎癱瘓了所有交通方式與能源基礎建設。失去視野的車輛無法行駛，供電線路即使未遭啃咬，暴露在蝗蟲群之下的變電設施也會短路、漏電，因此產生的高次諧波更是造成連鎖性的災害。之後蝗蟲群也到處肆虐，在耗費數日將山野啃食殆盡後便順風飛往太平洋，並在海上遭到宇宙規模的凹面鏡——朗基努斯鏡所聚焦的陽光照射。由於高溫導致高層大氣的電磁場紊亂，讓太平洋上空閃爍著好幾道極光，周遭充斥著七彩光芒，而蝗蟲群就在這盞巨大聚光燈的照射之下燃燒殆盡。

在漆黑蟲雲之中盤旋的蝗蟲群形成好幾道巨大黑柱，朝著燃燒自己的光芒不斷攀升……

就像是配合著時機，原本遮住月亮的朗基努斯鏡因為反射率衰減，讓原本的月亮回到夜空之中。

在這數日間反射陽光，四處聚焦燃燒地球的鏡面化的朗基努斯界面，就像是將明日香的貳號機與一架0・0EVA丟上界面所掀起的漣漪，眼看著逐漸平息。

然後，人們再度看到了月亮。

在原因不明的地殼內物質消失現象持續發生，地球直徑收縮的過程中，觀測到從大陸整體逐漸朝北傾斜下沉的印度周邊，到亞洲以及鄰接西太平洋群島的海面上漲的異常潮位。而日本的關東以南沿岸也遭到大潮侵襲等，過度的世界規模災害持續發生，儘管如此，不對，應該說正因為如此，人們才會高興曾在夜空中自然存在的物體回來了。

那是永恆不變的月亮，至少人們認為那是原本的月亮。

■來自遠方

加持良治與相田劍介，還有NERV JPN情報部的一個團隊，目前正在遠離日本的地中海東端的賽普勒斯。

他們追尋著SEELE的足跡來到此處。

人類補完計畫失敗了，即使認為這是件好事，但基於目前的狀況，為了得知補完計畫究竟有什麼目的，黑色巨人阿爾瑪洛斯透過綾波轉達的話語又是什麼意思，兩人追尋著戴著遮光器的老人們所知的情報痕跡。因為光靠死海文書，已經難以拼湊出真相了。

這次是搜索古老教堂的地下室。賽普勒斯至今仍是紛爭不斷，南北雙方陣營互相主張著所有權，聯合國的停戰線不斷或南或北地跳著恰恰。這座教堂所在的小村莊，據說直到幾天前也尚有人煙。

「這很明顯是在趁火打劫呢。」

根據劍介從混亂的歐盟圈帶回的情報指出，這裡可能是SEELE其中一座根據地。

根據地？他們是哪來的邪惡組織嗎……加持感到有點好笑。

這裡距離傳說中與馬爾他騎士團有關的教堂意外地接近，難道他們不是反過來利用傳說，將那座教堂作為幌子，藉此隱藏位於此處的真正據點嗎？就目前的狀態來看，會是這種感覺吧。

不知道是革命軍還是政府軍，這裡似乎被當成彈藥庫使用，地下室裡到處堆放著生鏽的彈藥，就這樣置之不理。他們正在調查被這些彈藥堆擋住的一面牆壁。

「對面有空洞。」

「喂喂喂，你膽子還真大呢！就沒想過會有未爆彈被你的超音波掃描器引爆嗎？」

劍介笑得不可一世。

「加持先生，這說不定是我們發現聖遺物……不對，是被當成聖遺物的某物的瞬間喲。」

那面牆是一道密門，他們設法撬了開來。還以為裡頭會是一片漆黑，但不知道是地上的石雕，還是地面的哪裡隱藏著照明設備，朝著石桌射出一道光芒。

石桌上擺放著——不會吧……

「是基爾議長的遮光器。」加持環顧四周，確認有無設下詭雷陷阱。

「姑且不論這裡是不是他們的根據地，但至少有來過的可能性呢。」

是誰棄置在這裡，或是歸還回來的嗎？總之這肯定是某種線索。

呼……加持吁了口氣。「就認真一點搜索吧。」

他們在那之後找了五個多小時，但並未發現遮光器以外的線索。劍介無可奈何地掃瞄起遮光器，加持則是叩叩地敲著牆壁。

「這東西好像是情報終端機，但很奇怪。」

「哪裡怪。」

「找不到記憶體和收發訊機，另外也沒有供應電源的部分，就只有輸出的部分。」

「是要接上什麼裝置使用的吧。」

「也找不到連接孔和天線耶？」

「那就是靠電場之類的……」

「加持先生，你快看……！」

劍介指著石桌上的遮光器，只見遮光器就像投影畫面一樣的晃動著，變得模糊不清，彷彿即將消失一般。

「怎麼可能！」

加持伸手拿起遮光器。確實是握住了！但握住的遮光器依舊要消失似的忽隱忽現。手中的遮光器正要消失。要說到在它消失之前能做什麼的話——

劍介也注意到了這件事。

「加持先生，請讓我試看看。」

「就算你這麼說，但這可不是正常的東西喔。」
「我想知道一切的真相！」
加持看著劍介認真的眼神。能找到這裡，歸功於劍介取得的情報。
他是怎麼弄到如此機密的情報的？在通訊中斷之前，NERV JPN通知日本那邊出現了擁有酷似Allegorica之翼的白色貳號機型ＥＶＡ。
考慮到建造貳號機的是德國ＮＥＲＶ，以及劍介取得的情報，雖然NERV JPN沒有直接對這一帶派遣調查團的紀錄，但在ＮＥＲＶ分裂之前，有經由各地分部積極調查疑似聖遺物痕跡的各類遺跡。負責調查這一帶的是歐洲的……
原來如此，加持在腦中想通了一切。
——他和歐盟……做了交易吧——
這個遮光器，恐怕是用貳號機的Allegorica技術情報換來的吧。
——他跨越底線了呢——
對相田劍介這名未被ＥＶＡ選上的年輕人來說，這想必是相當划算的交易吧。他拋棄至今一切的人際關係、親朋好友與歸宿加入情報部，並以驚人的活動力達成所有合法與非合法的任務。
讓他待在自己身旁是個錯誤吧——加持心想。雖是基層人員，卻會在關鍵時刻擅自做出重要的判斷，這種壞習慣可是加持的拿手好戲。不是出自於惡意，也絕非善意，這對他來說就只是一場牌局吧。甚至會對完成的牌局感到沾沾自喜，不是嗎？加持彷彿看到過去的自己站在眼前。然而這麼做的代價卻是……

「啊。」劍介喊道。

加持隨手戴上了遮光器。光線、聲音，不對……某種超越五感，難以言喻的情報洪流灌入腦中。在情報的沖刷之下，自我逐漸消失。

這是什麼。是怎樣的技術啊？

立刻就得到了所尋求的解答。

——這是即使跨越時光輪迴也不會消失，將過去的記憶傳承下去，以避免在重新開始時犯下相同錯誤的機制。只是碰巧在這個世界是以這裝置的形狀——

加持感覺到「果然」有東西「混入自己之中」了。

「還真是丟人啊。」

這是加持最後一次自發性的發言。

過去的SEELE——雖說這個名稱似乎也不是很廣為人知——所累積的過往知識正逐漸覆蓋掉自己的存在，或該是說混合起來嗎……過去？過去是什麼？一面感到疑惑，同時也認知到對應疑惑的解答就在自己周圍。加持理解SEELE是怎樣傳承的了。就在最後，自己最為重要的事物，令人懷念的美里的倩影深深沉沒在情報之海裡，化為泡影。

——對不起——

SEELE是執行人類補完計畫的監視者。

但補完計畫早已託付給下一次誕生的世界，在這個等待末日來臨的世界裡，SEELE已毫無存在的意義。

在這個已然結束的世界，加持良治成為了新的SEELE。

#3扭曲的庭園

■奔月的軌道

稍微回溯一下。在月亮返回地球的夜空之前，全人類中唯一穿越朗基努斯界面來到月球附近的明日香，對於眼前的光景——

「這是什麼啊……」

——倒抽了一口氣。這已經不是能稱之為變化的程度，一切都太過荒唐了。不是在說至今為止的資訊，而是此時所看見的月球。

月球很明顯的拉近了距離，而且——

——是不是綳開來了啊？

月球膨脹到足以讓人這麼揣想的程度。眼前的月球直徑達到過去的一・二倍，軌道大幅偏向地球。而且還在進行中的樣子，距離與重力的位移讓EVA 02 Allegorica的ＡＩ不斷重新計算並更新著進入軌道。

「又大又接近……」

月球表面上無數龜裂中——夜晚那一面看得格外清楚——能看到內側有火焰燃燒著。那些波紋般燃燒的傷痕，是什麼東西墜落造成的嗎？還是從內部湧出來的……看起來也像是在對流的樣子……那一帶的地面熱到融化了。

是透過貳號機眼睛觀看的觀察器故障了嗎？她最初甚至這麼覺得。她睜大有著長長睫毛的眼睛，想用那雙深藍眼眸從視線焦點無限大的螢幕中端詳出真實。還有種想衝出ＥＶＡ，以肉眼加以確認的衝動。

——就是如此的難以置信。

月球應該是顆靜謐、冰冷的衛星，明日香所學到的是如此。雖然人們也認為月球有古老的地熱，或是造成月海的隕石連續撞擊所留下的高溫地帶，但儘管有著地殼構造，卻沒有板塊運動，地形長年不變，只有這種程度的熱量。除了太陽熱造成地表熱漲冷縮與崩塌之外，地下震源所引發的月震，全是受到相對靜止的地球的潮汐運動影響……應該是這樣才對。

眼前的景象推翻了她至今為止所學到的知識——

「給我適可而止一點啊。」讓她無意間抱怨了一句。

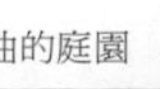
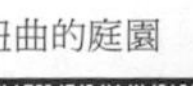

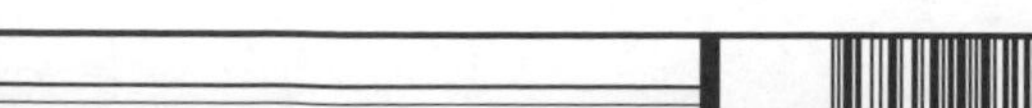

「……假設眼前的景象是真的……從地球上不可能看不到吧。」

沒錯，這是只要抬頭張望，應該就能用肉眼觀察到的變化，然而……

根據觀測紀錄顯示，明日香眼前的異變卻是在突破朗基努斯界面之後才出現的。明日香則因為綾波No.珊克的死亡感到些許動搖，直到現在才連忙重新檢查觀測結果。就結論而言，與其說是月球突然變成這副模樣，不如說是在越過朗基努斯界面之後，看到了被隱藏的月球——而這似乎就是真相了。

「那在地球上看到的月亮究竟是什麼啊？」

但同時也能夠理解，為什麼現在無法與第三新東京市，不對，是無法與地球上的任何角落通訊了。如果可見光能夠穿透朗基努斯界面，讓地球能看到月球，月球也能看到地球的話，理論上至少能利用可見光的波長進行通訊，但就連這也行不通。

「那果然是朗基努斯界面讓我們看到的幻象嗎？」要是這樣的話，似乎可以排除無法通訊等於地球已經全滅的可能性。

——多了一件讓人期待的事了。

要是朗基努斯界面隱蔽了真實，那越過界面的貳號機也很可能無法被地球觀測。看在NERV JPN與真嗣眼中，就像是我跟珊克一起被長槍幹掉了吧。他們當下是放棄了我生存的可能，還是賭我生存下來了呢，回去後就來逼問真嗣吧。

——過分！你不相信我還活著嗎？

——不是的！才不是這樣的！

然後直到她滿足為止的誘導真嗣，讓他抬頭望著自己，說出想聽他說出的話語。期待著這種很有意思的計畫。

如今，明日香有著這趟月球探索已完全淪為單程旅行的自覺。所以她才會在這種讓人幾乎崩潰的狀況下，不斷想著不得不回去的理由。

子視窗上顯示著雷射通訊鎖定的地球影像。

「這個地球是假的。」

明日香會懷疑朗基努斯界面，除了無法通訊外還有其他理由。被界面隔開的地球——顯示在明日香背後的那顆地球，原因不明地無比黯淡。

此刻地球那邊肯定也在嘗試各種手段。既然如此，自己就該去做現在能做到的事。反過來說，正因為狀況極度絕望，所以要是停下來的話，自己的身心就會崩潰，明日香很清楚自己崩潰的聲音。

——工作吧。「又大又接近……」

與地球之間的距離——由於無法用地球作為觀測基點，所以誤差很大，但月球的近地點似乎不到三十五萬公里（註：衛星在繞地飛行時與地球最近的距離）。

「會撞上吧。」沒錯——撞上地球。

「搞不好能搭著月亮回去呢。」不過到時候，顯然就是地球的末日了。

這顆月球會是讓地球迎來末日的最後一擊吧。

最重要的是，眼前的異變非比尋常。

——這顆月球——是月球吧……

流淌著滾燙血液的星球，因為狂野的生命感興奮起來。這顆星球還沒有死。

■心跳聲

她在月面高度三百公里處，間隔一段時間射出了兩具搭載的偵察衛星，只不過——重新計算後的軌道數值再度變化——偵察衛星上沒有裝載太多修正軌道的推進氣體，要是軌道變化得這麼頻繁，恐怕沒辦法長期運用吧。

送出偵察衛星的EVA 02 Allegorica，繼續降落到低軌道的高度。

——怦嗡。明日香忽然感到心跳加速。

什麼？我在緊張嗎？真不像我——她把手放到胸前——

「——不對，不是我的，是貳號機的胸口？」

——怦嗡！——發生了什麼事？

「又不是超級ＥＶＡ，妳可沒有心臟喲！」

然而，心跳卻無法平復下來。貳號機傳來的反饋，讓明日香的胸口猛烈發燙。

「……好熱！為什麼？」

造成這個現象的原因，發生在她無從得知的遙遠母星上。

在隔著朗基努斯界面的地球上，正進行著ＥＶＡ之間的戰鬥。交戰中，EVA EUROⅡ被真嗣的超級ＥＶＡ連同右臂一起扯下ＱＲ紋章，而為了取回失去的ＱＲ紋章，EVA EUROⅡ開始模仿超級ＥＶＡ的心跳聲發出模擬心音。

而EVA EUROⅡ所發出的心跳聲，則讓同位體型的明日香的貳號機產生了雙胞胎般的共鳴，這種現象讓人始料未及。

順著心跳聲，腦海中閃過小光的幻影。明日香不知道EVA EUROⅡ的事，也不知道駕駛員就是

小光。儘管這應該不是理由，但明日香所感知到的小光，不如真嗣所感受的那樣遭到恐懼操控。而是完全相反，彷彿孩子般笑著的模樣。只是，總覺得她——

——嗶！警告聲讓明日香猛然回神，在確認警告內容之前先敲下緊急啟動按鈕。貳號機的心跳也影響到Allegorica系統的重力子浮筒，讓所產生的力場開始產生波動。

「嘖。」這就像是在躡手躡腳潛入敵營時，口袋裡應該關機的手機突然響起了一樣，警報不可能會是好消息。

在情態板有如血液流通般的亮起，插入拴內注入ＬＣＬ後，ＥＶＡ就與明日香更進一步地共享著感覺，「啊啊，吵死了。」讓明日香更加受到心跳聲的影響。N^2反應器自動提昇到戰鬥輸出後，有如鉛塊般的操縱桿就不再沉重，貳號機進入全身充滿能量的全力運轉狀態。

現在正逐漸移往高度兩百公里的低軌道。

——該不會突然就讓我遇到阿爾瑪洛斯吧？雖然省下了找人的工夫……

不過，在貳號機面前出現的卻是被心跳聲吸引的亡者。

望遠裝置將前方的月球地平線擴大，天使載體就站在那裡。

「等等！這是怎麼回事？」

她的疑問是這樣的，技術部推測腹部具有使徒之繭的天使載體是利用過去的白色量產型ＥＶ

A的屍體製造出來的，要是這樣的話，那為什麼會在月球上？

「被發現了吧。」——天使載體看著這個方向。

在看著我——在這瞬間，她遭到束著三原色的白光照射。

明日香間不容髮地壓下左操縱桿，用推進器橫向推動機體。

再度受到光線照射，讓她稍微失去了意識——EVA 02 Allegorica突然失去高度，讓發射光線的天使載體消失在月球地平線圓弧的另一端。

當啟動不順的Allegorica系統在鑽石空隙間重新配置好重力子，靠著所產生的懸浮力場姑且讓墜落的機體高度穩定下來時，只見明日香咯咯笑起，操縱著貳號機飛越宛如黑白無聲電影的月球山脈。

——啊……！繭裡頭的是那傢伙。頭髮倒豎，全身起雞皮疙瘩。

明日香轉眼間露出可怕的笑容。

「哈利路亞！」

腳下比想像中更加崎嶇不平的月球地面，以驚人的速度被拋在後方。

有如洞穴般深邃的黑影與向陽面的景象，單色調的世界在眼前擴大，接著突然飛越一道烈焰洪流，同時從機翼的攜行式武器懸掛架上取出磁軌砲拿在貳號機的右手上。

「呵呵……太開心了，我可是無時無刻都惦記著，一旦你出現了，我絕對要親手解決你！」

光線般的精神攻擊！那個載體的繭是使徒亞拉爾。

「那個時候居然讓我丟這麼大的臉！」

一面述說著三年前的往事，一面就像約會前在檢查服裝儀容似的環顧包含情態板在內的所有監測數值，並在最後確認與衛星的連線。

讓上空的衛星鎖定天使……不對，鎖定亞拉爾載體，顯示在螢幕上。

「不過無所謂，因為你再度出現在我面前了，你還真是個好傢伙，然後這次我絕對會宰了你！」

不顧射控系統的警告，將Powerd 8的發射電力調到最大。能靈活變更彈體射速也是磁軌砲的主要特徵，不過這樣一來就無法發射太多次。在將電容器的電力一口氣耗盡後，就算靠著兩座N²反應器發電，也需要一段時間才能充滿電力，但主要的問題還是槍管的加速軌會承受不住電力與摩擦瞬間伴隨的大量磨耗。

不過以此為代價，Powerd 8能以遠遠高出過去電磁步槍的動能發射彈體。

根據過去的資料，亞拉爾會使用絕對領域滲透對手的精神。唯獨在精神攻擊時，它的絕對領域不會是隔絕一切的鐵壁，而是會像敞開的迴廊一樣朝著對手延伸，藉此貫穿、抵消我方的絕對領域。

這種槍管型絕對領域結構也應用在F型零號機的右手——長管槍型領域侵攻槍《天使脊柱》上。在《天使脊柱》射擊的瞬間，F型零號機對於直接攻擊的防禦會很脆弱。既然如此，那攻擊也會對亞拉爾見效吧，而且亞拉爾的光之歌距離還很長。儘管得在瞄準的瞬間暴露在對方眼前，並且承受精神攻擊。

明日香改變EVA 02 Allegorica的航行軌道，要是直線飛過去的話，無法有效利用月面的崎嶇地形。會演變成一邊從對手的側面飛越，一邊以高山作為掩蔽物，利用山脈間的隙縫互相射擊的局面吧。除了彈道與滯空停留外，在月面上不論飛得再低都是衛星軌道，無法像在大氣中飛行的飛機那樣改變方向，讓人焦急難耐。

根據偵察衛星感測所製成的地圖——最初的射擊機會在三十秒後。

隱藏住明日香的山脊亮起，亞拉爾已經瞄準此處了，是因為心跳聲嗎……？但是——

機會來了，明日香扣下扳機。

「去死吧！二四〇百萬焦耳！」

一面承受亞拉爾的光線照射，EVA 02 Allegorica的巨大身軀也同時因為Powerd 8的後座力翻了一圈。但確實擊中了，這樣的話——

在載體伸手的方向上，產生一道強力的護盾。就在明日香再度進入山後方之前，她看到擊中護盾的子彈因為本身的動能粉碎，而且還離子化形成七彩的環狀衝擊波，颳起月面上的表岩屑（細微月塵）。

攻擊無效。

——什麼！在亞拉爾進行精神攻擊的同時，載體也能自己產生護盾？

「這太狡猾了！」

——喀！N^2反應器突然關機停電。在切換成內部電源後，計時器開始倒數起運作臨界時間。

「咦？怎麼了！」

反覆重新計算著姿態控制的數值並組成重力子浮筒的Allegorica系統終於負荷不住，讓N^2反應器緊急停機。雖說相位差發電機組還沒掛掉，但Allegorica組件卻不再供電。

總之就是從腰部到後方整個組件都意外停機了，而且還無法分離。

「啊啊，討厭！」明日香一拳打在控制臺上。

就算想要重新啟動，Allegorica系統也不接受控制臺發出的指令。

「就是這樣我才討厭試驗品……！」明日香邊罵邊離開插入栓座椅，順著ＬＣＬ的流動前往後方——

「又不是老電腦！」

座椅後方的存在定義大型驅動機旁加裝著Allegorica組件用的艙內斷路器箱。現在就只能靠物理開關重新啟動。但貳號機就快飛出山脈後方了。

「當初沒有叫他們裝在不礙事的地方就好了。」

——這種時候要是珊克還在的話，就可以請她在上空進行廣域偵察，並用伽馬射線雷射支援了……一股難以言喻的孤獨感突然襲向明日香。正當她重新認識到自己是孤獨一人時，螢幕照出光芒——

——在亞拉爾的光芒之中，她看到了朗基努斯之槍將珊克吞沒的光芒。

她因此失去了意識。瞬間的動搖讓精神遭到入侵……亞拉爾的光芒再度深深照進明日香的內心之中。

——咚！突然而來的沉重衝擊。

「呼……嗚！」全身遭到強烈撞擊的衝擊讓明日香恢復意識。

頭部感受到的衝擊讓明日香隔著嗅到焦味的鼻子往後看，發現頭髮被吸進插入拴後方的ＬＣＬ循環進水口裡，阻塞了過濾器，導致ＬＣＬ停止流動。

ＬＣＬ的比重跟人體一樣，比水稍微輕一點。儘管就只是液體，但難以壓縮的液體光是流動就有很大的力量，突然停止將會對整個系統造成衝擊，她是這樣被告知的。三座ＬＣＬ循環幫浦的其中一座損壞，要是沒戴防水栓的話，鼓膜早就破了吧。

被水錘作用打醒的明日香頭痛欲裂——儘管沒人看見，但還是羞紅整張臉「哇～～啊！」地放聲大叫。

我在搞什麼啊……！

她開始重新啟動Allegorica組件。機體失去平衡墜落，儘管因此掉到山谷裡，進入亞拉爾載體的死角，但再過不到四十秒就要以機能不全的狀態撞上地面了。

明日香看了一眼重新啟動的指示燈確認後，隨即毫不猶豫地抽出野外求生工具中的小刀割斷自己引以為傲的頭髮，朝著插入栓前方的座椅跳去。

嚴以待人的明日香對自己是最為嚴厲的，就連在打扮自己這方面上也一樣。能夠自豪的部分要多少有多少。

ＬＣＬ的循環依舊停擺，要是不恢復，再過幾分鐘就會窒息。

「但得先幹掉那傢伙……！」

她在用因水壓而充血的眼睛瞪向山脈後方看不見的敵人後，隨即從正在恢復的系統中將能用的部分分離出來。首先是推進器……

■反擊

EVA 02 Allegorica以每秒五公里的速度翻滾似的撞上月球表面。假如明日香搭乘的不是液體駕駛艙，ＥＶＡ沒有絕對領域的話，肯定會受到重創吧。抵銷不了衝擊，機體輕易地就要彈離月面。她靠著推進器將機體強壓在月面上。

——後腳跟隨ＥＶＡ本體進行從動機動的感覺回來了。

四隻腳站立的碰撞聲迴盪在拘束裝甲內部，讓明日香聽到咚的一聲，她好久沒聽到與外部接觸的聲音了。

「衝吧！」

雖說方才是貼著地面飛行的，但以軌道速度飛行時就只會感覺到不斷自由落體般的無重力，直到現在明日香才終於感受到月球的重力。

Allegorica組件慢吞吞地重新啟動完成。裝備大都沒事，Powerd 8的槍管準星也沒有偏移。距離亞拉爾載體不到六公里，在直射範圍內。

「沒辦法，用那個吧。」

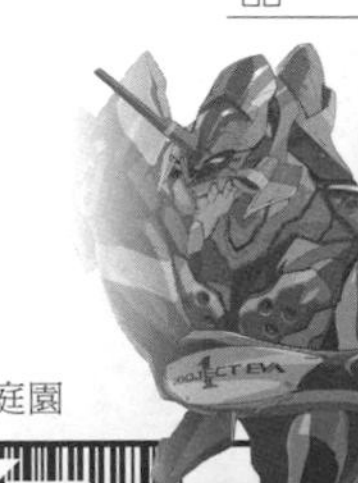

換掉只開過一槍的Powerd 8彈匣，從酬載中取出標著「S」字樣的彈匣。
「真嗣，我就依靠你啦，會讓我見識到你的男子氣概吧。」
明日香說出奇妙的話語。
亞拉爾載體在接近自己的EVA貳號機放慢速度後，終於開始主動接近對手了。

■槍之理

清晨時分，兩人在NERV JPN總部直達指揮所的電梯樓層相遇了。
「早安，葛城司令。」
「哎呀，代理副司令早啊，鈴原，你今天也很早呢。」
「在將惣流……還有珊克……送走後，這就像是每天早上都要做的廣播體操呢。」
由NERV JPN向擔任太空人的她們發出的起床通知。
「先不提這個，司令看過技術部的報告了嗎？」
「是真嗣帶回來的EVA EUROII的長槍分析吧。從挖空槍尖直徑16×20㎜的情報宮中取出鹽塊了呢。」

所謂的情報宮是用來放入所重視的某種物品的地方。

儘管這偏向咒術的非科學手段，不過將駕駛員個人強烈在意的物體，能使其專心的物體作為意識的憑依物置入武器前端，能輕易讓鋒刃帶有絕對領域的特性，讓強度與貫穿力遠遠超出原本的物理數值。

這可以說是一種安慰劑效應，就算在駕駛員不知情時將之取出也不會改變效果，相反地，要是駕駛員認為東西被取出而感到不安的話，就算有放也沒有效果，由於會無法判斷出正確的結果，所以摩耶那邊的人都不喜歡採用情報宮，認為這不適合作為實戰武器。但在三年前的總部戰後，除了ＥＶＡ的能量武器與共用子彈之外，幾乎所有的武器都還是姑且設有情報宮，設計成能根據駕駛員特性適用的規格。

明日香帶到月面偵查的Powerd 8子彈裡就放入了被她半強制剪下的真嗣頭髮。兩人還一起看了製造過程，就因為連這種事情都很重要，所以ＥＶＡ直到現在都還是讓人摸不著頭緒。

「……要是駕駛員是——」

「咦？」

「沒什麼。」冬二踏上指揮所內的控制室樓層。

——要是EVA EURO II的駕駛員真如你們所言是洞木同學，那她親近的人或是家屬就很可能在歐洲沐浴到朗基努斯的光芒，化為鹽柱——

美里離開電梯，來到更高層的司令席甲板後，指揮所就迴盪起輕快的電吉他音樂。

仿效過去某超級強國的宇宙計畫，第三新東京市的超短波天線今天也在早上七點準時向宇宙——月球撥放音樂。也不清楚對方聽不聽得到。真嗣配合著音樂朝頭掛式耳機的麥克風說道：

「這裡是第三新東京市。明日香，早啊，已經起床了嗎？」

稍微等了一下，指揮所的操作員唯獨在這個時候全都安靜下來，多層甲板上只有通知起床的樂聲迴盪著。扣除電波往返三十八萬公里所需的兩秒多……三秒、四秒、五秒過去，沒有收到來自遠方的答覆——

但真嗣仍不氣餒地繼續說道。

「——妳起床了吧，這裡是晴天。今天負責選曲的人是青葉先生。我本來提議要播《What a Wonderful World》（註：美國爵士樂手路易．阿姆斯壯的名曲），但冬二卻說播這個就像完結篇似的，要我放棄。

有個好消息要跟妳講，初號機——」

真嗣無視在上層甲板用滑鼠手勢寫出「超級」兩字的美里。

就在這時，下層甲板的冬二向被無視的美里揮手，打出手勢要將日向在控制臺收到的其他通訊轉到司令席。

真嗣繼續對沒有回應的明日香說話。

「——好像有辦法讓初號機飛起來了，儘管聽說這個方法就跟在種子島（註：指種子島宇宙中心）把0．0EVA發射出去一樣，但之前輸得那麼慘，如果我因為腳搆不著地就只能束手就擒的話，那在準備好專用裝備之前就別想提去宇宙的事了，或者該說……除了我之外，大家都這麼說……」

真嗣的聲音突然被司令席甲板傳來的美里叫聲蓋過。

「加持他……良治他！他怎麼了！」

美里在眾人眼前倒下了。

「怎……怎麼了！」真嗣也嚇得看向司令席。

冬二在下層甲板看到這種景象後，隨即將通訊線路轉到主螢幕上，並在從賽普勒斯傳來的低解析度影像中看到加持彷彿喪失心智般的表情後大驚失色——朝通訊對象叫道。「劍介，這是怎麼回事！」

揚聲器發出劍介的聲音。

『就說啦！找到的SEELE遺物把加持先生變成另一個人！他宣稱自己是基爾型SEELE，可是加

持先生就是加持先生……啊，該死——這是不是加持先生的演技啊——幫我跟剛剛談過話的葛城司令說，不能把現在的加持先生交到任何人手上，請立刻來接我們回去。』

「給我講清楚一點！」

「這不是能用通訊講的內容吧！但我就只說一件事，你現在可別問我過去世界是什麼喔——似乎有個叫調整者的存在繼承了過去世界的記憶，在推動補完計畫，同時為了避免過去的錯誤再度發生，而干涉著這個世界。儘管不知道他們共傳承了幾代，不過最初的SEELE——名字叫作諾亞。」

#4反抗者

■明日香的戰鬥

時間再度回溯到明日香戰鬥時。

她目前正獨自在月面上駕駛著修改過無限續航組件的貳號機EVA 02 Allegorica，與腹部具有使徒亞拉爾幼體的天使載體對峙著。從空中發動先制攻擊失敗的貳號機迫降月球表面，並在插入拴的LCL循環系統故障的情況下，讓對手靠步行縮短了距離。

儘管明日香的EVA02想利用山岳地形隱匿，繞到對手身後，但每次亞拉爾載體都會隨著她的移動改變方向。

它看得到我，不對，是感受得到——我胸口的心跳。

——怦嗡……怦嗡……貳號機的胸口撼動著。

打從進入月球低軌道時就一直存在的異常現象，至少對明日香來說是這樣沒錯——

而理由則是在地球。可說是貳號機雙胞胎的ＥＶＡ，德國ＮＥＲＶ祕密建造的ＥＵＲＯⅡ侵略北海道，並在過程中模仿超級ＥＶＡ的心臟發出模擬心跳聲，而此時發出的心跳聲與遠在月球上的明日香的貳號機產生共鳴，跟著發出了相同的心跳聲。

這甚至以重力波動的形式，撼動了排列在EVA 02 Allegorica機翼浮筒空隙間的重力子，擴大了震鳴聲響。但由於通訊受到月球與地球之間的朗基努斯界面阻絕，所以明日香完全不知道發生了什麼事。

儘管不知道理由，但她能理解此刻是EVA 02 Allegorica胸口發出的心跳聲吸引著載體。

「——既然如此。」明日香決定設下陷阱。她從酬載中取出N^2彈。為了讓她能夠在發生萬一時，被孤立狀態下不經授權使用，真嗣與冬二偷偷地換掉了控制程式，好讓她能夠以獨立代碼啟動（違規）引信。用ＥＶＡ這邊的射控系統確認啟動。

「要好好啟動喔。」丟下這句話後埋進地面。

要是怎樣都甩不掉亞拉爾載體，那反過來說，也能誘導它移動。EVA 02 Allegorica沿著載體與N^2彈所連成的直線慢慢後退。

必須要將它引誘到爆炸中心的正上方。這裡是沒有大氣的世界。也就是說，在大氣環境下核爆時所會看到的，宛如海嘯般高速擴散的衝擊波並不會發生在宇宙空間。因為這裡沒有能傳導衝擊的大氣（但其實剛才EVA 02 Allegorica的環境感測器有偵測到微弱的大氣，認定為地殼所釋放的氣體，不過密度低到連流星都不會燃燒，所以不適用於空氣動力學）。

儘管破壞四周的效果有限，但爆炸中心的溫度還是超過百萬度，輻射熱線會將一切燒得連灰都不剩吧。

明日香用手攪動著因為循環系統故障而停止流動的ＬＣＬ。

——說起來，似乎因為小不點希絲肺活量小，呼吸肌也很弱，無法在ＬＣＬ裡順利呼吸，所以在插入栓座椅前方加裝了像電扇的螺旋槳，幫忙把ＬＣＬ吹到她臉上。當時覺得好笑，但現在我也想要了呢——

ＬＣＬ已經停止流動五分多鐘。儘管溶解在插入栓內的氧氣總量尚未用罄，但要是沒有實際流動，怎麼呼吸都是臉旁的ＬＣＬ，無法期待會有多少自然對流，終究還是感到呼吸困難了。

「亞拉爾載體的位置是……」——這時，使徒的精神攻擊光芒倏地碰觸到站在山脊上的EVA 02 Allegorica的機體，明日香連忙滑下斜坡躲藏起來。

「乖孩子呢。」對方正依照自己的盤算前進。

她盯著正前方，用左手摸索著打開座椅旁的控制板，並從中取出附有軟管的緊急調節器咬住後，氧飽和ＬＣＬ就從備用儲藏室裡直接泵送到肺部，再來就是等時機來臨了。

看剛才的情況，載體是有意識的舉手產生護盾的。那麼只要出其不意的話——

「……就是現在！」月面上出現一顆彷彿太陽墜落般的光球。

直徑兩公里的月球大地被炸起，衝擊波以地震波的形式在地底擴散，劇烈搖晃著EVA 02 Allegorica。載體確實進到釋出相當於太陽核心溫度的N^2反應中心，是不可能全身而退的。

「那麼……實際上是怎樣呢？」

她從包含使徒戰在內的過去戰鬥之中學到了不能樂觀這件事。不過受到嚴重損傷的使徒有著會專注於自我修復上的傾向。自己能再度先發制人的可能性很高。

N^2彈引爆時，EVA 02 Allegorica的感測器會以遮罩與接地隔絕光電磁的影響，簡單來說就是處於看不見的狀態，不過當開啟的雷射接收器收到軌道上的探索衛星傳來的攻擊評估後，EVA 02 Allegorica的ＡＩ就在分析完畢後發出警告。

「什麼？——相當於ＥＶＡ二分之一的物體因爆炸而脫離月球重力，但在起爆時間加四．六秒後自行變更軌道……方法不明……朝爆炸中心北方降落，預測落點是……」

明日香用力踩下踏板，加上推進器的力量往後跳開。

「——是這裡！」

俯瞰著這裡——亞拉爾載體跳了過來，當場將EVA 02 Allegorica用推進器颳起的表岩屑，綻開的細微月塵壓散。

「完全無效？」

不對，它失去了腰部以下的部位。

雖然天使載體被炸掉下半身，卻靠著強力護盾守住了上半身，讓兩塊QR紋章都毫無損傷。不過，腹部的亞拉爾幼體沒有投射光之歌——就算沒受到致命傷，也很可能遭到局部破壞。然而明日香之所以會在第一時間誤判攻擊無效，是因為它的動作靈敏到完全不像是失去了下半身。

亞拉爾載體利用N^2爆炸高高躍起，如同Allegorica的懸浮力場般，運用能量盾飛向目標方向，用兩隻手臂站在月球的大地上。

「——還真靈巧呢。」

周遭暗了下來。N^2彈爆炸所揚起的大量表岩屑以等速擴散開來，就宛如一把傘似的不斷延伸遮蔽太陽。

載體看來戰意十足，不想等待自己與亞拉爾的損傷再生。

它靈活地運用著雙手飛撲過來，而且更棘手的是，動作比四肢俱全時還要——

「動作好快！」

就像拋棄多餘重量後變得輕盈似的靈巧動作——明日香立刻調降Powerd 8的加速電力，開啟壓制連續射擊模式掃射——但載體就連護盾都沒用上，左右閃避著攻擊衝過來！

它的動作就像在宣告著人形是不完美的形態，讓明日香感到不悅地不斷射擊。

Powerd 8每開十二槍會從彈匣補充一次子彈，每次裝填需要零點五秒。而在加速軌道上等待擊發的十二發子彈還能自由設定發射間隔，甚至能將十二發子彈當作一發似的同時射擊，進行超越飽和攻擊的單點加重攻擊，這是Powerd 8的主要特徵，然而這種機構也讓Powerd 8在連射時會產生間隔。這種間隔時間令明日香此刻心急如焚。

亞拉爾載體繞到EVA 02 Allegorica左側，用右手攫住月球大地站穩，搶在從反方向轉過來的Powerd 8槍口對準自己之前，橫向揮出左手產生的能量盾掃了過來。即使明日香想躲開，但是將巨大質量分配在左右後側的Allegorica系統妨礙了行動，沒辦法完全避開攻擊——

「嘎——呼！」

她被打飛出去後橫倒在地上。從明日香口中飛出的調節器稍微劃破嘴唇——明明是柔軟的塑膠製品。

——Powerd 8在哪裡……！糟糕，搞丟了！

用孫六滅絕刀……不對，揮刀動作太大了！現在該用反擊刀嗎？——

亞拉爾載體用兩隻手蹬著地面跳過來了！

就在這時，明日香感覺到ＥＶＡ胸口的心跳變得更大聲了。

當她倒在地上，準備抽出掛在機翼左側懸掛架上的太刀──ＳＲＬ孫六滅絕刀時，跳過來的亞拉爾載體就踩住她要拔刀的手──

咚！左側響起巨大的斷裂聲響──

「呀！」──手斷了！

載體以將手踩斷的腳──不對，是手──握起拳頭捶打起左胸口。企圖奪走因為心跳聲而誤以為在貳號機胸口裡的心臟。

「呃！」儘管感覺反饋立刻遮斷問題部位的訊號，但依舊讓明日香的大腦與身體感到無法抹消的痛楚，讓她陷入恐慌。

咚！咚！

毆打的衝擊讓ＬＣＬ發出震動聲響。

「……是怎樣啦！你是想怎樣啦！我的貳號機才沒有心臟！……心臟是……！」

心臟是從跟著真嗣一塊甦醒的初號機胸口裡長出來的。

雖說是心臟，卻不是輸送血液的器官。是初號機失控的S^2機關達到超乎理解的變化，打穿次元宇宙而引入龐大的能量。

這是波動的激流，就只是人們在設法以人類技術堵住這股洶湧怒濤後，形成心跳聲收納在超級ＥＶＡ的胸口裡。

——對了，這是超級ＥＶＡ的……真嗣的……

咚！咚！

在持續遭受載體毆打的衝擊與聲響之中，明日香朦朧的意識將至今為止的現象與記憶連結起來，用滲血的嘴唇喊出這句話。

「這是真嗣的心跳！是只有他能擁有的生命之聲！才不會讓你這傢伙奪走！」

等到事後回想，肯定就連她自己也不懂為什麼會喊出這句話來吧。

明日香的貳號機就只是與同型機的ＥＵＲＯⅡ的心跳聲產生共鳴罷了，而ＥＵＲＯⅡ的心跳聲只是粗劣的複製品。她注意到這句話雖然偏離了表面上的現象，卻更加地深入事實。就算是複製的心跳聲，那也是超級ＥＶＡ——也就是真嗣的信號。

只剩上半身的載體重得推不開。看不出載體受到毆打的反作用力，似乎以縱向的強力力場固定住了自己的樣子。不過被壓在底下的EVA 02 Allegorica卻不知道是用從哪裡發出的力道逐漸做出抵抗。

「穿得太華麗會不好行動……！」

想讓機體轉身逃出壓制，巨大的外裝組件會造成妨礙。明日香無視於安全程序，直接卸除

Allegorica組件。插入栓內的照明再度轉紅，ＥＶＡ的內部電源開始往零倒數。

「放馬過來吧！」

卸除下來的Allegorica組件在持續遭受亞拉爾載體壓制毆打的貳號機旁自行起身。儘管一站起來就失去平衡地向後退開好幾步，但最後還是穩定了下來，兩隻採用了性能良好的初代ＪＡ人工肌肉的後腿輕巧地站立著。看起來相當超現實，還真是很蠢的畫面。明日香在卸除時並沒有關閉動力，不過也沒有輸入撤退或以飛彈進行遠程攻擊之類的行動定義，所以Allegorica組件就只是在揚起的月塵中保持平衡站著，而奇妙的事就在這時發生了。

——心跳聲的中心點，產生空間波動的中心點從貳號機身上偏離——

現在空間波動的中心點，是位於貳號機與展開重力子運作著的Allegorica組件之間什麼都沒有的半空中。德國ＮＥＲＶ的ＥＵＲＯⅡ是藉由量子波動鏡將同樣運用了Allegorica組件而產生的重力波動聚集起來，在目標位置上製造出扭曲與心跳聲，但是這裡並沒有這種設備。貳號機與Allegorica之翼的位置變動，讓波動的焦點偏移了。

載體停下毆打著自己的手。

明日香就在抬頭時注意到了異變。載體在揚起的表岩屑中注視著一無所有的空中，而心跳聲就在那裡持續響著，並在下一瞬間浮現出巨大人影。

正確來說是揚起的表岩屑看起來就像是個人影一樣——每當心跳聲——空間震鳴響起時，月塵就像在平底鍋上的玉米一樣舞動起來，有如斷斷續續播放的影片，在半空中形成ＥＶＡ尺寸的人影。

亞拉爾載體立刻轉身攻擊過去，想要奪走月塵之中的幻影心臟——就在明日香的眼前——

——目前貳號機正倒在對手的攻擊範圍內，護盾效果的範圍之內——

明日香沒有放過這個千載難逢的機會，以她跟真嗣在一起時經常說的話回應。

「跟我在一起時不准看其他地方！」

她用右手抓住依舊握著孫六滅絕刀的左手腕，朝著斜上方橫砍過去！

由於對手失去了下半身，所以那個就位於刀身的旋轉半徑上。載體右肩上的ＱＲ紋章。漆黑的阿爾瑪洛斯鱗片、早已死去的載體生命線，ＳＲＬ孫六滅絕刀在砍中那塊黑色的力量傳送埠後，就這樣毫不減速地切了過去，就像在收割稻草束般的一刀兩斷。

載體在受到衝擊後，就在低重力之下飄到空中旋轉起來。等到它再度伸手想用剩餘的力量創造護盾時，明日香——ＥＶＡ貳號機早已撿起掉在月塵堆裡的Powerd 8——

「打穿吧！」

載體左肩上僅存的ＱＲ紋章迸出強烈的七彩閃光粉碎了。

但明日香並沒有停止射擊。儘管再生中的亞拉爾因為QR紋章供給的能量中斷，早已全身發灰地死去，也依然被Powerd 8的強大動能打得粉碎，就像玻璃工藝品般的散落一地。

「給我滾開，怪物！不准騷擾生者！」

當本來就是屍體的載體再度落到月面上時，已澈底變回一具屍體了。

■心跳

明日香讓Allegorica系統與貳號機再度連結，在確認電力供給正常後排出插入拴內部的LCL。在低重力下用界面活性劑與吸氣器吐出LCL後，明日香的喉嚨發出討厭的咻咻聲，生命感測器偵測到她陷入過度換氣的狀態。空氣調節機自動調整氧氣濃度——片刻後呼吸也平復下來。

QR紋章連灰也不剩地消失了。

載體與使徒幼體的屍體也在過了一會兒後，得到失去行蹤的報告。儘管很不願意這麼想，但腦中閃過無限循環這四個字。

「……再用一發N^2彈燒乾淨吧。」

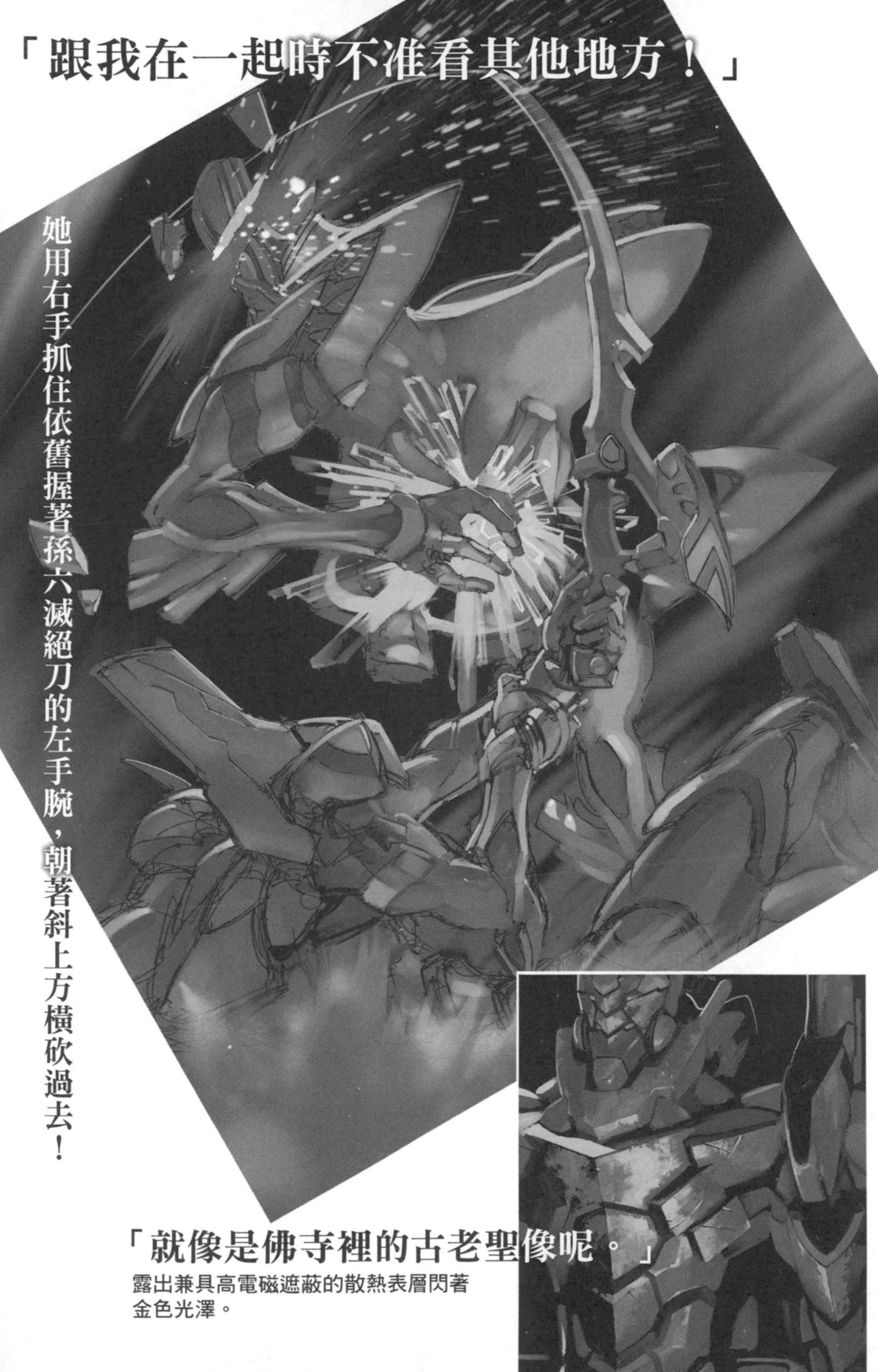
「跟我在一起時不准看其他地方！」
她用右手抓住依舊握著孫六滅絕刀的左手腕，朝著斜上方橫砍過去！
「就像是佛寺裡的古老聖像呢。」
露出兼具高電磁遮蔽的散熱表層閃著
金色光澤。

——剛才那個帶著心跳的人影是什麼啊？

心跳聲在不知不覺中消失了。方才的騷動與聲響退去，周遭安靜得像是騙人的一樣。感測器偵測到遠方有地震，但規模沒有大到讓身體有感，明日香再度回到孤獨之中。不過，她在回歸無聲的此時注意到一件事。

感受到胸口傳來一陣陣自己的心跳聲。

——怦怦——就有如黑夜中的燈塔般，她的心臟述說著。

——我在這裡——我就在這裡喲——

讓她覺得心跳聲不只是為了讓血液在體內流動。

這是更加原始的單純節奏，對自己，對外界發出訊息的節奏。

從月球介入超級ＥＶＡ心跳聲的阿爾瑪洛斯——美里所說的存在之力。

「那個確實是超級ＥＶＡ的心跳聲呢。」

她事不關己般地喃喃說道，同時感到昏昏欲睡——太累了。

——這樣的話，那就是真嗣與超級ＥＶＡ宣告著自身存在的節奏……？

如果節奏是獨特的話，那也能根據節奏重現演奏者的形象吧——

明日香累得昏昏欲睡，這讓她的思考擺脫常識的限制自由發散，不過終究開始斷斷續續，讓她警覺地重新握好操縱桿。

「不行……得在睡著前燒掉載體的屍體……」

EVA 02 Allegorica垂著左手，以緩慢的機動再度動作。

■冬二的戰鬥

NERV JPN作戰課將加持救援任務定調為非正規作戰。畢竟要是正式出動的話，會引來太多關注。

在接連不斷的世界級天災當中，阿拉伯半島受到印度板塊的下沉牽引而開始逆時鐘旋轉，當眾人決議以偽裝成運送救援物資到阿拉伯半島的運送部隊作為主要救援手段時，NERV JPN目前的最高負責人葛城倒下了。

「叫我不要離開，自己卻倒下了啊。」

剩下的工作由冬二承接，而他也只能硬著頭皮上了，必須從時間急迫的事項開始處理。在派出加持救援部隊後，就將超級ＥＶＡ的飛行組件開發事宜交付給摩耶的小組處理，自己則是向聯合國軍借用了幾架卸除了武器彈藥裝備，改裝載食品的重型ＶＴＯＬ（註：垂直起降飛機）北上。

在北陸的山中零星爆發了幾場戰鬥。是至今才採取主權國家行動搜山的戰自與被遺棄在山中孤立埋伏的歐盟各國空降部隊間的小規模衝突。

冬二在牽制戰自讓他們撤退後，就帶著少數人馬毅力十足地展開搜救，每當發現到生存者，就讓他們與本國聯繫並加以保護。這表面上是基於國際法的人道應對，但實際上是在製造日後與歐盟協商時的籌碼，而冬二也是以這樣的認知在行動。

看來他們是將己方比擬成展開侵略的十字軍。也看到了好幾名將鹽巴作為護身符的士兵。儘管在搜救過程中也屢屢遭到狙擊，但如今頻發的震災要來得有威脅多了。

被蝗蟲啃光的山中雖然還殘留著樹根，但地面乾燥得比預期中的還快，很輕易地就能引發山崩導致二次災害。

至於不肯回應救援的人，則是將ＶＴＯＬ留在被蝗蟲啃光樹林的山頂上，向他們發出呼告。

「請自行前往北海道，這架ＶＴＯＬ的燃料足以抵達那裡，等抵達後就在指定地點等待自己國家的救援部隊，先行救出的歐盟士兵也將在那裡會合。」最後還用日語方言補上一句。

「可不能死在這種地方啊！」

他每救出一人，就覺得自己離EVA EUROⅡ的駕駛員——小光更加接近了。

■綾波零No.珊克

「珊克的幽靈？」

真嗣露出這可不好笑的表情，青葉則一副他也知道的模樣把手一攤。

「是因為有好幾個人都確信自己看到了，我才跟你講的。」

為了填補感覺與機動的差距，而在將指令最佳化的模式調整作業中忙得暈頭轉向的真嗣，在休息區巧遇正在抽菸休息的青葉時，聽到了這則奇妙的傳聞。

「我想他們就只是在暗處把特洛瓦錯看成珊克了吧。」

「可是她……」

綾波No.特洛瓦自從綾波No.珊克在月球與地球之間被朗基努斯之槍貫穿殺害後，精神狀態就很不穩定，之前在歐盟軍侵略時摩耶也不允許她出擊。她這幾天都把自己關在房間裡，就連醫護人員也只能靜觀其變，暫時沒有將她帶去調整。

即使真嗣有些猶豫該不該按下綾波房間的對講機，但他最後還是拿出終端機，向監督單位進行確認。「摩耶小姐，我要進去了。」

『你們在房間內的對話全部都會記錄下來，她的生命徵象也會透過遙測顯示在螢幕上，請勿見怪。』

真嗣為了確認傳聞的真偽，按下把自己關在房間裡的No.特洛瓦的房門對講機。

「我是碇。」

「請進。」傳來乾脆地令人失望的答覆後，房門開啟了。

就像走進更衣間似的，掛著琳琅滿目服飾的衣架擋住了視線，這裡就是綾波No.特洛瓦的房間。

在直線距離沒有幾步的空間裡左彎右拐，穿過衣物的隙縫往房裡走——內側牆上的液晶牆亮著，就往那裡走……

——增加了呢——

排著好幾列的衣物架上掛著形形色色的衣物。

這些全是綾波的衣服，不過裡頭沒有一件是她自己挑選的。一部分是他人推薦綾波買下的，而大部分則是別人贈送的禮物，這是以之前被No.卡特爾帶走的，那件明日香幫她挑選的黑色禮服為開端，NERV JPN內部不知為何的流行起贈送衣物給不在意穿著打扮的綾波——總是穿著同一套衣服的綾波——而這些並排的衣物架就是在那之後形成的景象。

但很遺憾的，這並沒有為她帶來戲劇性的變化。

雖然不像綾波以前的住所那樣乏味，但也依舊沒有生活感，就像是用來擺放衣物的儲藏室。

特洛瓦會穿上別人送給她的衣物，但這並不代表有人能取代源堂在她心中的位置。

綾波No.特洛瓦是住在衣櫃裡等待下一個主人到來的換裝娃娃——這種自以為是的幻想也是因為這樣才會傳開……

——當時美里很生氣呢——

話雖如此，但真嗣也曾在明日香的慫恿之下送過她衣服。然而當時卻發生了這種事：不論是誰送的衣服都會收下的特洛瓦，卻唯獨在攤開真嗣送給她的衣服後拒收了。直到現在都還能想起當時手足無措的感覺——

——話說回來，女孩子的衣服也太貴了吧——

綾波在床上排著幾件衣服。

「在挑衣服嗎？」真嗣好不容易才突破衣物架。

「嗯。」做出回答的她，身上就只裹著一條被單。

「哇！抱歉。」

綾波在液晶牆的白光照射下回頭望來，讓她優美的輪廓產生連續性的變化，在眼中留下強烈的光影對比。真嗣連忙躲到一旁的衣物架後面，背對著在白光之中的綾波。

「碇同學覺得哪一件比較好？」

「先……先穿上再讓我看啦！」

從衣物隙縫中漏出的光影晃動著，還以為她是在穿衣服，卻聽到窸窸窣窣的衣物摩擦聲愈來愈近。

——嗶！真嗣口袋裡的超級ＥＶＡ監測器響起警報。真嗣的動搖讓超級ＥＶＡ產生反應，在整備室裡擅自動起來了。等到真嗣發現自己的動搖後，他才總算是注意到綾波的行為不太對勁

——不像是特洛瓦。

「覺得尺寸都有點小——」

「咦？」

綾波將額頭輕輕抵在真嗣背上。臉紅心跳就只維持了一下子——

綾波在顫抖。

「……碇同學，對不起——對不起——我讓惣流同學獨自越過界面了……」

『真嗣！超級ＥＶＡ動起來了。』整備室傳來摩耶的詢問聲。

「摩耶小姐——快到綾波的房間來。」

■兩個靈魂

「她是No.特洛瓦喔。」

「咦……可是？」

「手臂裡的ＩＤ認證晶片、腦內思考記錄器的同步訊號，還有最關鍵的基因標籤都證明了這一點。」

綾波們有專屬的調整醫療設施（Tuning Room），摩耶與真嗣將綾波帶來這裡。一身白衣的綾波就在玻璃牆對面進行生體掃描。

真嗣在列舉出證據的摩耶面前沉默下來，不過臉上卻露出無法認同的表情。

「她是特洛瓦，不是珊克，就肉體面來說啦。」話還有後續的樣子。

在不久之前綾波還有四個人。在軌道上部署三架０・０ＥＶＡ觀測地表，並能在必要時發動攻擊的網路系統，這就是在ＮＥＲＶ總部戰後建立的全球使徒偵測即時殲滅系統。該系統的核心，即是四名綾波的精神鏡像連結系統。

最初是採用讓地面上擁有靈魂的綾波No.特洛瓦與軌道上搭乘三架０・０ＥＶＡ且沒有靈魂的

三人——綾波No.珊克、卡特爾、希絲連動的形式，但隨著綾波逐漸適應多個自己，演變成了類似四個人共享一個靈魂的狀況。

儘管為了避免意識混濁，而讓軌道上的三人呈現淺眠狀態，No.卡特爾卻因為被阿爾瑪洛斯植入了QR紋章，進而順從著不知是自行產生還是被賦予的自我意識逃亡。過去只會在一個綾波身上產生且無法繼承的自我，就從這時起陸續在各個綾波身上顯現，持續擾亂著精神連結。

然後在登月途中，其中一名綾波——No.珊克死亡了。

「雖然連結早就斷斷續續了，不過對珊克的死感覺最受衝擊的，可是身為主體的特洛瓦喲。」

看到真嗣點頭表示能理解自己的解釋後，摩耶就繼續說道。

「自從卡特爾出現自我後，這邊的希絲呢？珊克呢？也都很有趣地產生了自我吧。那真嗣，我問你，本來的靈魂之主特洛瓦怎麼了？」

「……好像沒什麼改變……」

「不知是沒有改變，還是沒辦法改變，不過在看到周圍脫胎換骨，個性愈來愈鮮明的『自己』後，你覺得她會怎麼想？」

「就算妳這樣問我……」

「你好好想想。」

摩耶沒有立刻說出答案。也就是如果不動腦思考，光是聽她解釋無法理解的意思。

「她該不會認為自己一點也不重要……相較於她，珊克更是不該死去，所以用珊克覆蓋掉了自己……」

「五十分吧。」

「不對，就算是這樣，連身高體型都變得一樣也太奇怪了吧。」

「這也不是不可能的事，畢竟精神性的器官機能疾病真的會在患者以為生病的部位上出現病徵，不過肉體要是突然一下成長，一下恢復的話，我想應該會非常痛吧。」

真嗣想知道的並不是這種事——……

「她們之間的自我界線非常低，所以這說不定只是因為精神衝擊而導致的連環事故，而不是刻意的人格轉換，此外也有可能是特洛瓦把自己逼得太緊，進而深信自己變成了珊克的情況吧。雖說一時之間的混亂是最有可能的理由，只不過……」

「——只不過？」

「她可以是特洛瓦，也可以是珊克喲。她們並不是雙胞胎、三胞胎，不論哪一個零都是她自己。」

——要是有跟特洛瓦多聊聊就好了——

他突然感到後悔。就跟以前冬二還有卡特爾說的一樣吧。

自從三年前，真嗣得知她是母親的複製人後，坦白說他就不知道該怎樣面對綾波了。儘管在其他方面，真嗣都得到了「在人際關係上變得非常積極」的評價，但唯獨不知道該如何對待綾波零。

——那些想靠衣服引起她注意的人都比我要好多了——

真嗣送她的衣服，是憑藉著薄弱的記憶想起的一件很像媽媽曾經穿過的清爽連身裙，當時缺乏表情的特洛瓦很罕見地一臉困惑的看著真嗣。自己曾好好正視過特洛瓦嗎？

「你可不能要她離開零的身體喲，畢竟珊克也是零。而且她們也可能是同時存在著，只是特洛瓦的個性不明顯所以看不出來喔，就先看看情況吧。」

這是她自己的問題，摩耶說道。

當天，大洋洲海底有多處板塊接觸點崩塌分裂，噴出大量的硫化物。如今所有板塊都在朝歐亞板塊中央的正下方集中，而遭到拉扯的另一側的板塊，則是反過來從較薄弱的地方開始剝離。地球的內部物質並沒有停止消失。

＃5明日香於月影之中

「噗嗤，這是什麼樣子啊。」

在用照相槍確認EVA 02 Allegorica的表面損傷狀況後，明日香忍不住噗嗤笑起。

「這就像安置在佛寺裡的古老聖像呢。」

以方才與亞拉爾載體進行肉搏戰時接觸與碰撞到的部位為中心，軀幹上的迷彩塗料剝落，露出兼具高電磁遮蔽的散熱表層閃著金色光澤。

只不過，儘管胸部遭到一連串的重擊，外部裝甲卻比預期中的還要能撐。

雖然無法期待斷掉的左手能像人體一樣自癒，但說不定會根據下次遇到危機時的同步狀況，突然間就自行修復了。

至於被明日香的頭髮塞住而故障的ＬＣＬ循環系統，儘管其中一座徹底壞掉，但其餘的兩座依舊能充分發揮機能的樣子，Allegorica組件在那之後也不再鬧彆扭，武器的消耗率是三十％，稱不上狀態完好，但以經歷過一場戰鬥來講，明日香的EVA 02 Allegorica算是維持著相當不錯的水準。不過，今後得更加小心了。畢竟是在這種孤立無援的狀態下，她認為今後自然而然會以野外求生作為主要目標。

氧氣、水、食物都還很充足。不過照目前的消耗速度，就連一個月也撐不下去。假如依靠無限續航裝備Allegorica組件與插入拴的緊急救命程式將代謝速度降到最低，陷入深度昏迷狀態的話，就能生存好幾個月吧。

再來，作為不曉得會不會順利的真正最後手段，還可以關閉深度同步器與限制器，刻意進入過度同步狀態溶入ＥＶＡ之中，然後再與ＥＶＡ一起停止機能的話，就能隨著飛逝的時光渡過有如化石般漫長的歲月——但這只是「有可能辦到」的方法——是摩耶向準備前往月球的明日香與綾波No.珊克提出的手段——但明日香也很清楚這些話語就只是代替精神安定劑交給她們，就像是護身符一樣的東西。不過在最糟的情況下，就只能依靠這個了。

真嗣曾在同步率四百％的混濁之中生還，但無法保證明日香與貳號機也能同樣獲救。而且最主要的是，現在的月面是個騷動不安的地方。由於軌道與質量就像貓眼一樣變化著，所以就算在月球的衛星軌道上進入休眠狀態，也很可能一下子就迷失在宇宙之中，就算在月面上找到永久陰影區作為臨時居所，也不知道現在的月面會在哪裡突然發生巨大地殼變動，波及到在休眠中的自己。

——不好，開始負面思考了。

「睡到救援過來，可不是我的作風呢。」

在擊退載體後過了好幾天，除了月球上的大規模地殼變動外，明日香沒有遇到新的敵人。

EVA 02 Allegorica目前正在低軌道飛行，盡可能等間距地撒下小型感測器。只要那個黑色阿爾瑪洛斯出現在感測器的散布區域內，由於那具巨大身軀，所設置的地震儀應該會偵測到不同於月震的地面波，藉此捕捉到它的行蹤吧。而且也想盡可能累積月震的資料。畢竟直到現在都還搞不清楚，月球是基於怎樣的理由變成有將近一半的地表噴出熔岩的灼熱星球。在完成第二十餘趟投射感測器的例行作業後，明日香在無重力狀態下靈巧游到背後的小空間裡取出軟管包裝的果凍食品，順便把一個藍色塑膠包帶到排出ＬＣＬ的插入拴裡頭。

這是為了避免明日香在月球上感到無聊，由好幾名ＮＥＲＶ工作人員將遊戲、音樂軟體、立體益智玩具還有相簿等各種東西裝在裡頭送給她的包包。之前都忙到沒時間拿出來看。順道一提，真嗣送她的是一本海洋生物寫真集，是那種能在浴室裡翻閱的書籍，實在是讓人很想吐槽他。

「這是要我泡在ＬＣＬ裡頭看嗎？他是笨蛋嗎？」

這種脫線感是很有真嗣的味道。翻開塑膠材質的頁面。

——海洋嗎？海也挺不錯的呢——

儘管地球的海洋如今也因為各處的大型地震變成海嘯接連不斷的可怕場所，但她回想起來的盡是美麗的風景。

小小的警報聲響起，ＡＩ開始倒數下一次投射感測器的時間。

隨後，明日香就目擊到阿爾瑪洛斯在月球上做了什麼。

#6盤旋的天之頂點

■封印空間

現在NERV JPN總部中央的開口處雖然被改造成漂亮的圓形，地面設施在外圍以同心圓鋪設的數條軌道上緩緩繞行著，不過這原本是在三年前的ＮＥＲＶ總部戰時，地下都市的天花板遭到多架量產型ＥＶＡ打破所造成的缺口，如今能從這個開口處看到眾人稱為石棺的半球型水泥頂棚。石棺下方是別說相關人員，就連ＮＥＲＶ上級人員都嚴格限制入內，設有多重隔離、屏蔽的封印空間。

而內部則是在三年前的人類補完計畫失敗時，莉莉斯以自身為中心產生的時間停滯空間。是包含當時的基地司令碇源堂與技術部主任赤木律子在內，擴張成巨大蛋型吞噬掉一百五十名以上的職員與數十名戰自特種部隊隊員的異常領域，儘管到現在都還尚未查明這是個怎樣的領域，但內部恐怕就連一秒鐘都沒有經過的推論是目前統一的見解。

表面毫無起伏，就如同鏡片一般光滑，但是照不出任何影像，完全沒有反射光線。就像那裡的景象被以曲線剪下一樣，就連是位在前方還是後方都看不出來的漆黑存在。周遭的廢墟被設置在這裡的大量光源照亮，只要走在其中就能隔著漆黑球體的圓頂看到對面的廢墟，這時才總算是讓人產生了這個以曲線區隔空間的黑暗是個球體的真實感，這就是如此異常的景象。

「律子……加持他……加持變成另一個人了……只有身體還留著——喂，律子——我……我該怎麼辦才好……！」

呢喃到最後哽咽起來的話語打破寂靜，美里就像是被夢話驚醒似的猛然回神，連忙擦拭臉頰上的淚水。

——我在搞什麼啊……居然跑到這種地方來——

這種事哭又沒有用——

她很清楚。但是卻不想離開。

目前能夠不經任何人的許可，不被任何人發現地走進封印空間的人就只有美里，而她也只剩下這個地方能夠哭泣了。她坐在地上，從二十四小時監視著漆黑巨蛋的觀測攝影機死角眺望著漆黑的球面。

——救救我……

等注意到時，她已經握有包含ＥＶＡ運用權在內的好幾項絕對權限。

NERV JPN總司令。只要回到地上，只要她還掛著這個頭銜，不論在任何地方，所有人都會帶著特別的緊張與恐懼關注著她的一舉一動，等待著她所發出的下一道指示。

——這樣的自己卻哭了——

這就連她自己都大感意外，如果是在三年前的話，她認為自己就算面對加持的死亡而產生動搖，也還是會採取下一個行動。然而現在的美里卻停下了腳步。

說出她不該說的話語。

「世界會變成怎樣都無所謂了。」

這是她第二次這麼想。第一次是在南極的啟示錄過後，就只有她獨自存活下來的年幼歲月。

「我好想見你喔，加持……」

「那就去見他吧。」

隨著這道聲音的出現，空氣沉重地震動了一下。

「！」

她嚇得魂飛魄散，鬆開抱住膝蓋的雙手往後撐住地面，整個人向後跌坐。

眼前是穿著黑色舊款戰鬥服的綾波零No.卡特爾，而在她背後單膝跪著的0・0EVA用巨大身軀覆蓋住上空，低頭俯瞰過來。

——她是怎麼出現的……！……這個地下空間是完全密閉，而且隨時受到監視……

就像是被推擠開來似的，她們周遭的建材粉塵默默掀起輪狀的煙霧。

NERV JPN最深處與自己的內心深處同時遭到侵犯，儘管美里嚇得腦袋一陣暈眩，但也還是立刻思考分析起眼前的狀況。

天使載體還有卡特爾的０．０ＥＶＡ變異體，一連串的敵人突然出現又突然消失。根據狀況證據、交戰駕駛員的感覺，還有技術部的推測，與ＱＲ紋章相關的存在極有可能空間轉移的報告略過腦海——

——轉移……是能這麼安靜且不產生任何放射能就辦到的事嗎……？

ＥＶＡ卡特爾機的變異體。與綾波零No.卡特爾一同抗命逃亡而受到敵對認定的巨人全身變得奇形怪狀，有部分融合起來，也有部分脫落遺失，胸部裝甲上的ＱＲ紋章——阿爾瑪洛斯的漆黑鱗片閃爍著紅色的詭異光芒。

「妳能自由出現在想去的地方呢。」

一雙紅眼眨了眨後說道：

「我不記得曾到過想去的地方，就只是置身在洪流之中。」

「洪流？」

「我看到歐盟的ＥＶＡ出動，也看到許多國家在尋找方舟。可是大地在搖晃，世界就只是不

停地傾向末日——等注意到時，我就已經回到這裡了。」

「為什麼？」

「碇司令就在這裡頭……要是我也能一起溶入這片黑暗中就好了。」

她提到這個名字，讓美里了解到一件事。儘管卡特爾終究是以她自己主觀的觀點講話，但她所說的全是事實。

「葛城司令，妳就算哭也沒關係——畢竟世界已經結束了……不過。」

「什麼！」美里連忙擦拭臉頰，卡特爾朝她走近一步。

「已經沒時間欺騙自己了，美里有自己真正想做的事……應該現在就去做。」

「上頭那個『整合的我』就沒有這種東西。」

——誰？是在指特洛瓦嗎？

美里自從得知加持的異變後就變得魂不守舍，連時間的感覺都很模糊。

「妳並沒有實體——只要這樣威嚇，她就會輕易被『混合妥協的我』的殘像奪走身心消失了。」

綾波零No.特洛瓦在北海道的事件中沒辦法出擊。美里有印象收過摩耶對這件事的報告。報告中指出零No.珊克的死亡對特洛瓦所帶來的衝擊，或許不只是經由精神鏡像連結讓她感受到死亡的打擊，還讓她將自己的精神讓給了已經死亡的珊克——意思是卡特爾跟特洛瓦接觸過了嗎？就跟良治變成了SEELE一樣，就像是把心靈覆蓋掉一樣！美里生氣的開口反駁。

「人類的心靈才不會這麼輕易地，這麼輕易地被奪走！——我可是……！」

「如果想確認，就該這麼做。人類已經沒有時間了。」

以變成異形換取漆黑之力的0．0EVA朝著美里伸出左手，扭曲變形的裝甲隨著動作嘎吱響起。

■轟然的振翅聲

真嗣感覺到附近有某種鮮明的氣息……

——是對新裝備的測試感到緊張吧。要專心——

「摩耶小姐，這個振動是？」

才剛這麼問，真嗣就注意到這個振動是從自己體內傳出來的。

他目前正在第二整備室中，能稍微俯瞰超級ＥＶＡ頭部後方的甲板上，坐在由插入栓安裝臂固定住的模擬插入栓裡頭。

超級ＥＶＡ在加裝上摩耶稱為盤旋天際的小羽翼（Vertex之翼）的飛行組件後，就在上午的飛行測試開始之前，以標準武裝的狀態反覆進行著最後的模擬測試。

「振動？超級ＥＶＡ這邊沒有偵測到任何反應……還有其他能監測的部位嗎？」

摩耶目前正戴著罩住肩膀以上部位的思考保護裝置，藉由電磁方式干擾腦波附近的波長隱蔽自己的存在，待在超級ＥＶＡ裡頭。因為超級ＥＶＡ就連在維修時都不會停止運作，隨時都有可能遭到精神汙染。儘管不想讓人看見而穿著白大衣遮掩，但她底下其實還穿著戰鬥服。這是因為現行版本的戰鬥服在防止過度同步上有相同的屏蔽構造，由於不知道這種穿著會對最佳化的指令信號造成怎樣的影響，她才把儀器搬進插入栓裡直接進行監測……

「抱歉，摩耶小姐，是我誤會了……」

「——等等，超級ＥＶＡ也開始振動了，是心跳聲以外的微幅振動，就像在顫抖一樣……」

整備室啪啪啪的連續響起不同於超級ＥＶＡ心跳聲的巨大聲響。而聲響的間隔還愈來愈短，最後變成昆蟲振翅般的嗡嗡聲響，在整備室裡響徹開來。

——靜態測試出現這種狀況也太奇怪了！

真嗣扯掉貼在身上各處的感測器連接線，立刻衝出模擬插入拴。

「哇！」真嗣看到飛行組件散發著有如極光的相位光，超級ＥＶＡ把手放在左右兩側的維修突堤上，就像是要把突堤推開似的嘎喳嘎喳地施加力道……

——嘰嘰嘰嘰，砰！

拆掉了。但超級ＥＶＡ還是沒有停下來。

「摩耶小姐！……啟動了！動起來了啦！超級ＥＶＡ！還有飛行組件！」

飛行組件發出的巨大聲響從類似昆蟲的振翅聲開始不斷提高頻率，最後超越刺耳的程度，成為直接在腦中響起讓人難以忍受的聲響。

真嗣搖搖晃地敲下柱子上的警報鈕——

「大家快逃離整備室！超級ＥＶＡ擅自動起來了！十五秒後將會執行酚醛樹脂固定……！」

真嗣以不輸給警報的聲量大喊，但是這種處理方式會有用嗎？

「你就是我吧！別擅自亂動！——摩耶小姐趕快離開ＥＶＡ！」

糟糕，沒聽到回應——是線路的哪個部分斷掉了嗎？就算真嗣想跳到眼前正在亂動的超級ＥＶＡ的插入拴頂蓋上，但要是沒跳好就會從ＥＶＡ肩膀的高度墜落……！

他猶豫著。但是大腿部分的固定鎖就快鬆脫了，要跳的話就只有現在——

了。

——砰鏗！腳下的甲板傾斜。油壓鬆脫的大型作業臂險些砸到真嗣，擦過他身邊把甲板壓垮了。

雖說超級ＥＶＡ跟自己是一心同體，但要是自己死掉的話會怎樣？不對，要這麼說的話，自己早就經歷過被綾波No.卡特爾的０．０ＥＶＡ用伽馬射線雷射燒死，就連肉體形狀都失去的物理性死亡了。現在的身體據說是跟著超級ＥＶＡ的高次元宇宙之窗的心跳聲一同出現的再生物。只要離開超級ＥＶＡ就會在量子層面上變得不穩定、不確定的自己，會因為一般的死亡概念死去嗎？

——不管了，現在重要的是……！

真嗣朝著超級ＥＶＡ跳去。

一面被失控的超級ＥＶＡ甩動，一面直接拉出外部裝甲上的把手排出插入拴，但如今的初號機不會因為這種事就停止運作。自從得到心臟後，超級ＥＶＡ就不再停止運作了。真嗣連滾帶爬地進到插入拴裡。

「真嗣！」

「摩耶小姐，不好了。」他瞥了一眼體內訊號監測器上被警報顯示填滿的螢幕，朝著光是撐著身體就竭盡全力的摩耶說道：「總之把視野給我。」

「我不知道為什麼會突然連線喔。」

摩耶從中央控制臺上拔掉資料記錄器的纜線後，擋住視野的大量視窗就陸續消失，顯示出整備室內的慘狀……

「……看來我是下不去了。」摩耶說道。

酚醛樹脂的洪流開始灌入。

「？」——前方裝甲牆上的檢修通道有人……！

就要他們快逃了！……是穿著黑色舊版本戰鬥服的——綾波！

——是卡特爾！怎麼會——真嗣正想確認，視野就隨著咕吱咯吱的樹脂破裂聲響突然上升，視線追丟了那道人影。

不將灌入腳邊後瞬間硬化，應該能阻止自己行動的酚醛樹脂放在眼裡，超級ＥＶＡ破壞掉硬化的樹脂後把腳抽出，爬上酚醛樹脂的硬化液面。

「是我看錯了嗎？再怎麼說也……」

比起似乎看見了的人影，現在最重要的是設法阻止超級ＥＶＡ。

「真嗣！」摩耶挪動著身體要把座椅讓給他。

「摩耶小姐，坐好！」

她將目前所能想到的所有抵禦精神汙染手段都穿戴在身上了，所以摩耶的訊號不會傳給ＥＶＡ，ＥＶＡ的意識也被阻絕不會傳給摩耶。但要加以比喻的話，就只是類似利用噪音讓人聽不到其他聲音的干擾手段，真正意義上隔絕精神波的技術目前尚不存在。

「不好意思。」真嗣扯掉摩耶披在戰鬥服上的白大衣。

「呀！」

將摩耶的肩膀按在插入栓座椅上後，背後就響起喀嚓一聲把她固定住。儘管摩耶一臉埋怨地看著真嗣，但要是不固定住身體而讓她摔到前方（高深度側）的話，可無法保證她這身裝備能夠讓她免於精神汙染。

真嗣站在插入拴座椅旁用推摩托車的姿勢握住把手。

兩人感到背後傳來一陣輕盈的飄浮感，陷入混亂的超級ＥＶＡ打算飛起來。

得設法控制住——沒辦法。

「我要注入ＬＣＬ了喲。」

「……ＯＫ，請吧。」

當ＬＣＬ充滿插入栓時，首次進行ＬＣＬ呼吸的摩耶果然很難受的樣子。

不過這樣ＥＶＡ與搭乘者就能夠直線性的傳達感覺，讓因為超級ＥＶＡ陷入混亂而中斷的感覺部分主導權轉移到真嗣身上，這才終於恢復了與指揮所的通訊。

『真嗣！給我說明狀況！』

「在……在搞破壞！」

「什麼！你何時變成這種壞孩子了！」

「是超級ＥＶＡ啦！酚醛樹脂的拘束失敗，飛行組件啟動，所產生的光芒把接觸到的東西接二連三地破壞掉！摩耶小姐也跟我一塊在插入栓內！」

『能把組件炸掉，強制分離嗎！』

一臉難受的摩耶擺出叉叉手勢。「摩耶小姐說沒有反應！」

『那就別給我亂動！』

「就要飄起來了啦！」

■既脆弱又危險

超級ＥＶＡ的懸浮機關跟ＥＶＡ貳號機還有EVA EUROⅡ使用的重力子Allegorica系統不同，是利用絕對領域在空間中製造出疏密差，然後飄浮在這個縫隙之間。

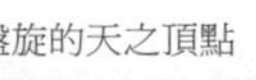
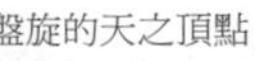
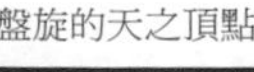
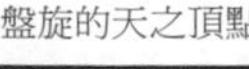

這是曾冠上試驗機編號的初號機F型所試圖取得的，領域偏折技術的預定目標之一。不過舊初號機只能在瞬間產生所需的絕對領域，沒辦法持續維持，所以沒能成功飛行，只有實驗資料累積下來，不過這次靠著超級ＥＶＡ超乎常規的領域力量，總算得以實現了。

將貳號機變成天馬的Allegorica之翼目前正在第一整備室建造預定要給F型零號機裝備的部分，但由於光是機翼部分就用到N[2]反應器、重力子控制以及空間相位干涉技術等等，而運用到這些綜合技術的部件就連數量也比ＥＶＡ本體還多，實在不是能倉促趕工出來的東西。

相對於這對豪華的巨大機翼，超級ＥＶＡ的小機翼則被摩耶說是「只有粗暴者能讓它飛起來的人力飛機」。這句話是相對於人類技術結晶的Allegorica，她身為技術人員對強行扭曲物理法則達成目的的ＥＶＡ——特別是超級ＥＶＡ那不講理的構造與力量所發出的埋怨。不過就連無法理解這種心情的真嗣，也在建造超級ＥＶＡ那就只是把領域誘發板並排起來的小機翼時，也覺得這看起來就像紙飛機一樣。

——要持續產生高輸出的領域，也就是說，能不能飛全看超級ＥＶＡ與真嗣的努力，這說不定真的是人力飛機。能靠這種東西追上在登月途中下落不明的明日香嗎？——

可是——當機體終於升空時，雙腳已經——

「撐……撐不住了……！」

——嘰——！

這是超級ＥＶＡ的腳尖橫向打滑，從硬化的酚醛樹脂液面上劃過的聲音。

——浮起來了！可是……「糟糕！」

機體不穩的超級ＥＶＡ接連撞上周遭的牆壁與結構物，而超級ＥＶＡ的小機翼雖然散發著柔和的干涉光，但一接觸到被那光芒扭曲的空間，整備室的設備就隨即在激烈的相位差之下振動，扭曲，粉碎了。

『壁面的耐久值到極限了！整備室就要垮了。』日向的聲音說道。

真嗣用超級ＥＶＡ的手到處亂抓想保持平衡，但超級ＥＶＡ卻不停亂動著，怎樣都不肯讓他進行細微的操控。最後胡亂抓到的長長圓柱狀物體，也沒有經過太大抵抗就鬆脫了——是EVA EURO II的十字槍。

「真……真嗣！」

在聽到摩耶的叫喊抬頭後，超級ＥＶＡ就朝著整備室的天花板摔了過去。

■飛向天際

在減震結構上分屬不同建築的指揮所沒受到太大的衝擊，厚重的裝甲牆也隔絕了聲音，不過在等待後續消息的片刻寂靜後，有人大喊了一聲「在外面」。

切換到主螢幕上的基地戶外監視器顯示著撞破地面裝甲飛出來的超級ＥＶＡ——

「還來啊！就不能正常地出來嗎！」

「可是……太厲害了，在飛了耶。」青葉說道。

「要飛也預定是今天下午的事！而且應該是在蘆之湖的漂浮平臺上，這樣破壞設施……那個笨蛋……以為是誰要從哪裡爭取預算啊！」

在這種場面下率先喧嘩起來的少年，在這短短期間已經完全是代理副司令的樣子了。讓青葉與日向在這種緊急情況相視竊笑著。

即使說得好聽點，超級ＥＶＡ的狀態也完全稱不上是在飛的狀態。不僅頭下腳上，機體還在空中不停打轉。

摩耶在習慣呼吸後提出建議。

「真嗣，把Vertex之翼開到最大，讓翼幅展開。」

「好……好的。」

可摺疊結構的翼尖稍微往左右兩側伸長，讓領域誘發板的外側遠離ＥＶＡ，而這細微的變化讓不小心造成的旋轉平緩下來。

「啊……可以能控制運動了？」

「不是喔，動作愈是穩定，機體反應也應該會變得愈是平穩緩慢，這就只是讓平衡娃娃的長度變長，是小學生程度的理科呢，這樣會降低機動性，所以請視情況斟酌使用。」

摩耶隨便用拉丁語命名冠上頂點——天空的旋風，盤旋的天之頂點——這個名稱的機翼在之後成為正式名稱時，因為行政方面的疏失使用了英文拼音登記，所以讓它跟超級EVA合稱為超級EVA頂點，或是Vortex EVA。

卡特爾看到了這一幕。「那對羽翼會刺激到他吧。」

■漆黑的意思

「第二整備室暫時不能用了。」

「……瞧他幹的好事。」

在搔著頭的冬二背後——「咦……？」

冬二在聽到聲音轉頭後，就看到緊貼著他抵達指揮所的小不點綾波No.希絲發著抖，突然露出遙望遠方的神情。

「真嗣，設法停留在火山臼上空，要是飛出去的話，會惹來許多麻煩事喔。」

主螢幕畫面上的超級ＥＶＡ持續失控飛行著，冬二一面注意著畫面上的情況，一面用腳把附近的椅子勾到希絲身旁，而她則是輕輕坐了上去。

「怎麼啦，身體不舒服嗎？」

——冬二就在這時發現異變。希絲身旁跟著一個約五十公分的圓形Ｎ型機器人。這個現在一人一個跟在綾波們身邊的生物監測裝置，在發出情報接收過量的錯誤提示音後，冒著煙橫倒在地上。

附近的工作人員這時才總算是注意到這件事朝希絲衝去，不過被冬二制止了。

「等等！」他對這個狀況有些頭緒。

「這是那個吧……？趕快錄影！」

就在眾人詢問理由之前，希絲開口了。

「——此乃……禁忌……不被允許之事……人類——

當生命……還是生者……之時是禁止……擁有翅膀的。」

知道以前也曾發生過這種情況的人頓時脊背發涼，注意到宣告將再度來臨。

巨人——漆黑的阿爾瑪洛斯再度經由綾波之口說道。

「束縛於……大地之上，永遠地……掙扎——徬徨下去……才是人類所被允許的姿態……是命運。」

冬二當機立斷。

「……向聯合國及日本政府、相關單位發出第一級警戒警報。」

「咦，可是還沒有任何具體的……」

「無所謂，要是能在發生什麼事之前爭取到時間的話，就算我們運氣好，然後再次請葛城總司令過來一趟……」——他環顧周遭一圈。

「全都市戰鬥區域，準備防衛戰！」

高中生下達的命令沒有被立即執行。日向以響徹整個樓層的聲音喊道。

「目前葛城總司令不在，鈴原代理副司令擁有命令權！立刻去做！」

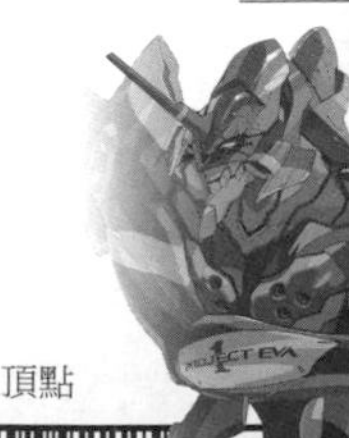

■三加五

從綾波們的調整室飛奔而來的醫護人員們將儀器裝在希絲身上，開始監視著她的身體監測裝置。

「人類……禁止——取得翅膀。」

希絲不時顫抖著嬌小身軀喃喃說道。

希絲恐怕是經由綾波之間的鏡像連結感應到卡特爾，而卡特爾則是透過阿爾瑪洛斯植入０·０ＥＶＡ的ＱＲ紋章接收到阿爾瑪洛斯的意志，代替它說出這番言論。

「說什麼禁止擁有翅膀……真是莫名其妙，人類早就擁有航空技術，ＥＶＡ也打從三年前的量產型開始就會飛了，如今也有兩架裝上機翼的ＥＶＡ在運作當中耶……？」

「超級ＥＶＡ是特別的吧，或是說，那傢伙至今為止，雖然引發了許多天災地變，但登場原因本身就是對超級ＥＶＡ獲得心臟的反動。」

「你說得就好像超級ＥＶＡ是人類的代表一樣。」

冬二一面聽著操作員們的竊竊私語，一面關注著武裝都市的展開過程……儘管想出動第一整備室的Ｆ型零號機，但希絲變成這樣，特洛瓦恐怕也……更何況他還想起特洛瓦目前的情況很複雜，不過現在是緊急時刻。冬二直接問道：

「喂，綾波！我不知道妳現在是珊克還是特洛瓦，但有辦法回話嗎？」

『我可以出動。』

「喔……？——喔喔！」

以為還待在房間裡的綾波No.特洛瓦，位置標記早已移動到F型零號機的整備室大門前，在閃爍的標記旁以通訊視窗顯示出影像的她跟現在的摩耶一樣，同樣戴著思考保護裝置。

「原來如此……幹得好啊！」

「這樣似乎就能防止意識被阿爾瑪洛斯的思考拉走了，只是要戴著這個把同步率提昇到可運行領域，大概會很辛苦。」

「摩耶小姐？請立刻試算要將思考保護強度調降多少，才能在防止阿爾瑪洛斯的心理接觸與操控ＥＶＡ之間取得平衡……啊，她人現在不在這啊！」

「我來做。」日向說道。

如果按照以前的體制，如今應該要先出動情報部的監察室對綾波進行漫長的安全性測試，確定是否能再度信任她的行動，但冬二卻將這些程序全都跳過了。相當隨便呢。日向雖然注意了到這件事，卻不可思議地認為冬二下達的靈活判斷是正確的。

「對了綾波小姐，我該稱呼妳特洛瓦嗎？還是珊克？或是三加五等於八？」

為了不與其他的編號稱呼混淆，才以法語讀音稱呼複製綾波系列的編號。

關於綾波零No.特洛瓦 的肉體也許被在地球與月球之間死亡的No.珊克覆蓋的說明，冬二也收到了通知。這種機智表現確實是珊克吧，也具備她那略帶成熟的表情。然而，那份成熟感卻忽然消失了。

「……不要叫我八……」

只不過是無關緊要的話題，綾波卻不知為何作出這種反應，讓冬二稍微嚇了一跳。

——為什麼啊……？

「啊。」八的法語讀音跟真嗣母親的名字——唯很像，這讓冬二有了頭緒……

「妳現在是特洛瓦吧。」

儘管通訊在她回答之前就切斷了，但冬二看出特洛瓦依舊存在於成為珊克的綾波零No.特洛瓦體內。

「說什麼沒個性，這不是很能自我主張嘛。」

綾波的標誌移動到F型零號機的標誌上，顯示狀態換成「搭乘」。

■敵性訊號藍

從神祕的漆黑存在傳來的訊息不斷重複著，NERV JPN設法做好迎擊準備。

即使真嗣想讓超級ＥＶＡ降落，但超級ＥＶＡ卻到處亂飄，怎樣也不肯降落，在上空繞行著進行名義上的巡邏。

雖然超級ＥＶＡ曾經因為自身的凶暴性與反應連鎖性，無視於真嗣的思考地自行動作，但目前這種無法操控的狀況很奇怪。

真嗣為了在這種不自由的狀態下準備戰鬥，握起左肩攜行軌上的Powerd 8卡賓槍——本打算舉起左手，右側機翼的領域卻忽然分散減弱，讓超級ＥＶＡ在空中打轉起來。

「哇！」

「你在做什麼啊！」摩耶抗議起他的粗暴操控。

——剛剛那是什麼？

稍微動了一下，這次是左腳做出反應。

「摩耶小姐，手腳與機翼的感覺與操控不停地在互換，也感覺不到規則性——」

「你說什麼？」

插入栓內的水中揚聲器傳來綾波的聲音。

『永遠地……在地面世界……大地之上不斷徬徨……是人類的命運……』

「是特洛瓦嗎？」摩耶詢問著，而真嗣則是露出「糟糕！」的表情。

果然不是他看錯，是真的在那裡。發訊源非常近，ＩＦＦ（敵我識別）識別已被改登錄為敵對的那架ＥＶＡ是——「緊急呼叫ＣＰ！偵測到卡特爾的訊號！」

日向回道：

『真嗣，這邊No.希絲已進入恍惚狀態。跟以前阿爾瑪洛斯在月球經由No.卡特爾讓No.特洛瓦傳話時的狀態相同。』

「不好意思，日向先生，其實我在飛出整備室之前，看到了穿著黑色舊款戰鬥服的綾波。原本以為是我看錯了……但就在附近，卡特爾和０・０ＥＶＡ一起待在基地設施的某處，可惡，反應受到干擾，基地裡到處都是她的氣息……！」

就在這時，真嗣在即將飛越的ＮＥＲＶ總部設施中央，圓形開口處裡頭的半球型石棺上看到默默佇立的０・０ＥＶＡ變異體。居然偏偏在那裡——

「呼叫ＣＰ！發現目標！就在中央石棺上頭……」

就在接獲通知的指揮所亂成一團時，真嗣注意到零No.卡特爾站在０．０ＥＶＡ變異體的肩膀上仰望過來。

——真嗣在無意識中將穿著黑色舊款戰鬥服的卡特爾的影像放大——

……卡特爾指著什麼，會是什麼？

開口處底部的半球體位在比ＥＶＡ的身長還深，比蘆之湖的湖面還低的位置，卡特爾實際所指的方向上就只有地下設施的壁面……

——不對，她是指更遠的地方——

仰望過來的卡特爾動著嘴唇，插入栓內的水中揚聲器再度傳來她的聲音。

「當人類——人還活著之時，不能獲得翅膀……獲得——解放——

——這是在說你喔，碇同學。」

「ＣＰ……基地南方有沒有出現異常！」

『超級ＥＶＡ，請專心對付卡特爾。』

卡特爾接續道。

「他已經看到了，透過我的眼、０・０ＥＶＡ的眼——看到了你想獲得翅膀的模樣，登月的第二適任者有這麼重要嗎？」

「沒辦法攻擊那個位置。」

指揮所裡眾人議論紛紛，爭論著要怎樣才能讓卡特爾ＥＶＡ離開半球體上方。因為他們無從判斷地下的時間停滯球到底發生了什麼事。

「綾八！能從駒岳射擊哨看到基地石棺半球體上的卡特爾機嗎？有辦法攻擊嗎？」

『看不見但有辦法攻擊，只是半球體也會跟著遭到破壞。』

「這可不行……！在整備室裡從下層隔著地層向上射擊都還比較好吧……」

但無論如何，都不想讓綾波攻擊綾波……

『ＣＰ！冬二！快偵察火山臼的南側！』真嗣最後大吼起來。

不過，回答的人卻是Ｆ型零號機的綾波。

『駒岳射擊哨也確認到了。南方，大觀山右山脊上有Unknown 2（兩個不明目標）。』

——咦？——亂哄哄的指揮所頓時鴉雀無聲，眾人紛紛注視起螢幕。從基地的位置看去，在隔著蘆之湖的對岸，過去因為戰鬥改變過好幾次地形的山脊上站著兩道影子。

不對，那不是影子，而是漆黑。

「黑色巨人……」

「等等！阿爾瑪洛斯應該在月球上吧……！而且還兩隻……！」

「偵測不出圖形！探測波全都沒有反應！」

又是毫無任何前兆，也沒觀測到放射物質就突然出現。

「冷靜下來！外型跟阿爾瑪洛斯不同！應該有兩片的背板卻只有一片，大小也跟ＥＶＡ差不多，阿爾瑪洛斯要大得多了。」

青葉朝著這麼說的日向回答。

「但一眼就看得出來他們有關係吧，要我跟你打賭也可以喔！」

黑色的兩架動了。

「Victor 2與3出現變化！」

總之先以ＭＡＧＩ分配的編號稱呼。此時的Victor 1是指卡特爾的ＥＶＡ。最近的敵人主要是冠上代表目視發現的Ｖ編號，先以雷達偵測到而冠上Ｒ——Romeo編號的敵人則為數不多。盡是些棘手的敵人。

兩架黑色巨人在山脊上接近對方，將彼此背上的板子合在一起。

——咚——……！

有如鐘聲般令人不寒而慄的碰撞聲，不對，這不是一般的聲響，就連受到厚重裝甲保護的指揮所都響起了這道聲音。

「怎……怎麼了？跟伊斯拉斐爾一樣是雙個體分離融合型嗎？」

——轟隆隆隆——

不過這兩架巨人並沒有融合，而是在發出地鳴後再度分開，只是當他們合在一起的背板分離時，背板後方出現了與蘆之湖南方截然不同的風景。那是——夜晚？或是傍晚的昏暗風景……隨著兩架巨人分開，背板後方的景色也擴展開來。

「……影像？」

——轟隆隆隆隆——地鳴就像正拉開一道巨大鐵門似的持續響著。

隨著另一個世界的風景拓展開來，兩架黑色巨人的身影就像自身的色彩也被拉長似的，變得愈來愈淡……

——轟隆！

站著的所員全都忍不住想抓著什麼東西。這道振動帶來的衝擊，讓在場眾人全都理解到大門徹底開啟了。地面再度微微響起。

「……V2、V3消失——？」

當前的危機解除了嗎？但奇妙的風景「窗口」還留著。

昏暗景色的深處搖曳著柔和光芒，光波自窗口湧來，溢出溫和的空氣。

「南岸警衛哨緊急呼叫CP！兩名觀測員——突然結晶岩鹽化了！警告！光……還有風……甘甜香氣的——」

啪沙一聲，畫面上的警衛變成一道白柱崩潰，指揮所各處響起小小的悲鳴聲——

「什麼！」異變的影響自「窗口」朝第三新東京市以扇狀展開。

「！有十五個戶外監視所失去消息！」

「快……快讓外頭的人進到屋內！」

冬二大喊之後，隨即反應過來的日向與青葉就朝各處下達更為詳細的指示。

「全體所員立刻前往汙染防護區域！全隔間牆關閉！將設施內的氣壓加壓到正壓！」

「通知全市不要直視那個『窗口』發出的光……！」

——冬二腦中閃過在歐洲發生的，讓一百六十萬人口化為鹽柱的浩劫——

就在這時，真嗣告知了更大的危機。

『ＣＰ！有東西出來了！』他才剛喊道，敞開的「窗口」就跳出三隻天使載體。而且還是長著翅膀的——新型。

都市的武裝區域開始轟隆開砲，連同火山臼南壁的山岳一起轟炸出現的天使載體群。不過它們卻用無形的能量盾抵擋住攻擊，靠著翅膀輕易地飛起。

其中一隻腹部繭裡的使徒幼體似乎是塞路爾，在閃爍的瞬間就將焦點炸掉的極強力光線接連炸毀都市武裝區域，十字形的光柱直衝天際。

這波攻勢讓都市喪失了七成攻擊機能，都市地圖型情態板的南側幾乎變得通紅一片。

「我的天啊……」

「ＣＰ呼叫綾八，先別立刻反擊！挨到那種攻擊，那怕是射擊哨的重裝甲也撐不了一發，目前先躲起來，等到關鍵時刻再加以狙擊。」

『Ｆ型零號機收到。』

駒岳射擊哨遵照指示靜觀其變，接著塞路爾載體發現了飄在空中飛行的超級ＥＶＡ。

■薰來訪

——人類……想得到……翅膀，卻不被允許得到——

卡特爾的聲音不停地向超級ＥＶＡ發出訊息。

「所以要懲罰得到了翅膀的人嗎？你們自己長著翅膀就無所謂嗎？」

——人類為何不能飛翔？是要我們等到死後再飛的意思嗎？

——是因為你們會獲得解放喔——

「……！薰？」

「咦？你剛剛說了什麼？」

真嗣沒有回答摩耶的疑問，反而向她詢問起在意的問題。

「會不會是指令的最佳化作業適得其反了啊？」

摩耶困惑回道：「可是不這麼做，就無法讓超級ＥＶＡ認定機翼是自己身體的器官喔。」

「就是這個，裝上機翼後的感覺還是跟只有四肢的時候一樣，機翼到底是手還是腳？總覺得超級ＥＶＡ一直在問著這個問題……」

「……說下去。」

「我有試著透過超級ＥＶＡ摸索答案，但這好像不是能夠整合的東西。所以想試著暫時恢復成Ｆ型初號機的領域產生格式。」

「這麼做會摔下去喔。」

「沒問題的，只是摔下去的話不會有事的。」

「敵人就在眼前耶？」

「現在這樣跟氣球沒兩樣呢。」真嗣朝她笑道，是哪來的自信啊……

摩耶在ＬＣＬ裡嘆了口氣敲打鍵盤後，真嗣以肌膚感受到集中在特定部位上的絕對領域一口氣擴展開來。

——解放就是指這麼一回事吧。

就在這時，超級ＥＶＡ被塞路爾載體的強力光線擊中了。儘管超級ＥＶＡ的絕對領域承受得住攻擊，卻被命中時的衝擊炸飛，無法控制地在空中飛舞著。

「呃！」要不是液體駕駛艙，就算超級ＥＶＡ毫髮無傷，人也會被剛剛的衝擊給壓爛。

儘管摩耶被嚇得魂飛魄散，但真嗣卻有著其他感覺。

——變敏感的絕對領域傳來刺燙感——不是因為剛才受到的龐大熱量衝擊，而是更加纖細、遙遠、銳利的……

——它確實正在看著自己——

真嗣感受到黑色巨人阿爾瑪洛斯的視線。比這驚人的攻擊還要強烈的視線——心情激動起來，超級ＥＶＡ與真嗣的心跳愈來愈快。

■戰翼展翅

當在空中被塞路爾的光線轟到更高處的高空時，散發著柔和光芒的羽翼消失，超級ＥＶＡ就跟摩耶提醒的一樣開始背部朝下墜落。

當三半規管向摩耶告知事態緊急，讓她險些忍不住放聲大叫時，真嗣突然開口問道：

「這跟靠知識與技術飛行有什麼差別？」

「咦？」摩耶看向真嗣……他在發抖？不對，是他緊握住操縱桿的手抖個不停，就像在用力壓制著什麼似的——會是什麼？

真嗣就像吶喊似的接著問道：

「這……這跟登山——蓋高樓層建築物，有……有什麼差別！」

「真嗣？你在說什麼啊？」

他就像在忍受著什麼似的回道：

「這傢伙，要是不跟它爭論這些來制止它的話，就要被彈開了……！」

「？你到底是……」

「看……看著前面，別扭到脖子——大浪來了！」

——轟！

就像被海嘯從背部拍打一樣。

過飽和溶入ＬＣＬ的氣體在衝擊之下瞬間分解成大量的細微氣泡，讓插入拴內變得雪白一片，看不見自己的手！當循環系統的水流如風一般的吹開氣泡時——

「超……超級ＥＶＡ，開始戰鬥(Engage)！」

敵人就在眼前，是長著翅膀的天使載體。當注意到應該還有約六公里的距離瞬間消失時——

敵人已逼近到連長槍都沒辦法使用的距離內——

——就算真嗣想踢開它，但實在是靠得太近也太快了——

然而，右膝卻傳來撞碎某物的抵抗感。超級ＥＶＡ右膝上的強襲膝甲捕捉到真嗣想攻擊的目標，將載體的頭部連同接著的胸部一起撞爛。

似乎很難受的摩耶表情驚訝地看著整個過程，但不知為何，真嗣覺得摩耶的動作看起來非常緩慢。

「才……才一招就……！」

「瞬間移動了五·八公里耶。」

在ＮＥＲＶ總部指揮所這裡，超級ＥＶＡ以筆墨難以形容的衝刺激起的衝擊波撞擊到設施裝甲牆，巨大的聲響與震動把所有成員都嚇了一跳，並在力量衰減後繼續撞上外輪山脈，在火山臼內部不斷引起回音。

「……太厲害了。」

然而，每當人類加深對ＥＶＡ的理解，翻開新的篇章時，就總是會出現更讓人無法理解的新問題，地面的觀測攝影機捕捉到超級ＥＶＡ拖著一道長尾巴留下異常航跡的影像。

「只是擴大絕對領域形成歪曲場與空間相位光的話，是不可能變成這樣的，這和假設中的現

象不同啊！」

有如花紋般的光帶一路延伸，並彷彿開花似的不斷展開。

無視於指揮所的擔憂，真嗣感覺自己正逐漸掌握運用機翼的訣竅。現在也能做到接近模擬訓練時的機動——除了異常的瞬間加速。不過是習慣了吧，意識與身體開始配合著這種速度做出反應。就像一直有著一股強大力量推著背部的感覺，儘管還稱不上隨心所欲……

「說不定有辦法了——摩耶小姐，請再忍耐一下。」

——其實在意識模糊的摩耶眼中，真嗣在操控ＥＶＡ時完全沒有動作，就連在跟摩耶與其他人對話時都沒有張嘴，而是透過控制臺的水中揚聲器發聲，他在這段期間內僵硬得跟石頭一樣，這並非比喻，而是事實，真嗣本人直到戰鬥結束後才得知這件事。

冬二——他也緩慢地詢問真嗣。是要詢問在空中留下光紋航跡的事。

「怎　麼——　啦

真　嗣　——　那　是　啥　啊　！」

經由通訊也知曉司令室正亂成一團，怎麼了嗎？大家看到了什麼嗎？

真嗣也感到只有自己與超級ＥＶＡ待在不同的時間流速之中的危機感，但要說是快感還是亢奮感？讓他感到刺激的這些感覺遠遠勝過了不安。

——解開繩結的人類姿態——不再受到束縛而滿溢出的人類本性——

遙遠而無原罪的——

「薰？好好說明啊！」

——小心，開啟縱軸Y的人類能擴大到無遠弗屆——

會無法回到人類的容器——大地的束縛同時也是安全裝置喔——

頭部與胸部被扯下的載體尚未完全停止活動。

不過拖曳著光之尾的超級ＥＶＡ就像是停不下來一樣，保持著同樣的速度橫越天際，將目標換成下一個敵人。

載體在空中搖搖晃晃地改變方向，設法追上超級ＥＶＡ，但動作變得遲鈍的載體，身上的能量源——ＱＲ紋章就在這時被一個尺寸微小，但帶有龐大能量的粒子以光速貫穿了。

射擊線來自圍繞著蘆之湖與第三新東京市的箱根山火山臼中央，位於箱根山駒岳上的射擊哨，綾波操控的Ｆ型零號機以跟右手結合的領域侵攻槍「天使脊柱」開始狙擊。後續射擊也擊潰了其餘的ＱＲ紋章。那架載體還來不及揭露繭中使徒幼體的真面目就墜落大地。

隨後，超級ＥＶＡ就以站姿拖曳著光紋飛行，並在燃燒天際的航跡更加耀眼的瞬間，再度消失在視野中，只留下了劃破大氣的衝擊——操控超級ＥＶＡ的真嗣這一次有做好準備，舉起EVA EURO II的長槍，而迎戰的另一架載體也展開護盾嚴陣以待——兩者之間的距離瞬間消失，長槍的十字槍尖猛烈刺在第二架長著翅膀的天使載體護盾上。

「喔喔喔！」矛與盾猛烈撞擊，天使載體的護盾擋下了超級ＥＶＡ的新力量——不過，長槍卻連同護盾一起壓凹下去。

同時也是護盾發生源的一座ＱＲ紋章承受不住壓力破裂，不過還來不及變回結晶體就被壓爛，噴灑出有如血液般的鮮紅液體。真嗣用長槍——輕易貫穿失去一座能量源而變薄的護盾——狠狠刺向載體的喉嚨並貫穿到背部，讓超級ＥＶＡ推著它往天空衝去。

「！是阿米沙爾嗎！」

載體繭中衝出二重螺旋纏住超級ＥＶＡ。

螺旋形成尖端，刺在超級ＥＶＡ的心跳聲中心，高次元宇宙之窗、中央三角上——螺旋之蛇就像吞下某種巨大物體似的鼓起一部分——每當超級ＥＶＡ的心跳聲響起就會從高次元宇宙匯入的能量奔流著沖進阿米沙爾體內，讓它鼓脹起來。儘管螺旋想逃離，超級ＥＶＡ的左手卻緊抓著它不放。鼓脹到性狀情報崩壞的阿米沙爾就在這瞬間內爆，像不穩的陀螺軸心一樣搖擺不定，在噴出猛烈強光後化為一個黑點。

當超級ＥＶＡ用左手將那個黑點捏碎後，真嗣就感到一股驚人的力量流入體內。超級ＥＶＡ順從著滿溢而出的力量，將刺在還活著的載體上的長槍向前高舉，維持著速度大幅轉向。

這時摩耶已經昏過去了，但這說不定是件好事。讓她不用看到心愛的各種算式被打亂的瞬間。

——希絲轉述著。

「人類的本性……業——沒有盡頭……永無止境，貪得無厭……是將一切吞噬殆盡——的存在。」

即使阿米沙爾載體還活著，卻被超級ＥＶＡ高舉起來當成盾牌，防禦塞路爾載體所發射的光線，等到抵達塞路爾身旁時，接連受到光線攻擊的阿米沙爾載體已被炸掉四肢，變成一團奇怪的肉塊。

真嗣在從那團肉塊上使勁拔出勉強未被破壞，讓這具瀕死身軀活下來的ＱＲ紋章後……

——就順著這個動作旋轉一圈——

越過塞路爾載體刺出的銳利帶狀手臂，直接將ＱＲ紋章砸在對方的護盾上。

雙方的ＱＲ紋章在判定對方是自己人的瞬間解除護盾，讓超級ＥＶＡ闖入攻擊範圍內，而不知何時拋開長槍的超級ＥＶＡ就用手上槍械的握把底板，將塞路爾載體的其中一座ＱＲ紋章往內側敲碎！並在槍械經過塞路爾面前時，把迴旋的槍管刺進其中一隻眼裡開火。

——砰砰！

ＫＥＧ４６Ｒ大和改，不是運用電磁粒子光學的能量武器，而是將上個世紀最大的巨大艦砲重建使用的動能武器。當一噸以上的彈體以約兩倍音速貫穿後顱部時，另一隻眼還來不及發光，整顆頭就從內側炸開，只留下臉部的裝甲。

卡特爾吟詠著。

「以補完方式……解開罪之輪的測試……實驗已結束——失敗了……要準備等待新的試管來臨……這個世界將遭到重整——沒錯，碇同學，一切都已經結束了……當你在三年前毀掉補完計畫時。」

在將塞路爾無力飄盪的帶狀手臂當成韁繩扯住後，超級ＥＶＡ就站在不斷墜落的載體身上。無法掙脫的載體就這樣被踩著加速落下，有如隕石般墜落在火山臼的西北方外側。

西北方的山脈對面砰地揚起巨大飛塵，大地震鳴。當超級ＥＶＡ從山脊對面登上山峰現身時，指揮所的眾人儘管歡聲雷動，但內心裡卻是驚恐不已。

——變成不得了的怪物了——

超級EVA在將單手抓著的塞路爾載體所剩的最後一座QR紋章改用雙手握住後，就像擰毛巾似的將其捏碎。

■捕食

F型零號機擊落的有翼載體掉到第三新東京市市區的南端，蘆之湖的湖岸上。儘管失去頭部與胸部，QR紋章也遭到破壞，而且還似乎在墜落時遺失了使徒幼體的繭——但F型零號機以天使脊柱進行的狙擊並沒能成功破壞掉最後一片QR紋章，當操控0・0EVA變異體的卡特爾發現載體時，它還在地面上痛苦掙扎著。

「成為我的身體吧。」

雙方的QR紋章同步似的閃爍後，0・0EVA變異體開始吸收載體的身體，被分解的載體身軀沿著變異體刺進體內的右手伽馬射線雷射砲的電磁場聚焦導軌蠕動爬升，融入EVA的體

內。

美里就在0．0EVA的左手指間看著這個奇怪的分解重組過程。

帶著甘甜香氣的風……在抵達這裡之前看到了好幾根鹽柱……看來只要跟EVA在一起就能避免鹽化作用，待在0．0EVA手掌上的美里就算想逃走也束手無策。卡特爾看著她。

「明明是流著豐沛蜜汁的應許之地──卻連靠近也沒辦法，還真是諷刺呢。」

融合完畢的0．0EVA卡特爾機，身上的QR紋章變成兩片並長出變成黑色的載體翅膀，隨後嘩地展開雙翼，吹開周邊的物體飛上天際。「……奇怪。」卡特爾唸道。

「碇同學，你明明飛得這麼開心，我卻一點也興奮不起來……還以為能有什麼收穫呢──」

升空後的0．0EVA變異體立刻就被指揮所偵測到，正當逃過破壞的部分都市武裝設施對準它時，日向突然喊道：

「不行攻擊！美里小姐……葛城總司令ID通行證的反射訊號在那上頭！」

真嗣在未經操作的擴大視覺後，看到卡特爾的0．0EVA左手上抓著什麼東西，光是這樣他就知道那是誰了。

「超級EVA呼叫CP，已確認過了，是真的！」

摩耶看到真嗣用自己的嘴巴說話。看來那個不可思議的硬化狀態似乎解除了──

「卡特爾！妳打算對美里小姐做什麼！」但他好像沒注意到自己的異變。

『美里有她自己想做的事。』

「咦？」她說這是美里小姐自己的意思嗎？

０・０ＥＶＡ變異體拍了拍翅膀後，就穿過讓載體出現的通往另一個世界的窗口。

空中的超級ＥＶＡ再度展現驚人的加速度，不過當他衝刺時，窗口也早已消失，就只是從被炸得千瘡百孔的火山臼上空飛越，讓衝擊波擴大地表上的慘狀。

冬二下達讓ＶＴＯＬ準備起飛的指示後，就離開到最後都沒有坐下的位置。

「我兩小時……不對，一個半小時後就會回來，狀況就用文字向我的裝置報告吧。」

「！這種時候你要去哪裡……？」

猜不透代理副司令行動的日向問道。他到現在才好不容易克制住因為美里被帶走而亂了手腳的自己。

冬二——朝脫離恍惚狀態，靠在椅子上一臉不滿的小不點零No.希絲瞥了一眼後，環視起歸還中的ＥＶＡ情態板、中甲板的工作人員、下甲板的工作人員，還有指揮所內部。

混亂尚未平復。

「我要去懇求那位先生出馬。」

——日向恍然大悟。

「事到如今才要拱那位已經隱退的先生出來，只會顯得我們太無能了。」

冬二將他就連待在指揮所也敞開著，露出底下襯衫的上級人員制服穿好，胸前的拉鍊直拉到衣領。

「坦白說，組織運作已經達到極限了，現在需要的是能避免讓NERV JPN分崩離析的棟梁之臣，能夠擔任顧問的那位先生。」

#7黑之思維

■熟悉飛行

「那個在空中留下花紋的飛行航跡沒有出現呢，就只有當初在設計Vertex之翼時，我們在模擬測試中所預期到的現象喔。」

超級ＥＶＡ目前正在圍繞著第三新東京市與蘆之湖的箱根山火山臼內側上空進行不著陸往返飛行。

南側山腳與第三新東京市武裝區域的火災尚未平復，縷縷黑煙朝著東方漫漫飄散。

戰鬥後，從超級ＥＶＡ上下來的摩耶沒有前往指揮所，而是在自己的研究所指揮重啟的超級ＥＶＡ進行飛行測試。超級ＥＶＡ的機翼不時撒落淡淡的七彩相位光，在空中咚咚咚地留下不規則的波紋飛行著。就像小孩子在淺水坑上跑過一樣的現象。雖然說過是用絕對領域在空間裡製造出密度差並飄浮在這個隙縫間，但真嗣原本以為會是背負著更誇張重力透鏡狀的某種巨大物品飛行——

成果斐然，但摩耶卻『嗯——』了起來。

儘管幾乎達到設計假定的效果了，但是……『做不到剛才的驚人機動力呢。』

超級ＥＶＡ在戰鬥時拖曳著燃燒天際的激烈光跡，以異常的機動力飛行著。但現在卻沒辦法重現。真嗣也沒有當時特別做了什麼的自覺。

『要怎樣才能重現呢……』

在密度不同的時間流速之中，真嗣連根手指都沒有動地以異常速度做出判斷，超級ＥＶＡ也同步回應著他的指示。就像科幻片裡常見的以腦波進行思考控制那樣——但這點ＥＶＡ早就實現了。插入拴內的感測器會讀取思考腦波，操縱桿就只是讓實行指令明確化的鑰匙。所以是將這個過程縮得更短的狀態嗎？真嗣試著這樣詢問摩耶，不過她很乾脆地否定了。

她表示思考控制其實並沒有多快。

『人的腦結構在採取行動之前，會先感到猶豫再做出判斷。就算想當機立斷，也得經過無數次的ＹＥＳ與ＮＯ問答才能決定行動，思考本身就需要相當長的時間喲。』

——那這究竟是什麼啊……

『——也是呢，雖然當你和ＥＶＡ進化到一心同體的階段後，就因為不再需要強化同步而切斷連結了，不過現在就先試著開啟同步器輔助看看吧。』

其實每個駕駛員與ＥＶＡ之間的基礎同步率是在十四歲時達到巔峰，之後逐年下降。目前是依靠摩耶在兩年前應用替身插入拴的並列意識抽取技術所開發的同步器在輔助下降的同步率，除了與EVA合而為一的真嗣，以及在成長途中就從人工子宮內取出，特意錯開同步率巔峰時期的小小波——綾波零No.希絲之外，EVA駕駛員全員都借助了這個裝置的力量。

但等到遠遠超出適任年齡之後會怎樣呢？不是會突然陷入過度同步而被核心吞噬成為EVA的人格，就是遭到拒絕導致精神崩壞，除了放棄駕駛外不會有好下場的。

「經過仙石原高中上空。」

學校為了選拔駕駛員的候補人才而存在。而真嗣等人的國中升學組為了保持機密，決定以畢業後直升的方式將學生聚集到這所高中就讀，但目前已逐漸失去當初設立的目的，漸漸變成為了第三新東京市市民與NERV職員家族而設的學校。

「摩耶小姐，我要飛到什麼時候啊？」

『哎呀，你忘了嗎？超級EVA的第二整備室在起飛時壞掉了，順道一提，整備室長也堅持第一整備室拒絕接收喔。記得第一整備室裡有很多像是F型零號機等壞掉就無法替代的東西，所以對方的意見也不無道理喔。』

『指揮所管制站呼叫超級EVA。』日向介入通訊。

『伊吹主任，不好意思打擾了。真嗣，請把Powerd 8的彈匣取下，在警戒時裝填實彈會違反許多條約，讓很多地方囉哩囉唆的。目前尚未偵測到敵對勢力再度襲擊的預兆——雖說也偵測不到……』

「超級EVA呼叫CP，日向先生，我知道了。」

儘管衛星隨著地球的質量減少而下落不明，不知實際上還有多少偵察衛星停留在軌道上，但就連此時，雷達上都顯示著好幾個Unknown。從飛機到平流層飛船，EVA總是受到世界矚目。既然EVA是人類保有的最強暴力，這就是無可奈何的事，而且繼成為天馬的貳號機（EVA 02 Allegorica）之後，就連超級EVA也裝上機翼變得能夠飛行，讓情況變得更加複雜，所以我方不能再製造更多問題了。

——問題？問題一堆吧……

真嗣與超級EVA會一直停留在空中飛行，不只是為了要讓摩耶重新驗證，這點真嗣也很清楚。摩耶目前正在安排收容超級EVA的程序——是因為指揮所陷入混亂了吧。敵方突然襲擊、卡特爾機出現，還有人類的鹽化現象，造成相當大的人員傷亡。

而對組織來講最糟糕的是，總司令美里遭到綁架。

「咦？摩耶小姐，妳已經脫掉戰鬥服了耶。」

「……真嗣，你再戲弄大人，我就把辣椒醬混到LCL裡喔。」

雖然真嗣嘴巴上開著玩笑，但內心卻慌張得很。包括美里遭到綁架一事在內，這次的騷動說不定會讓他更沒有辦法離開地球。真嗣本來是想靠獲得的翅膀去尋找在登月途中下落不明的明日香的——不對，說到底，究竟該從哪一邊開始著手才好，似乎就連這點都變得不明白了，讓他陷入了混亂。

「冬二是怎麼說的？」

■遁世者

——雖然說到京都的吉野，我還以為會有茶室、榻榻米還有鷲鹿（註：以竹筒製成的日式庭園流水裝置）的叩咚♪聲——

冬二的妄想中猜對的部分，只有冬月穿著和服便裝這點——

——就沿途在機上確認的資料來看，希望很渺茫啊——

冬月自然留長的白髮，讓冬二有種他遠在自己出生之前，就與書堆一同住在這棟古老建築裡的錯覺。

——但實際上才三年——

這裡是冬月過去任教的大學所有的俱樂部會館，座落在平緩山腳處的樹林裡，有著四坡屋頂並貼著雨淋板的白色洋樓。不顯華美，要是庭院設有百葉箱的話，就會形成不錯對比的日本舊校

舍風格。不過這棟建築已被ＮＥＲＶ改建成不為人知的避難所，所以無關乎外觀給人的印象，能夠承受近期內包含地震在內的全數自然災害，還有因此容易中斷的電力等水電供給問題。

地基也是避震結構的樣子，冬月就在井然有序地堆起的人類學與宗教分類學的書堆環繞之下，坐在正對窗戶的書桌旁椅子上，聽著NERV JPN代理副司令鈴原冬二述說著到目前為止的原委，被他低頭邀請自己回歸現場。

冬月耕造是前ＮＥＲＶ總司令碇源堂的恩師，直到三年前都還在他底下工作，由於過去掌握的情報太過核心，所以遭到ＮＥＲＶ情報部半幽禁在深山之中，還二十四小時受到監視與防諜並留下紀錄，不過也在現任總司令美里的關照之下享有一定程度的自由。

只不過冬月本人倒是不論有沒有這方面的關照都無所謂，只要能在大量的書籍與過去的研究資料中埋首整理的話，這個人的時間就會自行流逝，冬二也從室內的模樣中看出了這點。

——學者是他的本質，ＮＥＲＶ副司令這份工作才是他人生旅程上的脫軌演出呢……

——他是不可能答應的吧——

「能給我多少時間準備？」

「咦……啊！我……我是搭乘N[2]側衛戰機趕來的，馬上就要返回總部……！」

儘管驚訝，但冬二還是立刻斬釘截鐵的答覆。

「迎接冬月教授的重型VTOL等下就會抵達，只要在您方便的時候跟VTOL的駕駛說一聲就行了。」

——萬歲……！——冬二雖只在心中這樣吶喊，但表情與手勢卻完全暴露出他此刻的心情。

截至今日，冬月也不是沒有設想過會再度邀請他擔任NERV幕僚的事態。只是他原本以為來的人會是美里或真嗣。如果來的人是他們，冬月打算堅決地婉拒邀請，這是因為他難以判斷事到如今他們還需不需要自己協助。

然而來的人卻是除了知道是第四適任者（參號機測試駕駛員）之外不太熟識的少年，而且根據他的描述，NERV還在他輔佐葛城的這幾週內相應地控制住了事態。

真是出人意料——坦白說，這讓冬月不知該稱為顧慮或者自尊的抗拒感消失了，回過神來時，已經很自然地答應了邀約，想看看三年前的孩子們之後會有怎樣的表現。

——他就只是個來歷有保障的跑腿。不過要是無法接觸相應等級的情報，就派不上用場了。而且也需要跨部門地方便使喚。冬月能想像得到葛城為何會讓這名少年擔任代理副司令。

專業笨蛋組成的團體，有時也難以發揮集團的效用。姑且不論例外，總之彼此之間的合作關係很薄弱。這是在三年前讓冬月深有所感的事實。

——原來如此，這名少年有著圓滑的人際關係彈性——

自己留下的爛攤子，冬月會自己背負起這個責任，當然也有著這種覺悟。然而在源堂被時間停滯球捲入之後，自己開始渴望解放。

——這名年輕人和如今NERV的眾人，有辦法跨越我和碇所犯下的錯誤嗎？——

如今的他正逐漸對這件事感興趣起來。

■阿爾瑪洛斯

聽到無數飛鳥振翅聲，讓明日香從睡夢中驚醒——等回過神來時，發現自己正邊打著瞌睡邊讓EVA 02 Allegorica走著——忍不住環顧起周圍的螢幕。這裡是月面。

「是夢啊……」

月球持續著神祕的膨脹，直徑已接近原本的一．四倍。重力也隨之逐漸增強，儘管原因不明，但地下到處帶有熱源，噴出的氣體開始出現微弱的氣壓。

原本的月球是受到地球重力的影響，就像不倒翁似的將比較重的一端朝向地球，展示著相對靜止的一面。本來就算月面的地形改變，也能以上空的地球作為基準點測量自己在月面上的位置，但要是地殼變化得這麼劇烈，不倒翁也可能會逃離重力的束縛開始滾動。由於處在這種狀況下，所以無法確定目前的正確位置，不過明日香認為大概已進到豐富海周圍，打算前往危海的方向移動。

危海是之前朗基努斯之槍的降落地點。她想在阿爾瑪洛斯用朗基努斯之槍連續敲打月面，向地球發出宣告的那個場所確認這件事。但突然就遇上最後大魔王也不太好，所以才沒有以彈道跳躍直接前往。

她環顧四周，確認沒有異常……

——不對，發現異常。

「偵測到奇怪的地震波呢。」

不只是現在EVA 02 Allegorica的腳部從她的行進方向上偵測到這個波形，沿途散布的綜合感測器中的地震儀也能收到相當正確的波形資料——儘管應該是這樣……

「震源太廣了……這是怎麼回事？」

這是明日香就某種層面而言等待已久的，只有地面波的波形，這不會是深層地震，如果不是有哪處的山崖崩落，就是「有某種東西在地表上活動」，也就是說這應該會是敵人出沒的信號，但看來全都不是的樣子。

「計算跳躍軌道，以我的視線鎖定方向。」

明日香注視著自己走來的方向上，庇里牛斯山脈面向這邊的山峰表面後，ＡＩ就開始在

Allegorica之翼的鑽石空隙之間排列重力子。

「標記！」天馬合計共四隻的腳，借助機翼重力子浮筒的升力，配合著她的口令踢向月面飛起。

「自從來到月球後，每件事情都出乎了意料，還真是叫人火大耶。」

不久後，當貳號機即將抵達彈道頂點，準備自由落下時。

「什麼！」明日香在山脈對面看到另一個天體露出圓弧升起！

「這怎麼可能！」

她立刻壓下操縱桿當場中止彈道跳躍，讓EVA 02 Allegorica降落。隨著高度降低，方才看到的東西再度隱於山脈後方，改以重力子浮筒滯空靠近。

「……我剛剛看到的那是什麼……！」

貳號機貼著山脊，謹慎地探出頭。

漆黑的天體裸露著火紅炙熱的內臟，在視野中緩緩升起。

「！」明日香差點亂了手腳，但她的貳號機，EVA 02 Allegorica突然傳來一陣緊張，讓她鎮靜下來。

仔細一看，在山脈對面，名為酒海的廣大玄武岩平原上，就像擺著一個大得非比尋常的半球體似的，露出漆黑的巨大球面。明日香是隔著山脈看到了這個，才會誤以為是突然冒出一個異常接近的其他天體，不過這毫無疑問也是同等程度的怪現象。之前明日香通過這裡時，並沒有看到這種地形。

只不過，她之所以會猛然回神，則是因為她在那個燃燒的球面頂端看到那個比米粒還小的黑影。

「……找到了……找到了……找到了。」——是黑色巨人阿爾瑪洛斯！——

解開朗基努斯之槍的螺旋將其化為一道光芒，並如字面意義地想用這股力量絞死地球的敵人。強迫人類為了下一次的補完計畫讓出舞臺的存在。

以貳號機的四隻眼睛放大影像，球面釋出的熱氣模糊了它的模樣。貳號機緊張得近乎顫慄，光是待在那裡就讓EVA 02 Allegorica感到畏怯。也讓明日香感受到這是個非比尋常強大的對手，就在即將顫抖起來時，深深吸了一口ＬＣＬ忍住恐懼。

「哈——……哈——」

阿爾瑪洛斯跪在燃燒的球面上，用右手按著灼熱的表面，就像是要把遠遠大於自身的巨大球體從地面中拉出來一樣。

——不對，它是真的在拉……可是——

「……為什麼只偵測到地面波？」

這不是從月球內部拉出來的嗎？偵測不到深層震動也太奇怪了吧！只不過，那顆紅黑色的球

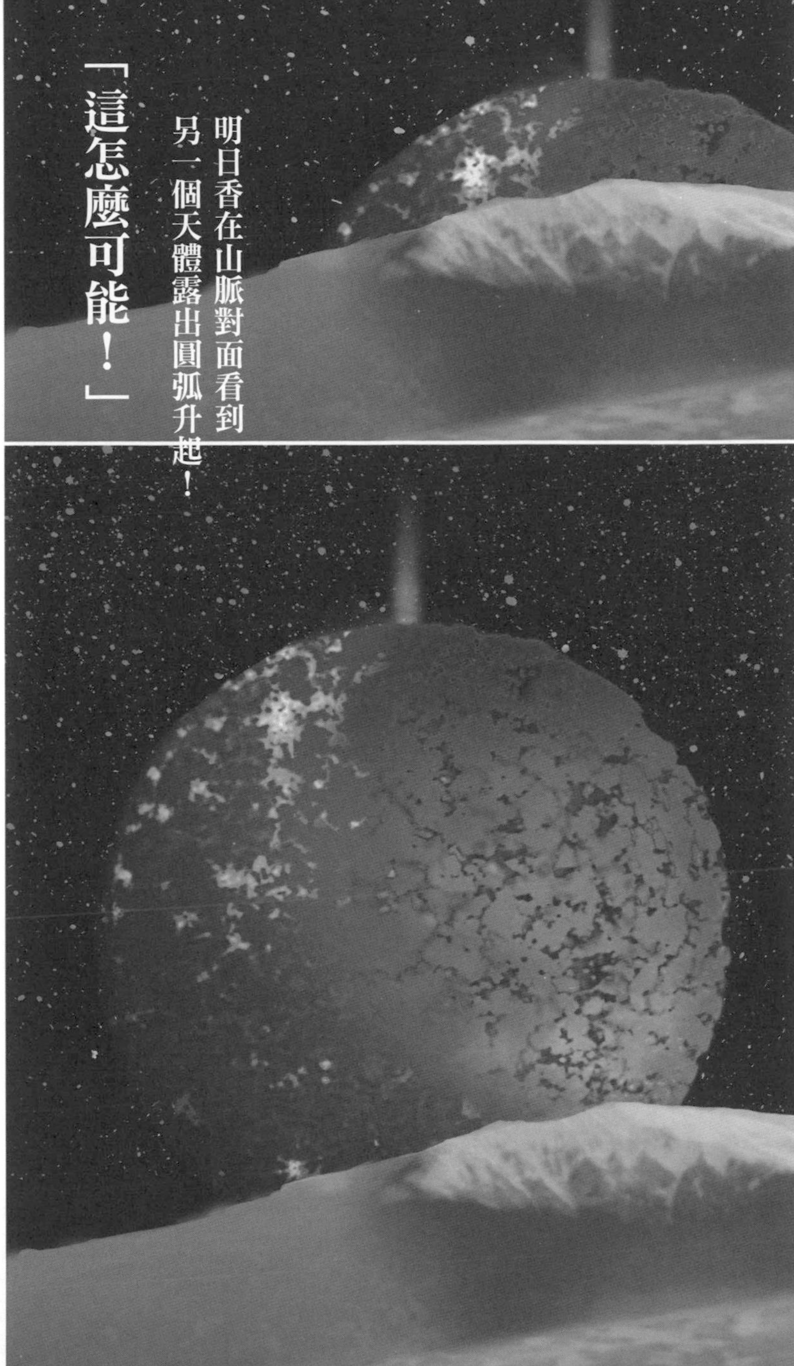
明日香在山脈對面看到
另一個天體露出圓弧升起！
「這怎麼可能！」

體是從地面上緩緩浮現。假如地震波的資料正確，這顆球體就不是從地底深處浮上，而是從月球表面這種恐怕是二次元的平面上，宛如魔法一般湧現出來的。明日香假設那個物體是個球形，試著從看到的曲率計算整體大小。

——直徑二二〇～二四〇公里！

「我的天啊……」

相當於月球平均直徑十四分之一的球體要出現了。

假如這個數字為真，當現在看到的曲面出現時，最大半徑將會抵達明日香的所在位置——這座山脈會崩塌……！

明日香連忙後退。儘管她盡力飛低了，但球面頂端的隆起得愈來愈高，早就超過用來躲藏的標高兩千兩百公尺山脈，這附近的山岳地形已無法作為遮蔽物藏身了——

彷彿巨大的立體影像般穿過山脈的球體的最大直徑出現。要是感測器正確的話，這就不只是燃燒的岩塊，而是有著異常高壓高密度的物體。這個球體居然沒有因為自身的壓力而炸開，儘管這很不可思議，但出現了這麼誇張的物體，重力儀卻毫無反應……！

「這個現象是幻覺嗎……！」

不過，明日香並沒有停止逃跑。因為她能隔著ＥＶＡ的裝甲強烈感受到那股熱度。已經顧不得會不會被發現了，她點燃推進器，當場以最大推力朝著東方離去。

最後在她背後，山脈對面，那個球體終於展露了全貌。位於球體頂端的阿爾瑪洛斯改變姿勢，用雙手碰觸著球體表面。

這次像是要壓下去似的──就在這瞬間……

重力儀的圖形顯示達到最大值。

就像突然獲得實質的性狀與質量，直徑二四〇公里，相當於小天體的岩塊與月面激烈碰撞，雖是在感測器的地震儀遭到破壞之前的瞬間，但這次確實偵測到了深入地底的震動。一如明日香所料，月球上名為庇里牛斯的山脈崩塌了。

這場極度不自然的碰撞儘管規模龐大，但飛散到空中的物體卻莫名地少，而且掀起波浪的大地就只有薄薄一層，並溶解在比碰撞面還要廣大的範圍裡。不過儘管如此，也還是掀起高達五千公尺，有著黑色波峰的岩塊海嘯，一面展現著彷彿奶油般溶解的橙色波腹，一面追逐著明日香擴展開來。

EVA 02 Allegorica瞬間就被輕盈快速的表岩屑煙霧追上，吞沒，但還是持續加速，衝出這股以等速擴大的無聲煙塵之中。

「這究竟是怎麼一回事啊！」

不過就在這時，明日香回想起在登月之前，在月球表面上看到的那幾道有如波紋般擴散的灼熱龜裂！

「該不會這種事已經發生過好幾次了！」

——月球的質量增大！脫離軌道……！

這種撞擊不會讓月球粉碎吧，但會讓軸心再度偏移，讓軌道更加失常。

「啊！地球明明就變得愈來愈小了！阿爾瑪洛斯讓月球變大是想怎樣啦！」

明日香等到隨口說出之後，才意識到這句話將一切都連結了起來——

「……不會吧……」她一臉愕然。

明日香啟程時，地球正面臨著世界各地頻發的巨大地震、不明的地球直徑縮小。不對，原因很清楚，儘管手段不詳，但這是繞行在地球的兩萬公里上空，打算伸長形成圓環的朗基努斯之槍在用它的繞行軌道壓榨地球。讓地球內部的地殼內物質大規模地持續消失……

……在地球上消失的大量地殼內物質究竟到哪裡去了……

（——到這裡來了。）

明日香激烈地搖頭，儘管在沒有注入ＬＣＬ的低重力環境下是禁止這麼做的，有造成脊髓損傷的風險，但她就是不得不這麼做。

「不對，不對不對，這不可能啊！這怎麼想都不可能吧……！」

害怕繼續想下去。由於這時觀測衛星剛好送來緊急報告，所以明日香就強迫自己將思考放到這上頭來。

轉移軌道用的推進劑剩餘量警告，還有在月球背面的無線電信號接收紀錄中——

「遇難信號？」

ＡＩ是這樣分析的。「——什麼的？」反覆精準地發出相同的信號內容，有一半受到加密。看得出是人類為了工作製造出來的物品述說著不帶感情的訊息，是某國的無人月球探測器嗎？儘管如此，明日香還是有種在遙遠行星上聽到朋友聲音的心情，不對，是轉變成這種心情。

所幸阿爾瑪洛斯已被拋到遙遠的後方，沒有攻擊過來。不知道是沒發現明日香，還是被它無視了……

等彈道跳躍開始落下時，還能看到的就只剩下揚起的表岩屑煙霧頂點，除此之外的景象全都隱藏在地平線的另一端，還在追逐她的就只剩下電磁干擾與貼在地上的地震波。

——這種挫敗感——

「……得離開了……」

明日香催促著自己，不再理會後方那異常的天體秀。她面對阿爾瑪洛斯，卻一刀也沒砍地落荒而逃了。

■歸還

「冬月先生！」、「教授！」日向與青葉，還有資深工作人員紛紛趕來。

當冬月來到箱根NERV JPN指揮所時，已將留長的頭髮剪短，再度穿起上級人員制服，一如三年前的他。

「——各位。」

冬月將再度復出擔任副司令，代替被反叛的綾波No.卡特爾綁架的葛城總司令掌控一切事態。不少工作人員原本是這樣以為的，但冬月卻向眾人宣布自己將擔任冬二——鈴原代理副司令的輔佐人，讓現場一片譁然。

不過冬月現在確實是毫無立場，而NERV JPN目前的最高負責人，具有任命權的美里不在，且不知是陰錯陽差，還是順水推舟的結果讓冬二成為最高階級，既然他沒辦法以自己的裁量權變出自己的上司，這個人事安排就一點也不足為奇。只不過——就算是這樣，指揮所也還是無法接受似的嘩然一片。

當冬二聽從冬月「先等大家宣洩完各種情緒之後再來指揮所」的指示，遲了一會搭上前往指揮所的升降機時——

「向代理副司令敬禮。」遇到胡鬧地向他打著招呼的小不點零No.希絲。綾波No.特洛瓦也跟她在一塊。

「嗨，座敷希絲子和綾波二十八號。」

「等我一下～～」朝著即將關閉的電梯門……

伴隨著丟人現眼的大喊，總算能從超級ＥＶＡ上下來的真嗣衝進電梯裡。

「嗨，辛苦啦。」、「碇同學，嗨。」

「嗨，美里小姐的事怎麼了？」

「現在毫無進展呢。」

——即使冬二也已經聽過冬月的想法，但他心裡還是希望這位知識與經驗豐富的前輩能掌管現場，領導著眾人。然而冬月卻囑咐他絕對不能把這種話說出口，讓他漸漸焦急起來。

不過，冬月朝著指揮所的工作人員們說道。

「各位——是想討論今後的事？還是想跟我聊聊往事呢？」

冬月的聲音絕不算大，卻傳進指揮所全體工作人員的耳中，並打動了他們。

「冬月教授！」直達電梯的門開啟時，最先向他搭話的人是真嗣。

回頭的冬月驚呼：「！唯……？」

「咦？耶？」體格比以前健壯的真嗣從來沒被人這麼說過，所以轉頭看向綾波特洛瓦。

因為就基因上來講綾波就是唯，所以認為冬月這話是衝著她喊的……然而冬月驚訝的表情卻是在看著自己——那神情忽然放鬆下來。

「你好啊，真嗣。」

「好久不見了，冬月教授。」

好久不見嗎？——時間的密度會隨著年齡改變。小時候聽大人說「要等到明天喔」的時候，會覺得明天這個詞彙好遙遠——要是聽到一年後，則已經是時間尺度所無法衡量的遙遠未來了。

這種時間密度會隨著年齡增長變得比實際的時間緩慢，以冬月的年齡來講，三年前實際上就只是半年前左右的感覺。不過根據經驗，他也知道十幾歲、二十幾歲的年輕人看起來就像有著爆炸性的成長。伴隨著這種劇烈變化的驚訝，反過來說也是恐懼。

冬月害怕真嗣會追隨著其父源堂的腳步成長，變得和他一樣。不對，就算他沒有成長得和源堂一樣，冬月也害怕自己怎樣都會將真嗣逐漸長大成人的面貌與源堂的身影疊合——這就是他認為自己無法接受真嗣的請求返回ＮＥＲＶ就職的理由。

而冬月今天在真嗣身上看到的，卻是在實驗中遭到ＥＶＡ吞噬消失之前的唯，是認為生育小

孩與創造宇宙意義相同，露出豁達微笑的唯的表情。

——是看到了另一側了吧——

就在這時。

「緊急狀況！」

由於指揮所中甲板的中堅工作人員全數離席聚在一起，所以無法向上通報的下甲板操作員只好放聲大喊。

零No.卡特爾的0．0EVA變異體出現在遙遠的東地中海的賽普勒斯，這是位在當地的情報部工作人員傳來的緊急通報。

『我要你們派救援機過來，為什麼0．0EVA卡特爾機和葛城總司令會出現在這裡啊！』

通報者是劍介。

#∞Somewhere in Time

■月之窗

那是遇難信號的發訊源。橫倒在月球背面，被細微月塵——表岩屑半埋住的東西閃著橙色的危險警告燈，迎接著明日香的ＥＶＡ02號機 Allegorica。

「這怎麼看都不像月球探測車呢。」

顏色是淡綠色與褐色系，對明日香來說就是每隔幾年就會流行一次的顏色，所謂的大地色系。真要說的話，這怎麼看都是塗上陸軍迷彩的裝甲車輛——而且毫無疑問是地球的車輛。

「畢竟姑且不論鏡子，上頭還裝著方向燈……車上裝載的是某種東西的天線？對空搜索雷達？還是某種東西的反射板？」

雖是第一次看到，不過那是量子波動鏡。是在北海道與小光搭乘的歐盟德國的EVA EUROⅡ配合產生重力扭曲，將被視為無敵的真嗣的超級ＥＶＡ逼入絕境的連結式裝甲車。

EVA EUROⅡ與超級ＥＶＡ的對決，因為雙方之間開啟了空間洞穴的怪異現象而未能分出勝負。而在那個空間洞穴消失之前，有幾輛地面車輛與車上人員被洞穴的「另一端」給吞噬了……

不知道這件事的明日香，果然會不由得這麼想。

——為什麼地球的車輛會在月面上？——

這裡是月球背面，是個不可思議的場所。

地面有著波浪般的條紋。

「這前面有著某種磁力源……是因為這個的關係？」

這些條紋是磁力線濾掉一部分來自宇宙的宇宙射線後，讓玄武岩地表受到宇宙射線曝晒的部分變成黑色，未完全曝晒的部分變成灰色，因此自然形成的藍晒圖。明日香與EVA 02 Allegorica就站在這上頭。

「裡頭……」

應該是有坐人吧，明日香沒有穿上太空服到外頭確認。當她想這麼做時，一股強烈惡寒就像警告般的竄上脊背，讓遲疑的她放棄離開ＥＶＡ到外頭去。儘管毫無根據，但自己似乎正處於重新開天闢地這種神話般的場景中，總覺得自己最好不要無視這種預感。而這預感就在用光纖觀察鏡觀測裝甲車輛內部後立刻獲得證實，車內散落著衣服，以及從衣服裡撒出的亮晶晶白色粒狀粉末——

「——是鹽呢……」

從北非蔓延到歐洲、俄羅斯，總共一百六十萬人口受害的鹽化現象，讓她立即有了頭緒。但還是很疑惑為什麼會是在這種地方？為什麼這些人會在這麼遙遠的地方被變成鹽柱？明日香讓EVA 02 Allegorica折疊起四隻腳跪在地上，用雙手——連同自我再生中的左手一起將埋在表岩屑裡，橫倒在月面上的車輛，彷彿抱起熟睡孩子般緩緩拖起，以它應有的姿勢放擺在月面上。

因為巨大的手掌與手指留下痕跡變形的車輛表面上儘管沒有明日香看得懂的圖樣與文字，不過顯示在觀察鏡上的車內注意事項幾乎都是她看得懂的故鄉語言。

「是德國來的呢。」

儘管想幫他們帶點東西回去，卻沒找到什麼值得一提的東西，在將情況拍攝完一遍後，EVA 02 Allegorica就走在條紋模樣的月面上，朝著疑似地磁場源頭的方向前進。來到這裡的目的已經達成，之所以會朝著她認為就只是地磁異常的磁場中央前進，是因為那輛車朝向那個方向。理由就只是這樣。

■兩人之中的一人

就在第三新東京市勉強度過三架新型天使載體襲擊的當天深夜，之前沉入地底的民間高樓大廈群自廢墟之中升起提供光源，讓大量的重機具帶著噪音連夜進行武裝區域的修復工程以及彈藥的補給。

然而進度卻不甚理想。各地的災害開始對國內外造成深刻的影響。地球直徑縮小導致地球各地爆發的地震、海嘯等天災的死亡人數早已超越朗基努斯鹽化現象，導致無法計算受災人口總數的情況。各國的政府與民間單位都忙著處理災情，NERV JPN儘管至今都靠著強權勉強維持住物資供給與設施維護，但最近也開始無法期待了。冬二本來也應該會在冬月的協助之下減輕負擔，但如今還是為了籌備這次戰鬥後的補給忙著東奔西走。

而在這陣兵荒馬亂之中，他們決定暫緩修復NERV JPN總部地下設施的第二整備室。

遭到超級EVA出乎意料的初次飛行破壞，目前禁止進入的整備室裡，在應該無人的黑暗之中──怦嗡──

──怦嗡──

響徹著巨大心跳聲，還有光線在瓦礫堆底部忽明忽滅。真嗣一手拿著手電筒，從崩塌的裝甲牆碎片上跳到另一塊碎片上。

當他在手電筒照亮的方向上找到超級EVA的外部增設組件──被壓在倒塌的桁架底下──

之後，雖然他並未駕駛，但超級ＥＶＡ還是從真嗣背後的黑暗之中伸出巨大的手臂。

「你在做什麼，碇同學？」、「哇！」

突然被叫喚，讓真嗣嚇了一跳，而這股驚訝也直接傳達給了超級ＥＶＡ，讓它放開拿起的鋼骨桁架。真嗣在桁架掉落的巨大聲響中回頭一看，發現綾波靈巧地站在武器裝備塔——通稱武裝樹的上面，目前還掛著Powerd 8長彈匣的武器托架前端上低頭看著自己。

「特洛瓦！這樣很危險耶！」

——嘰嘰嘰嘰——發出像金屬長柱扭曲的聲響，感應到真嗣想法的超級ＥＶＡ將右手伸到綾波腳下張開。

「你也是。」綾波一邊這麼說，一邊輕輕地跳到超級ＥＶＡ的掌心上。

「不是啦！跳的時候要注意腳邊啦！」

「是嗎？」

綾波在漆黑的地下空間裡跳下八十公尺左右的高低差來到超級ＥＶＡ的掌心上後，再度輕巧地跳到真嗣勉強站穩的瓦礫堆頂端上，不過這次倒沒有站穩——是真嗣沒有站穩，搖晃起來。綾波一把抱住他的腰。在這個只有一支手電筒的黑暗之中，她的平衡感也太好了吧……

「算了……託妳的福，我找到武裝樹上的備用彈匣了。」

「……我以為你在準備離家出走——真的是這樣嗎？」

眼前用這種瀟灑——還不到這種程度的爽快語調說話的綾波，大概是No.珊克的思考。

冬二說綾波零No.特洛瓦的身體並沒有完全被死去的零No.珊克的思考占據，雖然不太主張意見，但特洛瓦的思考也有好好留下來——真的嗎？

「要是這裡沒有被破壞的話，別說是翻找物資，根本就不會讓我進來呢。如果是現在的話，因為大家全都在忙著修復其他設施——」

「超級ＥＶＡ要是離開繫留場所的話，會引起軒然大波吧……你不否認要離家出走呢。」

「再不快點就來不及了。」

「你很擔心惣流同學呢。」

「別看明日香那樣，她可是相當害怕寂寞的喲。」

如果是零No.特洛瓦的話，會直接叫她明日香。這是明日香為了讓她叫自己的名字，幾乎每天調教的成果（美里小姐說這其實是明日香想直呼零的名字所用的藉口），會用姓氏叫她惣流同學的是珊克。珊克雖然表面上待人親切、富社交性，卻始終會和他人保持著某種距離。至於逃走的卡特爾，則是直到現在都還稱呼她為第二適任者……

「——啊——這話妳可別跟明日香說喔，她真的會生氣的。」

「嗯，我不會說的。」

綾波從下方探頭過來，感受到她的溫度。「綾波，太近了，太近了！」

她忽然斂起表情。「看清楚。」

「咦？」

「我不是你媽媽喲。」

「！我知道啦……！」

「……你才不知道。」

「就說我知道了。」

「騙人——」綾波垂下頭，然後帶著笑容再度抬起。

「抱歉，讓你為難了嗎？」

「啊。」真嗣恍然大悟——最後打圓場的人是珊克……那之前的是——

■美里的旅程

０・０ＥＶＡ卡特爾機藉由奪取真嗣打下的新型天使載體的翅膀，如今甚至取得了飛行能力。將時間回溯到那個時候。這個ＥＶＡ的失控變異體逐漸變成愈來愈難以對付的形態。

在第三新東京市南方突然開啟並關閉的空間「窗口」。當卡特爾機穿越那道窗口時，被囚禁在ＥＶＡ左手上的美里感受到空氣突然改變而嚇了一跳，不過目的地並不是這裡，０．０ＥＶＡ卡特爾機很快就獨自進入下一次的空間轉移。就像在急流中載沉載浮的木片一樣。

轉移實際經過的時間短到可以說是瞬間移動，但讓人有種通過某種暗處的印象——就像是在地底下，瞬間衝過有如巨大的植物根部般分歧彎曲的通道，美里有著這種感覺。

還以為具備ＱＲ紋章的傢伙能隨意跳到任意座標上，但說不定還得透過某種東西，或是有著某種法則性存在。

——這裡是哪裡？

在第三新東京市就快下山的太陽，一回神就耀眼地高掛天際照著燦爛陽光，空氣也很乾燥。美里的手錶——雖然ＧＰＳ與Galileo的衛星因地球縮小導致的重力變化飄離軌道無法定位，但居然同時接收到了歐洲、俄羅斯與中東三個地方的電波鐘訊號（註：美國與歐盟製造的衛星定位系統）。

——砰咚！異形的０．０ＥＶＡ卡特爾機出現在一片荒蕪的丘陵地上，推開了與自己體積相等的空氣，就像發現到什麼似的走了起來。

這裡看不見飛鳥。每當ＥＶＡ邁開巨大的步伐，增加的蟲群就從腳邊的草地上一哄飛起。

「這裡是哪裡？」

「賽普勒斯。」上方的綾波零No.卡特爾答道。

是加持變成SEELE的地方。

「——怎麼可能。」

就算她嘴上這麼說，也終究沒有能全盤接受的判斷材料。不過環顧四周，看到左側山上有兩架像是翻山而來的直升機突然掉頭時，自己內心就有道聲音在呼喊——趕快思考，動起腦袋。附近沒看到能確定場所的地標。周遭被蟲群啃得亂七八糟，看不到多少綠地，是個草木乾枯的丘陵地形綿延不絕的偏僻場所，前方丘陵上有一座石砌廢墟，一旁還隨手丟著一根點燃的發煙筒，綠色的煙霧沿著地面往右邊蔓延。似乎是某人發現了０・０ＥＶＡ，在發出信號。

會是誰？——如果這裡真的是賽普勒斯……

吹著有色煙霧的微弱南風會是海風嗎？如果這裡真的是那個地方的話，山的對面就是地中海了……是歐美的聯合國維和部隊停泊的地方——那剛才的直升機就是……

目前為止的資訊與經驗向美里發出警告，讓她漸漸清醒過來。

這幾天美里完全放棄了職務。聽到加持的精神遭到SEELE的基爾議長所留下來的遮光器吞噬，被占據身體喪失原有意識的消息，讓她受到強烈的打擊。後來她被帶著ＥＶＡ逃亡的綾波零No.卡特爾捉住，現在還來到這種地方——給我振作一點，女孩子的假日結束了。

「我果然沒看錯……葛城總司令！」躲在建築物背後的人向她喊道。

「是相田吧！立刻將狀況回報給箱根！」

看來這裡真的是卡特爾說的地方，0．0EVA變異體似乎靠著黑色巨人阿爾瑪洛斯的QR紋章，以不可思議的力量瞬間朝北半球移動了一百多度的經度。

除了劍介外，還有一個人從廢墟中走出來——我現在要和他見面了。

賽普勒斯位處地中海的右側，與鄰接地區之間由於國家與民族的問題，自古以來紛爭不斷。因此聯合國軍名義的歐盟與美國的艦隊就像例行公事似的輪流派遣到南地中海預防戰事發生，不過最近則是基於一些不同的理由讓艦隊一直駐守在這裡。那就是阿爾瑪洛斯在話語中提到的詞彙「方舟」。

在各國都快因為地殼變動而毀滅的這段過程中，各方勢力紛紛拚命找尋著這條救命繩。並因為代表著受選者將會獲得救贖的這個詞彙，直覺性地集中在與這方面的宗教神話相關的場所中尋找著。

然而受到近日地球規模的異變影響，賽普勒斯北側的黑海水位下降，讓包括俄羅斯黑海艦隊在內的眾多船艦連忙渡過博斯普魯斯海峽，進而導致了新的緊張情勢。目前人們對這一帶的關注，應該是全都移到那邊去了……

「已遭到好幾次刻意的襲擊了，加持先生SEELE化的消息可能外洩了，現在其他成員正在找尋車子……」

「摀住耳朵……！」卡特爾喊道。

——咻地響起小規模的渦輪聲，下一瞬間，0・0EVA卡特爾機中彈了。

從南方低空飛來的巡弋飛彈撞擊上由EVA卡特爾機的QR紋章產生的能量盾，在表面上引發劇烈的爆炸。

——然後又來一發。儘管是待在強度比絕對領域還高的護盾之中——

「什麼！」但最初的一發還是讓耳朵失常了，接下來的對話全是用喊的。

「被聯合國軍發現了！」果然是剛才的直升機吧。

「總司令！妳為什麼會跟卡特爾在一起啊？」

——沒錯，到底是「為什麼」啊。美里是被反叛逃亡中的卡特爾綁架到這裡來的。總司令遭到綁架的事情當然被壓下來，所以劍介不可能知道這件事。該從哪裡跟他說明起呢……

因為變形扭曲而妨礙到動作的裝甲嘎喳作響，0・0EVA No.卡特爾機突然一個大動作——

「這傢伙已被全世界登錄為敵對目標了，一旦被發現，就當然會……！」

劍介的抗議聲被0‧0EVA變異體突然向西側天空發射的伽馬射線雷射劃破空氣的衝擊波蓋過──她在攻擊什麼？

才看到有什麼東西在遠方高空上閃了一下，那個東西就好像稍微改變了方向──光線就這樣朝著南方，以這裡來講是山的對面，遠方聯合國艦隊所巡航的地中海方向消失，並在下一瞬間猛然亮起，一口氣推開大範圍的雲層。

──轟轟轟轟！隔了很長一段時間後，當就連傳到這裡威力都毫無衰減的衝擊波抵達時，南方天空正好冒出一面巨大的傘狀雲，雲層表面還同時炸開，朝著天空竄起一道蕈狀雲。

「我的天啊……！那是怎麼回事！」

在因地形效應分散成好幾道的衝擊波接連轟炸過後，就不再受到攻擊，周遭變得一片寂靜。與0‧0EVA右手融合的伽馬射線雷射砲部分的外部裝甲因為熱膨脹而不斷發出尖銳聲響。

在0‧0EVA卡特爾機將美里釋放回地面後，她就抬頭仰望起天上那片奇怪的雲層秀。

「……那是伊克力斯的標槍，以大型彈道飛彈發射的N²彈頭喲。」

是反使徒用的屏蔽彈頭導致的弊害。如果是用一般外層的話，就會在雷射命中時喪失機能，只會被擊落而不會引爆吧。

「不妙……這下大事不妙了。」

地中海的聯合國軍依循標準程序，試圖以ＥＶＡ以外的使徒殲滅手段——N^2彈攻擊消滅卡特爾的ＥＶＡ，但看來是在終端引導之前就被卡特爾發現了。

在驚慌失措的劍介背後，那個男人咯咯笑起。美里看向他。

「怎麼啦，表情很可怕喔，NERV JPN總司令葛城美里。」

被基爾議長的遺物奪走身心而成為SEELE之人——加持良治的容器。

儘管模樣與語氣都跟加持一樣，但被用全名稱呼的不協調感，讓美里注意到他眼中的神采明顯跟加持不同。

他就是用這種輕佻的態度對危險的事情出手，結果變成這副德性的吧？一想到這裡，情緒就超越至今抑止不住的悲傷、懊悔與遺憾——逐漸地化為憤怒。

「加持，你這個人喔……！」

「美里小姐，加持先生已經……」

被一臉心痛的劍介打斷後，美里這才驚覺自己對這個曾經是加持的男人感到憤怒。

在這個任誰都以為她會再度陷入悲傷的場面——

「但他也不是基爾．洛倫茲本人吧？而且還吸收了加持良治的知識。」

「妳說得沒錯。」

「那叫你『加持』也無所謂吧。」是追根究柢的語調。

——是這樣嗎……？雖然劍介無法理解……

「加持，你這個笨蛋……！」

美里向沒問過自己就擅自消失的加持抗議著。

「你……你是想作為SEELE，在現在這個世界上做些什麼嗎？」

在男人背後，因為N[2]爆炸獲得龐大熱能的大氣不斷上升，讓巨大的蕈狀雲不只貫穿了對流層，還愈來愈接近平流層。底下的海面狀況會是難以想像的慘狀吧，要是歐美船艦的分布密集，災情將會……

「我才想問你們，為什麼要把我留在這個補完計畫失敗的世界上。」

加持——曾是加持的存在，眼瞳中閃動著奇妙的黑光，而且雙眼的視線焦點沒有落在附近任何一處——早已經只能看著遠方——看起來就像是這樣。

「為什麼要把才正準備離去，要前往下一個實驗地點的我留在這裡？」

「這是因為——無法預測的意外。」劍介插話道。

「不是這樣的吧，相田劍介，是『加持良治』注意到你想要變成這樣，所以才用自己的身體搶先一步制止你，就只是如此。」

美里深深～～地嘆了口氣。

「我就猜到會是這樣，搶先一步？就只是沒想清楚後果吧。」

在升起蕈狀雲的天空上，雲層迅速聚集起來，所形成的漩渦雲層之中還打著閃電。

——現在可不是爭論這種事的時候——

這兩個人有沒有搞清楚現在是什麼狀況？劍介不得不這麼想。要是他們明明清楚還如此爭論的話，還真是一對激烈又不客氣的男女啊。就算其中一方消失，他們也不會停止向對方宣洩自我。

雲層喚來新的雲層，不時嘩啦啦地下起雨珠碩大的陣雨。

「你就作為SEELE回答吧，阿爾瑪洛斯想對這個世界做什麼？」

美里直搗核心，「他沒有自我意識。」沒想到加持的容器卻回答了。

「這只要去問有聽到『聲音』的那些人就會知道了——」

「！這是什麼意思！」

加持的容器看向讓ＥＶＡ跪著，並站在它肩膀上的綾波零No.卡特爾。

「是碇源堂的玩具啊——原來如此，你們是去問那個缺乏情緒表現的仿製品的肉體啊，誰不好問，偏偏跑去問那個，真是浪費時間。」

卡特爾似乎生氣了。綾波很難得地明確表現出她的情緒。不過，加持的容器毫不在乎地繼續說道。

「黑色巨人並沒有主體喲，儘管有著智慧，卻只是進行補完計畫的安全裝置。」

——行動原則冷不防地動搖了。NERV JPN可是認定阿爾瑪洛斯正是導致這次災害的敵人，認為在什麼地方藏著它的大本營啊。

「話先說在前頭，如果你們想找尋真正的敵人及其目的的話，是在白費工夫喔。沒有那種東西。至今的『我們』之中誰也沒有見過，說不定曾經存在過，但就連是消失、毀滅，還是離開了都不得而知。」

「…………！」

就算知道這件事，也不會改變NERV JPN的活動、防衛迎擊行動，還有至今所做的事情吧。但是美里與劍介卻有種被猛烈潑了一盆冷水的心情。正因為有敵人存在，才有辦法戰鬥下去，這不論好壞都是事實。

「神啊，祢在哪裡？我們也一直問著這個問題。阿爾瑪洛斯說過了吧，神之不在、空窗期間——Interregnum。不過這名主導者，也不是在這次計畫失敗之後才開始不見蹤影的。」

「……那麼……為什麼要將ＥＶＡ……」

「這個世界就只有課題被留了下來。」

「——人類補完計畫……」

「沒錯，這不知是誰施加的魔法，或者是懲罰，每當補完失敗，就會在人類面前再度放上同一張試卷。人類補完計畫——人類不斷重複著這個過程。打從遙久以前的時代起就不斷不斷地重複著，既然如此，我們就唯有完成計畫才能逃離這個輪迴了。」

「……你這是——什麼意思……」

——得到的結果不是目的，完成計畫本身才是目的？所謂讓人類提升到下一個階段的計畫究竟是——

「我們在好幾代以前的過去世界奉命要製造方舟，儘管不多，但也獲得了讀取它們技術的手段。我們就藉由這些技術前往下一個世界，改變外型，超越時光。」

「這就是，SEELE……」

初代名為諾亞。劍介在加持戴上於此地發現的基爾．洛倫茲的遮光器，變質成為SEELE時，就已經從他口中問出一點這方面的事了。但這不論聽再多次，都只覺得是沒品味的童話故事。

「人類必定會犯下相同的錯誤。儘管尚未找到正確解答，但人類會在我們的控制之下不再犯下相同的錯誤，計畫就是如此安排的。」

「說得還真是詳細呢，是因為這個世界即將倒閉了嗎？會播放驪歌嗎？」

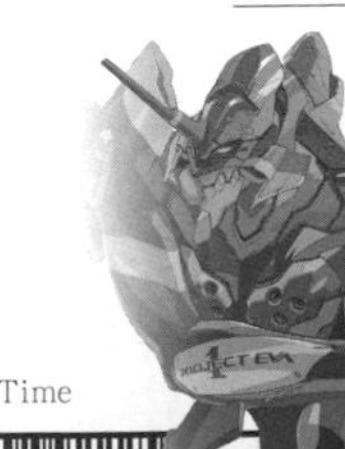

「沒錯，你們很快就要被消滅了。為了有效率地消滅你們，黑色阿爾瑪洛斯準備了最大的恐怖吧，就算你們知道這些，也沒時間做任何抵抗了。」

「……真是太自私了！」

「哈哈哈，就是說啊。」

加持的容器說話方式跟原本的加持一樣，儘管態度很認真，卻怎樣都無法讓人產生緊張感。支配著他的SEELE意識就用這種語調說出超然且殘酷的未來預想圖。

加持的容器冷不防地仰望西北方的天際。

「瞧，要繼續戰鬥了，無法言語的靈魂俘虜到了喔。」

遠方天際的雲層分開，太陽斜照形成天使的階梯。伴隨著雲隙光，白翼巨人率領著歐盟軍機抵達。

蒙受巨大損害的歐盟艦隊呼叫了援軍。EVA EURO II彷彿吹奏著長號般，舉著陽電子步槍出現在戰場的天空之中。

■月之幻影

小光在唱歌——明日香彷彿聽到了她的歌聲。

在月球背面，問題的地磁場源頭，明日香讓EVA 02 Allegorica停下腳步。前方是座隆起的丘陵，丘陵對面則像是一道巨大裂縫似的凹陷下去。跟從地球角度看來的月球正面與西側相比，這裡少有劇烈的地殼變動。話雖如此，但在月球直徑膨脹為一·四倍的現狀下，沒有一處是不晃動的，看來這裡也受到餘波影響，在地上震出一道巨大裂縫的樣子。裂縫裡頭是——

「！」

突然間，不只是明日香，就連EVA 02 Allegorica都在她操控之前自行把手遮在臉前，反射性地擋著看到的某樣東西。地面巨大裂縫裡的東西——在拒絕她們靠近——

甚至還有種插入栓內的LCL流速上升的錯覺，就像置身強風之中似的。

「這……這算什麼啊……！」

明日香以理性壓抑著本能睜開眼睛，從指縫之間看到了那個。

「……玻璃的……什麼？——建築物？」

就只能說是一個看起來透明的結構體，況且也不知道還有多少部分埋在月塵裡，看不出完整的形狀。即使感受到莫名的壓力，明日香也想看清楚，因為晶體結構裡的藍色深深吸引著她。明亮的藍色——是在地球上仰望的天空色彩。

「用人工地震掃描……離地表太近了，探測波會被月塵吸收吧……雖然這裡的標高不高，但從這個位置觀測，那東西會被太陽照得透明，看不見內部吧……」

覺得有調查這是什麼的價值。正當明日香一面抵抗著試圖驅走她和貳號機的不明力量，一面開始思考能不能利用太陽發出的輕子（緲子）對這座丘陵進行斷層掃描，還有這邊的磁場會不會干擾掃描等事情時。玻璃結晶的表面上滲出四個不明發光體。

從藍色透明的結構體表面上滲出的四個發光體，表面的凹凸在滑落過程中不斷變形，其中一個變成明日香曾經見過的幼體模樣，跟其他三個發光體一起，宛如水滴般朝地面滴落——

「騙人！是桑德楓！」

——這個晶體結構體製造出了使徒——

「……該不會，該不會——該不會！」

她頓時一把怒火直上心頭，整個人氣得渾身發抖——找到不得了的東西了！哪怕還有許多事情尚未明朗，但就唯獨這點可以確定，該不會就是這一切的罪魁禍首吧！

四顆發光水滴並沒有落在地面上。在落地之前，地面突然伸出大約二十多隻的白色手臂激烈搶奪著這四顆發光水滴。

明日香沒看控制臺一眼就瞬間啟動所有武裝，EVA 02 Allegorica用右手舉起Powerd 8的速度恐怕是破紀錄了，但無數手臂卻早一步消失在地面之中。

「呃！」

然而過了一會兒後，地面再度伸出手臂。明日香重新舉起Powerd 8——不過這次出現的不只是手，而是連同整個身體一起從地面中爬出來的四架機體。

那四架機體長著翅膀——明日香是首次目睹……

「新型的天使載體……！」

——砰——

Powerd 8充電完畢的提示音讓明日香的食指忍不住作出反應，把扳機扣下去了！為了不讓一度從眼前消失的敵人再度溜走，她無意識地扣下扳機。

——糟了！

連個作戰計畫都沒有，就向三架載體發動攻擊了！

雖然明日香完美地擺出精密狙擊的姿勢，但經由猛烈電力加速的彈體卻沒有命中天使載體。不是被載體強大的能量盾彈開，雖然彈體在遠方的背景盛大地炸出一道沙柱，但也不是被躲開

了。

「穿過去了！」

天使載體也一副渾然不知遭到攻擊的模樣，讓數秒前驚覺「糟了」的後悔，隨即被「這是怎麼回事？」的懷疑覆蓋過去，明日香為了確認情況而繼續射擊。

Powerd 8驚人的動能讓彈體命中的月壤與岩石離子化，而帶電粒子就沿著這個場所的磁場線在空中形成好幾道拱形彩虹。

「哇啊啊啊！」

射擊到最後她大叫起來。從三年前的使徒戰到她登月的理由——零No.珊克的死，還有真嗣——真嗣是……種種情緒掠過明日香的心頭——然而……

在揚起的表岩屑之中，射光一個彈匣的明日香注意到一件事。

彈體不只是穿過了載體。Powerd 8的所有攻擊也穿透了那個試圖逼退自己，有如玻璃工藝品般的天藍色晶體結構體。

「——怎麼會……」

那個說不定就是元凶耶……！

——明明就看得到……！

太過懊惱的她把牙齒咬得格格作響，還控制不住地用力拍打起控制臺——

「嗚——哇啊啊！」就像宣洩情緒般的大叫起來。

在氣得渾身發抖的明日香面前，事態就像什麼也沒發生過似的發展下去，將使徒幼體收納在腹部裡的四架載體就保持著直立姿勢，再度沉入地面消失了。

——到底是去哪裡了？——

不對，現在更重要的是那個晶體結構體。讓攻擊落空的那個東西，明日香不認為只是單純的幻象。畢竟能感受到非比尋常的壓力。

明日香用全身力量抵抗著逼迫她後退的壓力，讓EVA 02 Allegorica向前走去。

■啟程

突然間，第三新東京市響起警報。

「Victor 2、3出現在總部南方的大觀山右側山脊上，跟上次同一個地點！有再度開啟『窗口』的可能性。」

「中止一切的補給修繕作業！向第三新東京全市發布的避難指示請務必經由地下路線！鹽柱化現象說不定會再度發生！」

冬二在用對講機向指揮所下達完他抵達前的指示後，就咬著白吐司奔馳在總部的內廊上。

「可惡，好歹讓我吃頓消夜吧！」

然後差點迎頭撞上睡眼惺忪的綾波零——小不點No.希絲——

「哇！」

他連忙閃開。這讓有著電鍋這麼大，跟著每位綾波監視她們腦波的監測機器人嘻嘻笑起。

「冬二……上學遲到了？」

「才不是哩！——希絲，能出動嗎？」

「……嗯。」

他一面趕往指揮所，一面將對講機拿到耳邊打算在抵達前再度下達指示——不過在這之前，匆匆看到液晶螢幕上顯示的指示。

上頭以代理副司令輔佐的名義顯示著「全體所員前往加壓區域，以遮光擋板封鎖所有設施」的跑馬燈。真不愧是冬月教授，做起事來天衣無縫。

「真嗣，你人在哪！超級ＥＶＡ的補給狀況如何！」

『——已經完成了。』

「這樣啊——你給我等等！我可沒下達這種指示喔！真嗣。」

冬二恍然大悟的悄悄說道：「……你是打算幹什麼蠢事吧！」

『碇同學打算偷偷溜走。』

對講機傳來的綾波聲音很乾脆地揭發他想幹的壞事。目的地大概是月球。

「………」

冬二從自動封鎖中的厚重隔間牆之間穿過去——這可不妙啊。

「真嗣，這事我之後再跟你談。」

『——我知道了。』真嗣雖然答了話，但明日香在登月途中下落不明一事恐怕讓他鑽牛角尖了。既然現在超級ＥＶＡ能飛了，他會想追上去就是顯而易見的事——

冬二煩惱到一半，綾波就在他的思緒之池裡投下石子。

『放心，我會跟著他的。』、『等等，這……』真嗣的聲音很慌張。

——這說不定是個好主意，跟摩耶小姐在一起的真嗣沒有被超級ＥＶＡ失控的力量吞噬，好好操控著機體回來了——

「綾八，就這麼做！」

再度現身的兩架巨人開啟「窗口」，同時發出宛如地鳴的響聲。這道聲響無視物理法則，不論是待在減震設施還是隔音建築裡頭都聽得見。

當冬二穿過前往指揮所的大門時——

「能將損害管制資料顯示在都市武裝區域的情態板上嗎？」

螢幕正依照冬月的指示切換畫面。

「有勞您了。」冬二在向他問好後看起狀況。

「市民再度避難的情況不理想，突然開在近距離的那個也太犯規了呢。」

看到顯示出來的畫面，冬月與冬二都只能蹙起眉頭。閃著紅光的半毀地區與黑色的全毀地區充斥著整張都市設施地圖。

「就算加上修復完成的地區，也頂多四十%吧。」

「很吃緊呢——不過超級ＥＶＡ能立刻出動。」

「喔……？」

「啟動狀況！Ｆ型零號機——希絲怎麼了？」

日向朝冬二報告。

「現在——已完成起動程序，開始往升降機移動。發送目的地是箱根山駒岳射擊哨嗎？」

「麻煩你了——時間很緊迫呢。」

——轟隆！伴隨著巨響，操作員們鼓譟起來。

眾人知道這是什麼聲音。是看似阿爾瑪洛斯的ＥＶＡ尺寸黑色巨人Victor 2、3開啟「窗口」

的聲音。指揮所的主螢幕上放大顯示著深夜蘆之湖對岸的監視器影像。應該要漆黑一片的那裡光芒四射——是藍天——四角形窗口對面的天色明亮。上次當這裡是白天時，「窗口」的對面是漆黑一片。如果窗口對面位於地球上的話，那會是在——

「觀測班不准直視，會變成鹽柱的！」

開啟窗口後，兩架黑色巨人就跟上次一樣倏地融入黑暗之中消失了。

不過，問題現在才開始。「出現了！」

至於唯一的依靠——「代理副司令！超級ＥＶＡ的現在位置不明！」

冬二回應驚慌失措的青葉。「放心，在第二整備室遺址那邊，真嗣！超級ＥＶＡ出動！」

『超級ＥＶＡ，真嗣收到。』

以肩部懸掛架上裝著測試中的摺疊式加農砲，以手上拖著跟ＥＶＡ身高差不多長的長刀ＳＲＬ備前——通稱備前長船的巨大刀械現身的模樣，超級ＥＶＡ從開在總部設施上方的破洞中飛了出來。

「！」連忙查看情態板的日向說道：「真嗣？系統沒有辨識到裝備！你沒在插入栓內進行設定吧，這樣可沒辦法擊發啊！伊吹技術主任！」

日向將通訊切給研究室的摩耶。

「真拿他沒辦法，是擅自裝上去的吧！我立刻傳送更新檔過去。」

『對不起。』在真嗣道歉後，綾波的聲音也接著響起：『我們出動了。』

「什麼——」、「等等，真嗣！」

指揮所眾人還來不及對綾波的聲音表示驚訝，敵人就出現了。

「監視器！拍攝『窗口』！天使載體來了！」

好幾隻白色手臂從窗口的「對面」抓住天藍色的窗框——

「三……不對，有四架！」

雖然「窗口」小到不足以同時擠進四架那種龐大的身軀，不過蜂擁而來的天使載體還是像圍住獵物的蛇群一般哧溜哧溜地扭動著機體擠到這一邊來。

冬二立刻朝對講機大喊。「真嗣，就是現在——！」

「——衝進『窗口』！」

——咦！指揮所的工作人員全都嚇得倒抽了一口氣，然而就在全員僵住的這一瞬間，超級ＥＶＡ果不其然地再度拖曳著那個火紅光帶燃燒天際。當閃耀的橙色光帶在夜空中畫出更加鮮豔的花紋後，超級ＥＶＡ就突然加速衝出。

天使載體最近這一連串的襲擊目標全是初號機——超級ＥＶＡ，為了奪取它的心臟，上次則是為了它的翅膀而來。其中一架隨即迎戰超級ＥＶＡ，發射出有如熔岩的紅黑色光球。

超級ＥＶＡ沒有避開似乎是來自桑德楓的這波攻勢。當它就這樣衝過去用左手指尖的絕對領域彈開所有光球後，擋在「窗口」前的另一架載體就從腹部的繭中伸出一張遠超出本身體積的巨大嘴巴，朝著超級ＥＶＡ張開長滿尖牙的上下顎！是迦基爾——從正面衝進那張大嘴裡的超級ＥＶＡ被整個吞了下去。然而超級ＥＶＡ卻毫不減速，就這樣舉起備前貫穿了載體，在過度衝擊之下飛散的血液甚至無法保持液態，讓迦基爾瞬間炸成一團紅霧。

「我的天啊……」驚訝莫名的冬月就在這時收到真嗣最後的通訊。

『冬月教授、冬二，接下來就麻煩你們了！』

「就交給我吧！辛苦的可是你那邊啊！」

超級ＥＶＡ這時已經衝進「窗口」之中失去行蹤，真嗣說不定沒有聽到冬二的話語。只剩下超級ＥＶＡ衝刺時的衝擊波回音還迴盪火山臼底部。

當被留在空中的天使載體追著超級ＥＶＡ還有它的心臟與翅膀返回窗口對面後，映著藍天的「窗口」隨即關閉消失。

#9方舟

■天之縫

超級EVA一衝進開在天上的「窗口」，真嗣就發現了異狀。窗口應該沒有厚度，能夠在穿越後立刻看到不同於這邊的窗後風景才對，但窗後的風景現在卻離他很遙遠。

等注意到時，接近二次元平面的窗口就如同通道似的延伸開來，讓窗後的景觀看起來就像是裝在畫框裡的畫，不斷地往對面逃去。超級EVA就以之前的高速朝著那個風景飛去，應該是這樣才對……

這說不定很不妙啊，真嗣會這麼想是因為感覺。

——沒有前進的感覺——

就算出口再遙遠，如果是駕駛著飛機之類的機械，就只需要不斷開著推進器就好，但EVA是憑藉感覺的裝置。要是被奪走前進的感覺，說不定就會真的停下來。

天使載體從後方追趕過來。載體後方——看不到第三新東京——那邊的窗口看來是關閉了。

當他稍微焦慮起來時，綾波零No.特洛瓦說道：「大概……」

目前真嗣是把插入拴座椅讓給戴著精神保護裝置的綾波，自己則是站在座椅旁，跟上次一樣，以彷彿推著摩托車的姿勢橫擋在綾波面前，握住左右兩側的操縱桿。

「是不想讓我們通過呢。」

原來如此，這是對方採取的妨礙手段。就像是要證實這點——

「出現了呢。」、「我可不希望你們出現啊！」

開啟「窗口」的那一對黑色阿爾瑪洛斯型出現在前方。

ＥＶＡ尺寸的兩架巨人各自拿著一把相當於自己身高，外觀看似錫杖的棍棒。是打擊武器嗎……它們的棍棒在中間交叉，擋住去路。

「！」儘管有些裝模作樣，但這個動作的意圖卻很明顯，明確傳達了任誰都能看懂的強制禁止通行之意。

聽說NERV JPN作戰部似乎是要將開啟空間窗口，暫稱Victor 2、3的這兩架巨人直接冠上「Gatekeeper」或「阿吽」這種沒花多少心思的代號，但看來這個名稱似乎沒有錯得太離譜……儘管應該是在高速飛行著，卻怎樣也沒辦法縮短與對手之間的相對距離，讓真嗣邊飛邊心不在焉地想著。

手指在輔助控制面板頻頻遊走，持續輸入指令的綾波說道：

「碇同學，抱歉，肩上的新型砲尚未完成同步設定。」

「等下再弄就好，看情況也沒有要立刻戰鬥的感覺。」

「它們會來妨礙通行，也就是說……」

「也就是說？」

「雖是自己開的窗口，但沒辦法在有物體通過時強制關閉，這或許是這樣的系統。」

——原來如此。

「我倒是沒想這麼多。」

腹背受敵，而且前方還是未知的敵人。

越過髮絲順著ＬＣＬ水流飄盪的真嗣頭部看向外頭的景象，綾波零No.特洛瓦在即將爆發混戰的預想之中，不可思議地充滿著安心感。

在三年前的總部戰之前，綾波曾一度遭到初號機拒絕。當然，當時的狀況和戴著思考保護裝置的現在不同，但過去存在於初號機之中，在根本上與綾波相同的母親存在消失了，讓如今的初號機成為了真嗣本身，她能直接感受到這一點。

不規則的高速機動帶來破壞性的加速度，儘管靠著充滿插入栓的ＬＣＬ分攤衝擊，藉此減輕搭乘者的負擔，但依舊還是會受到搖晃。零No.特洛瓦在晃動中稍微挪動臀部坐正後，就像是要增加與真嗣接觸的面積般，深深躺進插入栓座椅上。

真嗣則為了從座椅右側握住左側操縱桿，讓上半身從綾波的膝蓋上橫越過去，位在她胸前的頭部注視著前方……

──忍不住想摸看看。

「咦……怎……怎麼了！」

「……嗯嗯，沒事。」

根據之前目睹過這種情景的摩耶說法，這是真嗣專注於飛行之中，意識彷彿轉移到超級ＥＶＡ身上一樣，讓被留下來的肉體有如石頭般保持著原本的姿勢硬化，不需要動手操作，就能在感覺相對緩慢的時間流動之中，讓ＥＶＡ進行瞬間的機動。

她雖然還沒看過這種現象，但覺得這種待在真嗣體內的感覺應該不會變吧。

「那麼，要上嘍！」

「嗯。」在這個以高速進行緩慢移動的詭異空間裡，超級ＥＶＡ將長刀ＳＲＬ備前指向前方的敵人。

■窗口之外

第三新東京市在將超級ＥＶＡ送往「窗口」對面後，隔著蘆之湖的南岸火災現場突然響起激烈的哨聲。

嗶嗶——！

「停下來！那玩意動了！——中止！作業中止，大家快退！」

當中斷消防作業的消防車輛開始急忙撤離時，對面那具渾身是血的巨大身軀也開始試圖爬起。

「設備就丟在這裡，別管了！快向總部發出緊急——！」

發出咚咚聲響，把墜落時沾滿全身的砂土與瓦礫抖落到地面的火災現場上，猛烈地揚起火星。

那是收納著巨大的水棲使徒迦基爾幼體的天使載體。雖然那個使徒幼體被超級ＥＶＡ就像順便似的撞爆了，但作為載體動力源的兩座ＱＲ紋章還有一座健在，在失去使徒之繭的情況下活動著。

這則通報讓逐漸鬆懈下來的指揮所再度充滿緊張感，冬二大聲喊道：

「希絲！Ｆ型零號機！能從駒岳射擊哨取得射角嗎！」

在超級ＥＶＡ穿過敵人開在空中的「窗口」後，天使載體們就追著超級ＥＶＡ返回窗口對面，開在蘆之湖南方天空上的「窗口」也忽地消失。

威脅就此從位於蘆之湖北岸的第三新東京NERV JPN總部所能掌握範圍內消失，儘管依舊維持著戰時輪班，但冬二也指示消防與救護班出動救援，這場騷動就發生在這種時候。

『……我好睏喔。』

「等等，現在睡著的話就再也醒不來啦！」

通訊影像上的小不點綾波零No.希絲在讓頭髮飄盪的ＬＣＬ水流中板著一張臉，就像鬧彆扭似的噘著嘴咕嚕咕嚕地吐著泡泡，不過她還是在進行攻擊瞄準。

「乖孩子。」

『我跟冬二一樣是高中生耶……誘餌呢？』

——要是不引開注意力，光靠偷襲很難保證一定能打穿載體的能量盾，就算做為目標的ＱＲ紋章只剩下一座也無法樂觀，畢竟她操控的並不是超級ＥＶＡ——希絲是這個意思。

「——妳說得對，就派偵察無人機去引開那傢伙的注意吧。」

就在這時，螢幕上的地圖比例尺改變，連同圍繞著蘆之湖的箱根山火山臼的外側都一起顯示

在畫面上，隨後應該離去的超級ＥＶＡ的位置標示就突然出現在火山臼外側的西南方上。但是沒有識別信號（ＩＦＦ）反應。

「怎麼啦？」偵測到跟超級ＥＶＡ產生的心跳一模一樣的重力波動。

「資料上不是說這個是有辦法複製的嗎？」

這是感測器偵測到超級ＥＶＡ特有的波動，進而將方向標示在螢幕上，不過冬月提出了EVA EURO II的例子。

「原來如此！」

天使載體對心跳產生反應，搖搖晃晃地轉向南方，背對著Ｆ型零號機的方向，搭乘在上頭的小不點希絲並沒有放過這個機會。希絲將十字準星往左側挪去。

「滋噠噠～♪滋噠噠～♪」哼著奇妙的歌曲。

這是在載體肩膀上，ＱＲ紋章配合手臂擺動搖晃的——

「滋噠噠～♪滋噠噠～♪以這個節奏修正預測的未來位置。」

Ｆ型零號機沒有右手與右腳。藉由把手腳部件拆解下來，讓ＥＶＡ本體誤以為裝在原本右手位置上的巨砲是自己身體的一部分，進而在巨砲的加速砲管上產生絕對領域。而在砲膛內的迴旋加速器中繞行的彈體粒子——

「砰！」

就在扣下扳機後脫離閉曲線，在有如雞蛋內側的砲膛內以螺旋縮小再度加速，送進侵蝕型的ＡＴＦ槍管裡。

雖然這把運用絕對領域的粒子砲「天使脊柱」開火聲相對於規模來說相當安靜，但幾乎同時的彈著效果卻很驚人，ＱＲ紋章瞬間爆炸四散的光芒，在山腳下明亮照著因衝擊而倒地的天使載體。

「好耶！」

就在這時，有人以呼叫頻道進行明碼呼叫。

『NERV JPN，聽得到嗎？我方要越過外輪山了，可別開槍啊。』

巨大的機動兵器為了避免遭到誤射，點亮全身上下所有的警示燈，從南方山脊的對面現身。

「那是啥啊。」

機動兵器在黑暗中的動作，就像是以動態捕捉感測器反應著裝備者的行動一般，將有如星座般發光的右手朝向跪在地上的載體，隨後突然一陣激烈閃光後，載體就被炸得粉碎了。響徹湖岸的巨響遲了一會才傳過來。能自由移動槍口的大口徑二十聯裝機關砲以面壓制擊發的貧鈾彈動能，不僅將載體的上半身打成肉醬，就連噴出的血沫都蒸發掉了。

出現的是戰自的機動兵器AKASIMA。

「託妳的福，我找到武裝樹上的備用彈匣了。」
「……我以為你在準備離家出走——真的是這樣嗎？」
「成為我的身體吧。」
不是陽電子砲。既然是ＥＸ編號，這東西就肯定有問題啊。
EXW-038E 導引砲
「Niall」

以古漢字中由風與台兩字組合而成，讓人印象深刻的這一個字為名現身的機動兵器，正是古代人們對於颱風的通稱。那個巨大身軀就像是在反映其名般，發出刺耳的渦輪聲移動著，在雙腳一側因為重量而陷進外輪山的山脊表面，一面緩慢地取得平衡站好後，經由某種方式產生的模擬重力波動——超級ＥＶＡ的複製心跳聲就停下來了。

也就是說，這架新裝備並不只是個兵器。

「戰自的機械人偶也裝備了量子波動鏡呢。」摩耶說道。是用N^2反應器產生必要的重力子吧，繼歐洲的EVA EURO II之後，看來目前正流行著複製超級ＥＶＡ的心跳聲。

■時之蛋

戰自方面提出的出動理由，是根據「當箱根山火山臼內發生的大型威脅個體處理案件預估可能會越過外輪山時，戰自方有必要協助阻止」的雙方協定。

「實際上又是如何呢……是想趁機測試所裝備的複製心跳能不能引誘天使載體吧。」日向評論著。

『負責人在嗎？』

對於詢問，冬二回道：「就在你面前喲。」

AKASIMA發出的通訊切換成加密過的影像線路，軍服上掛滿裝備背帶的通訊對象在摘掉頭盔護目鏡後，就自稱是對使徒立即反應部隊的遠藤，指名要與總司令葛城美里對話。

「我是代理副司令鈴原。總司令目前另有要事在身。NERV JPN相關事宜，由你眼前的小鬼頭全權負責。」

由於對話中斷，「——那失禮了。」冬二打算結束通訊。

『等等，鈴原代理副司令。』遠藤陪起笑臉。

『真是抱歉，原本調動到第二東京市的我等AKASIMA部隊，現在重新配置回外輪山外側，這次只是想跟各位打聲招呼。各位應該會在近期內收到日本政府或你們的上層組織聯合國通知，日本政府目前正在與聯合國協議，看看能不能將一部分的政府機能轉移到第三新東京市這裡。』

「咦？」中甲板的青葉等人搖頭表示不知情。

目前箱根山火山臼是聯合國的租借地。這件事在各方面上都不太尋常吧。

日向偷偷向冬月報告。

「有小規模的戰自部隊在東側的箱根湯本，還有西側的少女峰對面集結了。」

「而南側是機動兵器部隊啊。」——是打算用刀抵住輸送電力物資的命脈，讓我們陷入恐慌吧。電力還有辦法自行維持一段時間，但要是物資食糧的流通中斷的話可就糟了。

「但是，為什麼是轉到這裡啊？」冬二詢問。

畫面上的通訊對象稍微笑了一下。

『你們或許以為自己才是目前這場災難的專家，但意外地沒有注意自己周圍的情況吧。這裡是國內最震動程度最低的地方喔。明明板塊交接帶就在附近，這還真是件怪事呢。也就是說，這裡是「會抑制住搖晃」的場域。我方的科學顧問推測，可能與此處地下空間的黑體——時間停滯球有關。』

「不不不不——」冬二說道：「這裡也相當會搖耶。」

儘管他嘴巴上這麼說——但心裡也覺得這也不是不可能的事。

將舊總部與中央核心區吞噬的漆黑巨蛋——時間停滯球。那顆沒有任何反射的完美黑色物體有著一堆讓人無法理解的事。只不過，莉莉斯就在那個的中心處。假如是莉莉斯將時間凍結讓自己陷入沉眠的話，那麼它就是在等待著阿爾瑪洛斯宣告的「下一個世界的補完計畫」來臨——這是很有可能的想法吧。

■加持與美里與卡特爾與……

穿越空間後出現在賽普勒斯的異形0‧0EVA卡特爾機看著自西方天空來襲的歐洲巨人——EVA EURO II。

跟NERV JPN情報部的劍介在一起的加持良治，以原本的姿態被基爾‧洛倫茲所留下的遮光器占據精神成為了SEELE，在這裡與被綁架過來的NERV JPN總司令葛城美里會面，而有如潔白天使的歐盟EVA就在這個時候出現在西方天空中。只不過，綾波零No.卡特爾沒有做出任何行動。

最早遭受襲擊的人——零No.卡特爾。在EVA被植入QR紋章後，卡特爾就開始聽得見「聲音」。受到作為基礎的另一個綾波No.特洛瓦集中控制，有著相同的容貌卻沒有自我，就像沉睡般活著的少女，因為在軌道上遭到迎擊的恐怖而使個性覺醒了。

——絕望、混亂，以及孤獨，為了遠離這些而逃亡。

這就是如今綾波零No.卡特爾的一切。自從其他「自己」的聲音變得斷斷續續後，自己就被這麼決定了，只能順從著這股令人瘋狂的焦躁行動。

因為加持的精神遭到SEELE奪取而深陷痛苦之中的美里，看起來就跟自己一樣。所以才會將她從職責的牢籠之中帶走，跳躍到地中海東側的賽普勒斯島。可是——

「美里為什麼不逃離牢籠……」

「牢籠……總之妳現在先跟0・0EVA一起離開這裡！妳沒有跟歐盟的EVA戰鬥的理由吧！」

EVA EURO II 劃開雲層而來。已經能捕捉到我們的身影了吧。

「——回答我……為什麼還在扮演……看到加持現在的樣子，美里為什麼還能保持正常？他不是妳喜歡的人嗎？」

對於沒有採取任何行動的綾波零No.卡特爾的提問，美里無可奈何地回答。

「說我正常還真是謝謝妳呢，這是不自行察覺就無法理解的事，所以我就不說明了，不過可以跟妳講道理並非因為我是大人喔。」

然後反問著。

「卡特爾，妳本來想到看我怎麼做？」

看著她們之間的互動，被SEELE奪取精神的加持的容器咯咯笑起。

「沒用的，這個碇源堂的人偶就只能從形式上理解人與人之間的人際關係。」

這個SEELE看來是無論如何都不打算把綾波當成人類看待的樣子，就像看透了她似的把話說下去。

「作為妳主體的人偶，專有名稱是綾波零No.特洛瓦吧——那東西長久以來所無法表現的感覺就在人偶間的連結被截斷時，以扭曲的形式被表現出來了嗎？真讓人看不下去呢。」

突然間，０・０ＥＶＡ扭曲變形的裝甲發出嘎吱巨響，用巨大的左手抓住加持。儘管如此，加持的容器依舊笑著。

「——妳是『恐懼』吧？」

被人說中自己的本質，似乎讓卡特爾非常生氣。

「！卡特爾，住手！」

拒絕源堂之後失去他的恐懼。

因為補完計畫失敗而失去未來的恐懼。

真嗣不肯成為自己依賴對象而空虛的恐懼。

這些恐懼所帶來的混亂、混濁，即是現在綾波零No.卡特爾的本質。

「套用赤木律子的說法，就是不像樣呢。」

SEELE化的加持不斷挑釁著卡特爾，卡特爾以用力握住加持的狀態，將他從地上拿到自己站著的位置——０・０ＥＶＡ胸前的ＱＲ紋章之前瞪著他。

讓No.卡特爾與她的０・０ＥＶＡ瘋狂、變質的，就是這個ＱＲ紋章。這塊鱗片雖是月面的黑色巨人阿爾瑪洛斯植入的，但令她變成這樣的關鍵，還是從綾波身上分裂出來的，卡特爾自身的感情。

「哼，妳就連自己正感到憤怒也不自知吧。」

加持就像感受不到疼痛似的嘲笑著卡特爾——然後朝著遙遠的下方大喊。

「葛城美里，就讓妳見識一下古老的戲法吧！」

加持的容器在這樣叫喊後，手就從卡特爾的耳旁穿過，伸向她背後的ＱＲ紋章——

「——辛苦啦，碇的人偶。」然後把手抵在ＱＲ紋章上。

儘管EVA EUROⅡ還在遙遠的天上，但直接掩護機也已經開始遠離，躲藏在山脈後方。這是為了躲避攻擊波動——它要從這個距離發動攻擊。

「卡特爾，總之妳快逃啊！」

——要是不逃的話，那乾脆——美里身旁的劍介也喊道。

「用妳的伽馬射線雷射的話，射程相當足夠吧！把歐盟的ＥＶＡ幹掉！」

「不行！那個的駕駛員可是你以前的同班同學洞木啊！」

劍介的肩膀抖了一下。「——妳說什麼！」

實際上，安排歐盟德國暗中誘拐小光一家的人正是劍介。

儘管如此他依舊嚇了一跳。在明日香離開德國時，也同時將ＥＶＡ與適任者的所有資料一起帶到了日本。即使能夠用留下來的廢棄編號重新開發ＥＶＡ，但適任者方面就束手無策了，所以希望能讓洞木光暫時前往歐盟擔任重新選拔適任者的樣本，劍介是如此聽說的。而且歐盟的ＥＶ

Ａ應該會成為國家的象徵，不會是為了世界的存在，所以不可能會讓亞洲人駕駛的，他還做了這種臆測——

——就像被人揍了一拳，鼻腔裡感到焦味，腦袋一陣暈眩——

「該死……！該死！」

陷入混亂的劍介，突然和美里一起被０．０ＥＶＡ變異體用左手一把抓起。而直到方才都還被這隻手抓住的加持的容器則是——

對於從背後抱住自己的加持，綾波零No.卡特爾毫無抵抗的回答著。

「跳吧，碇的故障人偶。」發出命令。

「是，一切都遵照您的命令——」

龐大的熱能與電場！轟的一聲颳起大地。

EVA EURO II發射的陽電子砲擊中目標，陽電子在撞擊時散發出從電波到輻射等各式各樣的波長，並在化為強烈熱量的瞬間讓大地爆裂，澈底改變了這一帶的地形。不過，０．０ＥＶＡ變異體已在這之前融入地面，失去蹤影。

——天旋地轉——

經歷過瞬間衝過大地內部的轉移感後，卡特爾機在地上世界的某處深谷裡再度構築形體，是座幾乎是懸崖峭壁，地面如血一般鮮紅的奇特山谷。

「你對卡特爾做了什麼！」美里在ＥＶＡ的指間中追問。

「具備意識的人類姑且不論，人偶就只是個傳遞裝置，做了什麼的，是你們口中的黑色巨人鱗片——ＱＲ紋章喲。我說過了吧，我有辦法讀取它們的技術。」

——這可以說是SEELE所繼承的技術嗎？——

「在你體內的加持，是絕對不會這樣說卡特爾的喔。」

「現在就先欣賞風景吧，葛城美里。」

他依舊用著加持的輕佻語調，這如今讓人更加火大。

等回過神時，已來到一個毛骨悚然的場所。就像是巨人的手腳被從岩石裡拖出來，有如腸子般痛苦扭曲的奇形怪狀岩石布滿著這一帶岩石表面。

「這是什麼……」

「傑出到令人作嘔的景象對吧。姑且還算是自然岩。只不過，就算用『大洪水』讓世界重新開機，要是執念與罪業太深，有時就會像這樣將過去世界的模樣映留在下一個世界上。」

劍介儘管因為首次的空間轉移而無法站穩腳步，也還是從ＥＶＡ的指間裡環顧起四周。

「這裡是……哪裡？」

「就如你們所見，『人體之谷』是這裡現在的地名。是總數破百的EVA最後的激戰地點，過去世界的呢。在循環賽中直到最後一架解體——的廝殺，想以這些數量開啟生命之樹。」

美里回想起三年前在總部戰時，那株刻劃在天空中的光之樹。

「……補完計畫。」

「沒錯，至於這邊的情況呢——則是以那個為中心，瞧，地震把岩壁震垮了，能稍微看到一點。」

「！」衝擊——當看到那個的時候，全身感受到沒有亮度的閃光與聽不見的巨大聲響！

美里與劍介在EVA手中踉蹌了一下，一起用手掌、手臂遮住那個，把臉別過去。

——被以不成言語的話語拒絕了！

勉強隔著手掌看到的那個——

——黑色的？黑曜石般深色的玻璃結構體。加持的容器隨口拋出一句。

「那就是你們在尋找的方舟喲。歡迎來到非洲，這裡是阿特拉斯山脈，是擁有泰坦巨神之名，不乏這類傳說的非洲大陸最左端。」

「什麼！」

劍介抵抗著那股阻止他們靠近的力量，想設法看清楚那個。

「靠近一點，再靠近一點……！」

「好啊，就讓你親自體驗看看吧。」加持的容器彈了個響指——

「啊！」0．0EVA變異體把手靠向地面，只將美里留在手掌上，讓劍介滾了下去。

——！劍介一離開EVA，就立刻在地面上聞到了！

「呃……啊——！」

「相田！」美里就在這時聞到那股甘甜香氣。

是最初開在第三新東京市的「窗口」所吹來的香氣。這裡是！仔細一看，會發現紅色地面上到處都是崩塌的白色鹽柱——

「不行，相田，快點回來！」

「這是代價喲，對他至今的所作所為。」

劍介用左手搔抓著胸口，右手朝著加持的容器稱為「方舟」的東西伸去——

「都這個樣子了居然還渴求著，還真驚人啊……！」

在這瞬間，他的右手化為鹽粒崩垮，袖子失去內部的支撐啪沙地垮掉。

「相田！」

然而，鹽化現象就在這裡停下來了。劍介趴在地上蜷縮起身體，伴隨著呻吟聲痙攣起來。

「喔，居然帶著『那個』啊，是計畫周詳還是偶然呢？」

就在這時，山谷裡響起Allegorica之翼的重力子浮筒轟鳴聲，EVA EURO II就像是從鮮紅內臟的岩壁之中穿透出來似的追趕而來。

「什麼！」加持的容器驚道。

「是對方的ＱＲ紋章與我方的轉移產生共鳴，將機體牽引過來了嗎？如果是ＱＲ紋章轉移的方法被對方發現的話，事情可就棘手了！」

ＥＵＲＯⅡ在完全構築實體之前開砲，有如幻影般的陽電子砲就這樣直接穿過０・０ＥＶＡ變異體。

「真是夠了，在下一次補完計畫前耽擱我這麼多時間。」

加持話音剛落，０・０ＥＶＡ變異體就粗暴地讓美里滾到地面上，她直到撞上縮起身體的劍介才停止滾動。曾是加持的存在從ＥＶＡ肩膀上，用那一如往常的笑容朝美里喊道。

「那個男人身上帶著古代金屬，不想死的話就別離開相田劍介的身邊！雖然會拒絕意識體，但只要生物雌雄為一組的話，方舟基於初始結構是不會拒絕得太過厲害的，就是這種機制，之後妳就好好努力吧，葛城美里！」

滿身是沙的美里忍不住被他的笑容吸引，然後猛然回過神來。

——這只是反射動作啦！然而能感覺到這個場所排斥自己的力道變小了。

「……美里……小姐……」劍介還保有意識。

0・0EVA變異體站起身，讓全身的拘束裝甲嘎吱作響。

「妳知道EVA為什麼巨大嗎？因為這是祭儀道具。」

曾是加持之人的聲音從上方傳來。

「是為了聚集天底下所有人的注目——有多少人注目就能束縛多少意識。在人類對面、丘陵對面、高山對面，不受遮掩地受到眾人注目。這個場所也是如此，所以才會是巨人。」

「良治，你很吵耶！」

美里試圖扶起失去右手的劍介，而在她背後，0・0EVA變異體開始充填起右手的伽馬射線雷射砲，大大地張開從載體身上搶來的漆黑翅膀拍打著。

猛烈颳起鮮紅的砂土後，為了迎擊EVA EURO II飛上天際。

#10於封鎖之環內

■EVA墳場

飛越過去的巨大聲響。兩架EVA在北非的空中相互射擊，在山谷之間產生回音。受到岩壁反彈的戰鬥聲響很清晰，所以沒辦法從谷底判斷它們是在哪個方向戰鬥，徒增了受到迷惑的恐怖感。

在美里與失去了一隻手的劍介蹲著的位置對面，從山谷岩壁中露出來的深色玻璃結構體

——SEELE化的加持的容器說這是「方舟」——

現在世界上充滿災厄。

受到朗基努斯環的影響，地球直徑以相當快的速度持續減少，無處可去的海平面上漲，不斷移動的板塊不分場所地帶來重大災害。

如今「方舟」這詞彙，聽起來就像是一種救贖。

但那個是救贖嗎？那個有著平滑表面的立方體聚合物會是象徵救贖的船嗎？那個毫無隙縫的造型反而讓美里起了疑心——畢竟被這麼用力地拒絕了呢。

那個「方舟」散發著拒絕人類的不明力量，將人類變成鹽柱。在一起的劍介姑且有著對抗手段的樣子。不過就算取得了對抗手段，他的右手也還是化為鹽粒失去了，目前也不斷受到讓人非常不舒服的壓力。腦袋因為這股力量而空白一片，周遭圍繞著就像朝著方舟痛苦掙扎的各種奇形怪岩，再這樣久待下去，就算不會變成鹽柱也會發瘋吧。

他說這裡是在過去世界，總數破百的ＥＶＡ進行最終決戰的場所。

——那份執念化為形體遺留下來——

還真是誇張的故事。然而美里與劍介周遭有著ＥＶＡ大小的人型岩石群，這些岩石的外型就像是撒落一地的內臟，小山般的擺放在四方各處，他們就被遺棄在滿是這種岩石的峽谷裡。

這裡是非洲大陸的西北端，位於阿特拉斯山脈深處的「人體之谷」。

美里用上衣包住劍介的肩膀，並拉緊兩側的袖子用力綁住。被綁住的部分很快就染成一片鮮紅——

「……雖然不知道理由，但沒有像想像中那樣血流如注，真是太好了……這也是所謂的神蹟吧……呃——！」

「別逞強了。」

劍介的右手化為白色鹽粒，散落在鮮紅的地面上。

以這種異常的肢體缺損來講，出血量確實是少得出奇——但還是很痛吧，劍介全身冒汗。即使如此，他還是注視著「方舟」。就像是懷著一不做二不休的念頭，死盯著方舟不放。

「美里小姐……總司令……那個——在轉喲。」

「咦？」仔細一看，發現「方舟」正在橫向旋轉。

因為倒映在上頭的陽光移動了位置，所以直到現在才總算注意到在緩慢轉動。

目前一個方形的頂角正沒入岩壁裡，所連接的邊線也跟著被緩緩拖進岩壁之中。另一方面，相對側的邊線與面則是從岩壁裡慢慢冒出。

「……沒有物理性的實體嗎……」

——既然能穿透著岩壁旋轉著，這會是幻影嗎？

岩壁對面猛烈地揚起塵煙，緊接而來的轟隆巨響迴盪在峽谷之間。

——轟隆隆隆！——

對SEELE化的加持唯命是從的綾波零No.卡特爾與她的０·０ＥＶＡ正在與歐洲的EVA EUROII交戰。

在從谷底所能遠望的方向上，能看到在岩山的山脊上擴散開來的爆炸煙塵與衝擊波。是ＥＵＲＯⅡ的陽電子步槍吧。美里隨即用自己的身體從上方護住劍介。雖然彈著點是在岩山的山脊對面——

——轟！但帶著衝擊的巨大聲響還是化為音波襲向兩人，過了一會兒還「嘩啦」地落下了許多小碎石。

「——美里小姐……請保護好妳自己。」

據說是由ＥＶＡ的執念所形成的人型巨岩在這股衝擊之下崩塌。美里在巨岩倒塌後讓開的方向，揚起塵煙的岩壁上方，看到蔚藍天空中突然開了一道四角形的「窗口」。

「那是……！」

■異次元迴廊

超級ＥＶＡ正朝著那道「窗口」飛行，前後則是遭到敵人包夾。

那道窗口原本就像是將電影投射在天空中似的映著「對面」的風景，然而如今卻在超級ＥＶＡ從蘆之湖側的窗口闖入後突然改變型態，宛如隧道般不斷延伸，目前也只能這樣形容了。儘管

是以相當快的速度在往前衝，但對面的風景——窗口的出口側卻一點也沒有縮短距離。天使載體自後方追來，蘆之湖側的窗口也早已關閉。而前方還有著兩架黑色巨人Victor 2、3在這個奇妙空間內背對窗口，阻擋著超級EVA的去路。

關於這兩架巨人，目前所得知的情報很少。此外，在巨大的阿爾瑪洛斯背上有如翅膀的兩片背板，在Victor身上各只有一片。從正面看來，Victor 2的背板在右側，Victor 3的在左側，能剛好讓兩片背板拼在一起的位置，一旦這兩架機體靠近，讓背板結合並再度分離，就會在兩片背板之間開啟通往其他空間的「窗口」。這是目前所知的Victor 2、3的能力，關於戰鬥能力則是一無所知。

Victor兩次出現時，都是以彷彿拖在地上的狀態觀測到它們的背板下緣，只在月面上出現過一次的阿爾瑪洛斯也一樣。

不過這次，Victor是以飄在空中的狀態出現。它們的背板並不只長達腳底，下緣還繼續扭曲伸長，最後模糊地消失在半空中。背板消失的位置，大概就是這個空間隧道的壁面了。

——或許是反過來？是那片背板先從地面上冒出，然後Victor才……

「有動作了！」共乘的綾波零No.特洛瓦厲聲喃道。

兩架Victor以將高舉武器揮下的動作一起攻擊過來。

「！」距離瞬間縮短了。由於相對距離直到方才都不可思議地無法縮短，所以讓他大意了。

超級ＥＶＡ用大太刀備前同時擋下兩把錫杖般的武器——

「啊……！」

——被打退了！ＬＣＬ激起飛沫。這是何等力量啊，如果是以前的初號機，說不定會連同絕對領域一起被打爛。

「碇同學！」

「呃……沒問題……還連著！」

「咦？」

「手被打斷了……呃！」情態板上突然跳出一排紅色視窗。儘管傷勢迅速修復，在重整架勢後舉起備前反擊，但還是沒辦法由他這方縮短距離。

不僅強大——就像是在夢中掙扎似的——相對於意識，身體實際上並沒有動作，真嗣開始有種討厭的感覺。

綾波No.特洛瓦從橫擋在她面前握著操縱桿的真嗣背上，感受到他的表情變了。

特洛瓦回頭看去。長著翅膀的天使載體縮短了距離。

在這個無法理解速度感的空間裡，與真嗣的心理直接連結在一起的超級ＥＶＡ變慢了。於是就在她看回前方後，注視著真嗣飄盪的頭髮，稍微想了一下後說道：

「卡特爾……就在窗口對面喔……」

「咦？」

「精神鏡像連結似乎跟她連上了，雖然斷斷續續的……」

「明白狀況嗎！」

「──動作快！」

特洛瓦的背突然被壓在座椅上！感覺胸口就要被壓扁似的加速。再一次──不對，這次是因為自己的加速讓ＬＣＬ液體無法維持過飽和狀態，導致插入栓內被氣泡染成一片雪白。

超級ＥＶＡ在用灼熱的橙色光芒在這個莫名其妙的隧道「牆壁」上燒出環狀痕跡後，就拖曳著光帶猛然加速。

不論以前還是現在，真嗣都低估了自己的能力──或是說他無法相信。所以才會在這種狀況下懷疑起自己的行為。反過來說，只要行動指令不是自己發出的，他隨時都能不顧一切地拚命去做。

零──特別是特洛瓦的自我意識與情感表現都很薄弱，但這不代表她無法觀察他人。

因為是自己沒有也無法理解的東西，所以反倒能讓她看清他人──問題就在她的這些知識就像積木一樣，從未思考過堆積起來之後要怎樣運用──儘管如此，她也用自己的方式理解著真嗣，所以在今天，綾波零No.特洛瓦說了有生以來第一次的謊言。

特洛瓦為了一同搭乘超級ＥＶＡ，所以戴上思考保護裝置避免雙方的思考相互干擾。這樣是不可能跟No.卡特爾連結上的。

超級ＥＶＡ朝著兩架Victor衝去，並在進到對方能發動攻擊的近距離內時突然轉身。拖曳著的光帶就這樣打在Victor們身上，在濺起光之飛沫後突然粉碎——然後趁機讓升力場偏移，繞到Victor的側面。

「這招如何！」

——用Victor擋住另一架Victor，再利用迸開的光芒遮蔽視線攻其不備，超級ＥＶＡ舉起ＳＲＬ備前砍下，來不及張開護盾的Victor連忙用錫杖防禦。

——砰！火光迸濺——

攻擊被向上彈開，讓備前的劍柄頭朝向了Victor——超級ＥＶＡ當場放開握柄，改抓住劍上的把手，就像破門錘似的將劍柄頭打在Victor的肩膀上。

在前方失去平衡的Victor背後，後方的Victor用錫杖的頂端刺來，超級ＥＶＡ以帶有絕對領域的備前刀身防禦，同時朝後方飛去，儘管如此也還是被錫杖的前端擊中。筆直刺來的衝擊力道驚人，將超級ＥＶＡ沉重巨大的身體打飛了。

雖然只有EVA尺寸，但這個阿爾瑪洛斯型的巨人果然就跟想像中的一樣強大。

「碇同學，太亂來了……！」儘管因為身為超級EVA駕駛員所以還承受得住，但零No.特洛瓦終究難以承受這一連串的高速機動與衝擊。

超級EVA的機翼Vertex之翼有好幾個領域誘發板超過應力極限，跳出好幾道損害管制的視窗無法關閉。

「可是不想辦法的話！」

真嗣的背在那之後就不再動作了，聲音也是從控制臺的揚聲器裡發出來的。

『真嗣的意識將人類肉體留在插入栓內，轉移到超級EVA身上。』

伊吹技術部主任看到的就是這種情況啊，看起來就像是置身在與人類不同的時間流速之中。

就跟聽說的一樣，真嗣的身體維持著原本的姿勢硬化。

「特洛瓦，要再衝一次了！」

被撞開的超級EVA就這樣旋轉著向後飛去，不過一碰上追來的天使載體，就順著旋轉力道揮動手臂，把備前強行壓進載體的護盾之中。

——鏗！

超級EVA就像要從前方開始處理似的，曲起雙腳膝蓋踩在載體身上時，備前早已將對手從左肩切開到腹部——

——鏘！真嗣踢飛那個渾身是血的載體，返回原本的行進方向。

超級ＥＶＡ以爆發性的衝鋒燃燒天際，朝著Victor再次揮刀。

——提高動能後，慣性質量應該也會變得非常沉重，然而卻——

因為高速機動導致意識模糊的綾波零No.特洛瓦，看到肩膀上那座系統還沒有辨識到的陽電子砲的視窗開啟了。

「……碇同學！」超級ＥＶＡ的心跳加速，能量猛烈注入胸前的三角形——覆蓋住高次元之門的中央三角之中。右肩懸掛架的新型砲在與射控系統(FCS)連結後，隨即進入展開程序。

「——碇同學！右肩的新型武器擅自啟動了！」

■明日香與方舟

明日香讓EVA 02 Allegorica奔馳在發出局部性地磁場，在地面留下條紋模樣的月之丘陵上。目標是拒絕自己與ＥＶＡ靠近的力量源頭，那個藍色的玻璃結構體。

月面上確實也有些場所會因為局部磁場將落下的宇宙線過濾成有如抽象藝術的形狀，讓沒能

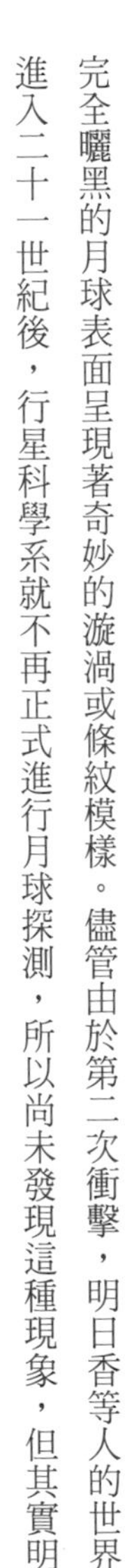

完全矖黑的月球表面呈現著奇妙的漩渦或條紋模樣。儘管由於第二次衝擊，明日香等人的世界在進入二十一世紀後，行星科學系就不再正式進行月球探測，所以尚未發現這種現象，但其實明日香也有在月球背面的南側確認到這種地磁異常地帶。

可是這裡也太奇怪了。如果是隕石撞擊痕跡的磁性，就該會是波紋的漩渦模樣，但這裡地面上白色的部分卻是放射狀，目前明日香正朝著放射狀的中心一跳一跳地前進。

——這是磁力線屏蔽的痕跡……？

不對，這種事怎樣都好，她看到那個製造出了使徒幼體！

看到那個把天使載體呼喚來，給了它們使徒幼體！現在只要知道這些就足夠了！——

要破壞掉那個的理由，光是這樣就很充分了。目前感受到的力量不是磁力，而外部感測器沒有偵測到磁力線以外的反應。但是明日香與貳號機感受到了。猛烈的「風」吹襲而來。月面上不可能會有風，卻讓人感受到風的力量。拒絕靠近的力量——剛才發現到的裝甲車乘員是在窒息之前，先被這股力量化為鹽柱死去的，情況大概就是這樣。

拒絕著明日香與ＥＶＡ，並非是物理力的這股力量，如今已變得就像是強烈的陣風、耀眼到讓人睜不開眼睛的光芒一樣。

「……呃！」

但是她不得不前進，因為──

──說不定能夠結束這一切！要是此刻所有災厄的根源就在這裡的話──

「以為用這種力量，就能讓我……！」

剛才Powerd 8的子彈從看得到的那東西上穿過去了。雖然理由不明，但明日香的本能告訴她這並非幻影。

「……就能讓我……停下來嗎……！」

──砰！

EVA 02 Allegorica用四隻腳踢著月面的疾馳，在低重力環境下變成跳躍──以慢動作進行著。每次著地，細微月塵（表岩屑）就會在月面上綻開逆圓錐形的花紋。這個月球已不再是那個六分之一G的月球，正在醜惡地膨脹著，不過重力依舊還是比地球低。儘管如此──

──為什麼腳步這麼沉重──

明日香將ＥＶＡ的手持武器從Powerd 8換成孫六滅絕刀──我的天啊……經由反饋感受得到貳號機的手在發抖……但是──

「管他的！」當她拔刀舉起時，自己的身影也大大地倒映在眼前的晶體結構表面上。

塗裝剝落，遍體鱗傷的有翼半人馬，在月面上孤獨一騎的EVA 02 Allegorica──

——它的身影在結晶面上交疊。

——突如其來的寂靜，同時再也感受不到那股拒絕的力量，恢復無重力的感覺。

看似藍色的晶體內部是一片漆黑，感覺就像是擺在月面的月壤上頭，但月壤果然也穿透了進去，沒有被晶體的表面隔絕，ＥＶＡ02就在這裡以滑動的方式停了下來。就物理上來講，在這瞬間並沒有發生任何出乎意料的事。EVA 02 Allegorica舉起太刀衝向那個玻璃晶體結構，然後刀身就跟Powerd 8的子彈一樣穿透了進去。

到這邊為止都還一如明日香的預測。

——既然攻擊會穿透過去，就將所搭載的最後一發N^2彈丟到正中央，用這顆本來打算留到與阿爾瑪洛斯交戰時使用的壓箱寶炸掉它——就算攻擊會穿透過去，這東西也還是在會自轉的衛星表面上，只要連同地面一起炸掉的話，或許——

「！」EVA 02 Allegorica突然轉身。

習慣四足運動的明日香就像要往後跳開似的把重心轉移到後腳上，然後將抬起的前半身扭向後方，用孫六滅絕刀揮向方才還是正後方的位置——刀身揮空。明日香朝著黑暗問道。

「……是誰！」

誰——誰是在指什麼……

——嘈雜的聲響——

貳號機周圍擠滿某種存在，靜靜地站在那裡，這些存在所散發出的氣息範圍比結構體還要廣大——直到地平線的另一端。

感覺這些氣息全都在看著明日香！

「是怎樣啦！」

讓Allegorica之翼左右兩側的推進器朝著相反方向噴射，藉此猛然轉向的ＥＶＡ02大動作地揮舞太刀。什麼都沒有，但感受到的視線也沒有消失。

「可惡！……可惡！」

刀尖空虛地劃出弧形。明日香在恐懼與煩躁的驅使下朝著空無一物之處不斷亂揮著太刀——

——咚！

「……咦。」身體感到一道巨大聲響，警報立即響起。揮空的孫六滅絕刀的護手敲到右側的Allegorica之翼——右側的N[2]反應器緊急停機，右翼的其他系統也開始自我診斷，在明日香眼前開啟了好幾道黃色與紅色的視窗，而她也在這時猛然回神。

明日香朝著畏怯的自己喊話。

「等等……沒錯，必須破壞掉這個。」然而——

「！」

明日香突然回頭，環顧起插入栓的內部。

「——！」

看不見的「那些存在」也進到插入拴裡了！內外所有的空間都被那些不知是誰還是什麼的存在塞滿了！

「咦……別過來——！」

她的慘叫讓之前安安靜靜的那些無數「存在」一齊作出反應，就像漩渦般的運動著，激烈地喧譁起來。

——嘈雜的——聲響——

數量太多，聽起來就像呻吟一般。就像是聚在巢裡的蜜蜂大軍一般，不時發出嗡嗡作響的波動——

「這是人的聲音……這些全都是人……！」

數十億、數百億的人在嘈雜著。

注意到這件事時，明日香的身影已不在插入拴裡了。

——沒有自己的身影——明日香從座椅上方俯視著這個狀態。不僅看不見自己的手，也看不見腳和身體。有的就只有視野。不對，也聽得見聲音……這些真的是光，真的是聲音嗎？儘管不清楚——

——原來如此——

自己變得和周遭的存在，那些人們一樣了。在接觸之後隨即明白他們是什麼，每個人從出生到死亡為止的一生瞬間流入腦中。姓名、出生的時代、成功挫敗、相遇別離……構築個人的一切是剎那間的閃光。

——是人類的情報——

接觸到他人的一生讓明日香差點喪失意識，不過也讓她理解了目前的狀況。

——現在我也變成情報了——

等注意到時，插入拴內的座椅等內部裝備已開始溶解，逐漸失去外型。

ＥＶＡ也變成情報了吧。在這種狀態下沒有陷入恐慌的自己已經不正常了，明日香基於理論做出判斷。

——感覺到對面有光。

在人類情報的地平線另一端，一道發出海嘯般的轟鳴，卻更加巨大的浪濤……距離在注視的瞬間化為烏有，讓她被這股浪潮給吞沒。

那是各式各樣的生物、動物們雌雄一對，誕生在地球上，不斷重複著生老病死的怒濤，而明日香就在這裡頭。

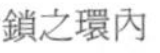
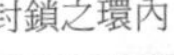

最後，她伴隨著海洋生物的流動一起游泳……身旁有水棲恐龍——還有龐大的鯨魚……

『……太驚人了！』

『這種景象……他看了一定會很高興的。』

——誰看了？——兩隻海豚靠了過來，從明日香身旁超過去。

——那傢伙……海豚……蔚藍海洋的……——

就在她意識到的瞬間，那個就像是被剪下來似的在眼前化為一本四角形的書籍——順著ＬＣＬ的水流翻開頁面，將記憶連結起來。

那是在離開地球時，有人送給我的書。

——送我這種書的人是——

「——真嗣！」

明日香就像從夢中驚醒似的大叫著。

「這是怎麼回事！」

情報作出回應——明日香隨即以她所能理解的語言得到答案。

——實驗舞臺的再生……將補完計畫從零開始本來要花費數億年的期間，在重啟之前縮短至四千四百年的世界機構——

將經歷過過去世界，追溯到紀元前兩千四百年前的地球上所有生命與所有人類的紀錄包含在內——情報與物理存在等價——

在以大洪水淨化過的世界上開啟，藉此進行再生——從那個時代的世界，重新開始為了達成補完計畫的準備。

「開什麼玩笑！……這個世界可不是ＲＰＧ啊——難道說這是個不斷從存檔點重新開始的世界嗎！」

——這艘方舟管理著這一切的情報——

「方舟！神話的？就是這個！」彷彿閃閃發光的奔流，生命的流動——

明日香周遭的生物開始向上旋轉，被這股潮流沖走，明日香思考中的自我再度漸漸地薄弱起來。分不清自己與自己之外的界線。

「……就算退三十八萬步認為這是真的，我也還是不懂——」

為什麼會掉在月壤上頭？

而且這裡的情報有所缺漏——

……沒錯，是鳥……這裡沒有鳥喔——

明日香的意識漸漸地遭到吞噬，她就在意識消失之際，苦澀地帶著嘲諷說道後，情報就理所當然似的回答。

——鳥有著飛越時空間的生態，會遠渡到再生的新世界——

——新世界？——

——不斷輪替的地球與月球乃是兩者唯一，交替呼吸之物——這個月球乃是過去的地球，在將一切讓渡給當時的「月球」——如今的地球之後，成為了月球。這次則將由這個月球成為下一次的——

——！——明日香突然被一股強勁的力道拉回。

與接觸到的情報混合，逐漸失去形體的ＥＶＡ貳號機被一個比ＥＶＡ還要巨大的黑影粗暴抓住，一口氣拖了出來。

——那個巨大黑影——阿爾瑪洛斯的動作很明顯地沒有餘裕。這個黑色巨人介入方舟與明日香和她的貳號機之間進行的情報共鳴，強行將她從方舟上剝離。

景物猛烈旋轉。貳號機被從方舟的玻璃結構中拖出來時，Allegorica的後腳部分就從腰部的接觸面上發出巨大的斷裂聲響，從貳號機身上分離。

一起被拖出來的生物也從情報化為實體，零零散散地灑落在月面上，而不論哪個生物都在月世界環境下立刻死去。

SEELE化的加持容器在地球上說過，「拒絕意識體」是方舟的特性。

儘管容許磁軌砲的子彈、月壤、地形等物自由進出，具備意識的人類卻會在接近之前化為鹽柱。

拒絕接近——換句話說不就是「意識體不能接觸到方舟」嗎？明日香藉由和ＥＶＡ一起抵擋住了那股拒絕之力，踏入方舟，結果讓方舟內的地球情報騷動起來。

看來這肯定是件很不妙的事吧。讓目前侵襲世界的災厄中心，以朗基努斯界面包住地球，向人類發出退場宣言的巨人——阿爾瑪洛斯為了排除這種緊急事態親自出馬。

阿爾瑪洛斯將貳號機直接扔出。貳號機在空中劃出拋物線，手臂上冒出一群動物的身影然後再度隱沒，背上穿出鯨魚的尾鰭，並在繞到腹部後再度下潛。

各種生物的情報在貳號機體內雜亂地混合在一起，讓形狀不停地變換……就整體來看，貳號機早已失去了貳號機的外型。

被拋到空中的那塊有如黏土般歪七扭八的人型物體就在撞擊地面之前弓起背部，將軀體變成四腳動物的模樣，在低重力下巧妙地抵消衝擊落地，以和狼混合的姿態嚎叫著。

「——不(Nein)！——」

「明日香的聲音」就像阿爾瑪洛斯在月面上用朗基努斯之槍敲響的轟鳴般響起。這是對什麼的否定呢？是對自我溶化在情報之海中的否定，或是對那些不斷竄改人類歷史之人的否定，是明日香在失去自我之後的最後話語。只是當她喊出這句話時，她已經不太清楚這句話的意思了。

不過看著從地平線升起的「地球」，滿溢而出的情緒卻讓她不能不嚎叫。

「——不(Nein)！！——」

眼前的巨人阿爾瑪洛斯利用它持續從地球上偷來的地殼構造，讓月球現在膨脹到幾近原本的兩倍大。

導致這顆衛星就像顆平衡不良的陀螺一樣偏離自轉、公轉軌道朝著地球落下，讓蔚藍地球從明日香背後的地平線上，本來看不到地球的月球背面這裡緩緩升起。

能透過將地球包住隔離月球的朗基努斯界面看到微暗的蔚藍地球。那個界面倒映著虛偽的影像，從地球上仰望到的月球就跟從前一樣是顆美麗的女神之星，除了如今待在月球上的明日香，沒有任何人發現到月球的異變。人們早晚會發現到那是界面讓他們看到的，人類所希望的假象吧。從月球上看到的地球假象會這麼暗淡，是因為只反應了明日香一個人的意識。

而如今那顆地球的假象亮起蔚藍的光芒。

曾是ＥＶＡ貳號機的物體表面上、胎內滿溢著地球上的生物群，它容納了多少個性，地球就散發出多少光芒。

背對著地球，全身彷彿沸騰似的改變著外型站起後——砰！蹬地躍起。

在背後留下月壤受到衝擊所綻開的花紋，以非人類的動作撲向比自己大上一圈的阿爾瑪洛斯。她之前雖然掌握到這個巨人的存在卻選擇了逃跑，是基於邏輯思考所做出的判斷。

而現在她毫不遲疑地攻擊，則是因為對這個不講理的存在充滿了純粹的憤怒。

「——不（Nein）！——」

■ＥＸ編號武器

在肩上的新型測試砲自動展開後，超級ＥＶＡ身上的高次元之門——胸前的中央三角就不斷匯聚著能量，讓真嗣有種胸悶的感覺。

「這是……怎麼回事……」

之前在Ｓ[2]機關有大部分沉入次元的另一端。改變形狀時，有近乎無限的能量從這裡流入，催生出超級ＥＶＡ與現在的真嗣，而他母親的意識則是作為代價消失了。

目前從那裡流入的能量就在胸部拘束裝甲的量子波動鏡裡胡亂反彈，平時是往四肢不斷流出的印象變成堵塞的感覺，讓初號機的心跳變得更加激烈。

零No.特洛瓦在不規則的加速度之中，勉強把右肩武器的情態板顯示方式切換成更加詳細的方塊圖後，迅速——並且仔細地看過一遍後喃喃說道：

「……這個……這個系統，不是陽電子砲。就像是直接從中央三角裡抽出粒子流束……」

就某種意思上可以想像得出來。真嗣這才仔細看過這個武器的名稱……EXW-038E——不對，是用意識認知到。

「就現實層面而言，終究無法取得許可，讓ＥＶＡ持有比陽電子砲……還要強力的武器——所以摩耶小姐就在文件上寫這是『陽電子武器』吧……既然是ＥＸ編號，這東西就肯定……」

「……碇同學？」

真嗣的背影感覺很難受。超級ＥＶＡ的心跳跟往常不同，聽起來就像身處瀑布裡頭一樣。真嗣承受著不斷積蓄在胸前的能量。自從唯的靈魂消失之後，初號機的身體就是真嗣的身體。

左側的Victor用錫杖打過來，真嗣稍微舉起備前，沒有擋下攻擊——鏘！——讓錫杖從刀身上滑過，然後朝對方扭動的腰部踢去——在踢中腰部之前，腳先撞上了Victor的護盾，踢擊的反作用力讓雙方分開。射控系統逕自鎖定著Victor，等待目標經過新型砲的射線——

「可是，根本不知道會射出什麼東西來……而且最重要的是——」

——最重要的是，也不知道這股巨大的能量要怎樣送進砲管裡。當這股能量在「這一邊」以量子化出現時，電子伏特的總量到底會是十的幾次方啊？導波管根本撐不住吧——

就在真嗣這麼想的瞬間，扳機兀自扣下了，在胸口盤旋的龐大能量就砰地衝上肩膀。砲膛露出，瞬間受到ＡＴ線圈維持的這股能量則是……

在插入栓裡的零No.特洛瓦，看不到開砲的瞬間。

因為在所發射的「彈體」影響之下，電子儀器全數當機了。不過在一陣激烈衝擊之後，能用

肌膚感受到一種要將自己拖走的感覺以驚人的速度飛離。

真嗣用超級ＥＶＡ的眼睛看到了這一幕。極重粒子以量子跳躍進入砲身，並在發射時將肩上的測試砲炸得粉碎。彈體稍微扭曲了周遭的空間，同時釋放出難以置信的磁力線，導致反電磁干擾能力應當很強大的初號機電子儀器遭到破壞——以接近光速的速度發射，擊中Victor身上那道類似絕對領域的能量盾——

——在真嗣被拉長的時間流動裡，他看到彈體打穿Victor的胸口，破壞掉它背上的背板。

——發生了什麼事？——

新型砲的彈體彷彿視護盾為無物般，直接擊中Victor的軀體，正確來講是連碰都還沒碰到就引起激烈的質子衰變，將它絕大部分的內臟分解成微中子與玻色子，帶著龐大的熱能以光速噴灑而出，並隨即將背上那片代表著它是阿爾瑪洛斯眷屬的背板也同樣地破壞殆盡。

等之後返回第三新東京市時，摩耶在沉思之後所預想到的那個名稱，如今的真嗣是想像不到的。

——磁單極子Monopole在破壞掉一架Victor後，沒有受到任何影響，也沒有產生任何反應地直接穿透過去，消失在「空間窗口」拉長後所形成的隧道空間的壁面上。

■阿爾瑪洛斯迎擊

在月面方舟前的大地上。看到持續著奇怪變形的ＥＶＡ貳號機朝自己撲來，黑色巨人阿爾瑪洛斯擺出迎擊態勢，不過就在這時突然發生了異變。

它背後的兩片背板——像是從地面伸出來的其中一片突然粉碎。在低重力中彷彿碎掉的石板一樣四散開來的無數碎片，就在落地之前化為沙粒。

——是因此驚慌失措了吧，阿爾瑪洛斯並沒有避掉明日香——變成黑紅色的貳號機——的攻擊，直接承受。

「嘎！」

貳號機有如老虎般撲上去，用長出的肉食野獸牙齒咬住阿爾瑪洛斯的肩膀，把那個大於自己的巨大身軀扯倒在月面上。

就在扯倒的瞬間，應該是月面的大地就變得有如水面一般，在有如水花般的高高濺起月壤（表岩屑），雙方就像是被吸入地面中般失去蹤影。

■窗口對面

「窗口」消失，超級ＥＶＡ突然朝著深邃的岩山溪谷墜落。

不知道是新型砲還是打倒其中一架Victor造成的影響——大概兩者兼有吧。

「窗口」內部的空間隧道化為烏有，讓超級ＥＶＡ在通過窗口後被拋到有著一望無際紅色大溪谷的異國山岳地帶。消失在背後的窗口看來位於懸崖上，目前真嗣正朝著溪谷的底部墜落。

——是在窗口對面看到的場所。

另一架Victor到哪裡去了？雖然把載體砍成兩段了，但有殺死它嗎？胸口裡的特洛瓦沒事吧？必須得找到卡特爾的０．０ＥＶＡ……

他陷入了混亂——這裡是哪裡？

——就只是開了一砲——真嗣雖然感到嚴重的疲憊感，不過還是在腦中回顧著飛翔的感覺，設法拉起墜落中的超級ＥＶＡ飛出溪谷，降落在一個似乎能遠望四周的山崖上。

肩上的砲已澈底損毀了。倒不如說，幸虧只是這樣就沒事了。受到開砲的影響，超級ＥＶＡ的電子儀器全數當機，要不是ＥＶＡ現在成為了自己的身體，真嗣根本就動彈不得。

——比起這個——真嗣思考起另一件事。這個地方很危險。光是開啟通往這裡的窗口，就讓第三新東京市與蘆之湖周邊的人員陸續變成鹽柱。原因大概就是那個玻璃結構體——在哪裡？

真嗣不僅在第三新東京市的窗口裡看到過「方舟」，也曾在北海道與EVA EURO II對峙時，隔著開在空間上的洞穴看到過，並本能地對它感到厭惡，留下深刻的印象。

「找到了。」

埋在溪谷裡，就像平滑玻璃材質的立方結構體。在明亮的陽光下看起來，並沒有之前隔著窗口在黑夜中看到的時候駭人。只不過埋在岩山裡有著平滑表面的那東西，還真是充滿著不對勁的感覺。

「這附近的岩石……是怎麼了？莫名地像人……不對，以大小來說是像ＥＶＡ吧……」

就在這時，北側的山對面竄起爆炸煙霧，讓真嗣戒備起來。

「怎麼了？好像看到有什麼東西在飛……」

——是真嗣吧！——

「美里小姐！」

通訊機雖然也故障了，不過在將通信設備的微弱訊號轉換成聽覺後，真嗣就靠著初號機的「耳朵」聽到了聲音。儘管初次聽到的訊號會很難辨識，但如果是最近曾經聽過的訊號就幾乎可以聽得懂意思。在下意識地解碼出訊息意思後，他很自然地朝發訊地點看去。

前方是通往玻璃結構體的峽谷，在約兩公里遠的谷底處，比米粒還小的美里正朝他揮著手。

「美里小姐！」

將視野放大，蹲在一旁的是……

「為什麼劍介會在這裡！」

——相田受傷了沒辦法動，雖然還有意識……但是重傷——

「什麼！」

——別慌張，你自己先小心，卡特爾ＥＶＡ與歐盟的ＥＶＡ就在這附近交戰——

超級ＥＶＡ插入拴內部的系統依舊處於當機狀態，讓綾波零No.特洛瓦無從得知外部的情況。

應當漆黑一片的插入栓內部裡，一道綠光在面向中央三角的內壁上搖曳，配合著綠光的搏動，ＬＣＬ持續循環著。

特洛瓦就像胎兒般的捲曲起身體，將真嗣的頭抱在胸前。

「綾波？」

要是無人呼喚，她恐怕就會直接沉睡，溶解在真嗣之中了吧，以這種感覺發著呆。

環抱在手臂裡的真嗣開口了。

「哇，裡頭這麼黑啊。」

「——碇同學？」真嗣的意識回到人類的肉體上了。

「特洛瓦，來到窗口對面了，就是那個地方。然後美里小姐和劍介不知道為什麼就待在底下——算了，理由等下再問吧。」

真嗣對一臉不可思議的特洛瓦這麼說後，就將插入栓內壁上的幾面板子拆開，轉動著裡頭的手輪，然後拉起插入拴固定門。

「我會讓妳站在手掌上，妳可以幫我過去看一下情況嗎？劍介好像受到重傷，需要人幫忙照顧——美里小姐說只要待在EVA附近，就不用擔心鹽化現象了。劍介好像也帶著什麼能避免鹽化的東西，萬一發生了什麼事時，絕對不要離開他身邊喔——我一口氣說了這麼多，妳記得住嗎？」

「……可以……要手動彈射？」

「先等等，我用大隻的手動開啟。現在外頭好像在戰鬥，是卡特爾和EUROⅡ，妳先把放在後面的防彈背心穿上——……是這邊吧……」

帶著有點刺耳的聲響，超級EVA的手開啟了插入拴頂蓋。

真嗣就用那隻巨大的手慎重地抽出插入拴，發出咕吱咯吱的聲響。在排出LCL開啟艙口後，插入栓內照進了刺眼的陽光。

「聽說這裡是北非……妳相信嗎？」

這裡有著乾燥沙子的味道。特洛瓦猛烈地咳了起來。

美里與劍介來到跪在谷底的超級ＥＶＡ腳邊，特洛瓦乘著超級ＥＶＡ的左手降落地面。

隨後——附近傳來Allegorica之翼的重力場懸浮機關發出的轟鳴聲，並且瞬間增大。真嗣從超級ＥＶＡ的插入拴裡喊道：

「剛剛ＥＵＲＯⅡ從峽谷上空飛越！我想大概被它發現了！趕快——……」

異變就發生在對面的臺地上。

#11黑與紫

■燃燒的巨人

吹拂而過的風就像是害怕被聽見似的，在這瞬間嘎然而止。

不僅是因為這個地方充斥著以方舟為中心散發出的拒絕人類之力，導致美里的感覺漸漸麻痺。就連失去右手，正在忍受劇痛的劍介也當場縮起身子。

非比尋常的壓迫感……來了！

——就在所有人受到來自本能的警告，屏息張望的瞬間——

溪谷裡一座高聳乾枯的紅色岩石臺地突然就像水面般的迸起壯盛的飛沫。

——飛沫之中有兩架巨人，以倒下之勢突破水面飛躍而出，來到有著蔚藍天空的北非岩石大地。埋藏在這座深邃大溪谷裡的無數巨人岩塊受到這兩架巨人引起的地鳴震動，就像顫慄似的回以嗡嗡鳴響。

兩架巨人以格鬥狀態扭打成一團——小了一圈的ＥＶＡ尺寸巨人不斷改變著外型，野獸般緊咬著對方不放——

看到這兩架巨人，真嗣當下還以為是方才沒能在「窗口」內部的空間隧道裡解決掉的Victor 3與天使載體追了過來。這是很自然的推測，所以他花了一點時間才注意到出現的是最為難以預料的存在。

——咦！——

那架黑色巨人比Victor還要龐大，有著遠多於它的ＱＲ紋章就像鱗片般的布滿全身，形成一套鎧甲。就真嗣所知，這樣的存在就只有一個。

「不可能……！」

他所想像到的，是最糟糕的事態。

「……阿爾瑪洛斯在月球上啊……！」

——要是它出現在地球的話，就表示月球上發生了什麼事——而月球上有著——

讓他陷入混亂的意象是一名異性，分成兩邊垂下的秀髮、蠱惑人心的身影，充滿自信的微笑正是她最大魅力的那個人所前往的地方——真嗣感到眼前一陣天旋地轉。彷彿全身血液燃燒起來的憤怒瞬間將他瞬間吞沒——

就在綾波零No.特洛瓦搭乘著超級ＥＶＡ的掌心，降落到美里與劍介的所在位置時。

「碇同學？」

她追隨著站在超級ＥＶＡ肩膀上的真嗣視線，看到突然發生的意外事態。

「葛城司令，三點鐘方向的臺地……！」、「咦？」

在特洛瓦喃喃指示的方向上，美里在峽谷之間看到一架黑色巨人，儘管失去了一片翅膀，但它確實就是阿爾瑪洛斯——

「——怎麼會……別開玩笑了！真嗣……」

「哇啊啊啊啊啊——！」

在真嗣的怒吼之下，超級ＥＶＡ的上半身，拘束裝甲之間露出的動作肌結構部位，也就是超級ＥＶＡ的肉體突然伴隨著「轟！」的一聲巨響，有如爆炸般的冒出火焰。

「真嗣！」、「……碇同學。」

「碇……！」前所未見的現象嚇得他們不知所措。

超級ＥＶＡ的上半身就像一根巨大的火把，捲起強風轟轟燃燒著，明明就沒有能夠持續燃燒

的構造——怦嗡、怦嗡、怦嗡——胸前的中央三角發出一反常態的激烈波動，就像是要響徹整座溪谷似的，超級EVA的心跳聲迴盪開來。

「呼——呼——」真嗣的視線望著烈焰的另一端。

阿爾瑪洛斯注意到超級EVA的心跳，巨人朝這裡看過來。

——吱吱吱吱吱——吱吱吱——

肌肉纖維結構以驚人的力量顫抖著。

「……你不可能會在這裡！你必須要在月球上啊……！」

覺得真嗣也跟著燒起來了是錯覺吧，但至少他的表情——

——好可怕——特洛瓦心想。這是不曾在真嗣身上感受到，也不想感受到的感情。

超級EVA捧著她的手，發出東西扭曲的嘎吱聲響。

「綾波，趕快離開……！」

「可是……」綾波零No.特洛瓦腳下，初號機掌心就像血液在裡頭激烈流竄似的轟隆作響。

特洛瓦憑著直覺察覺到——他正在燃燒自己，破壞自己。

「快離開！」

就在特洛瓦被他的氣勢懾服，離開超級EVA手掌的同時——

「怎麼可能……！黑色巨像少了一片翅膀？他們是怎樣打倒其中一架的！」
人型岩石群，這些岩石的外型就像是撒落一地的內臟，小山般的擺放在四方各處，被遺棄在滿是這種岩石的峽谷裡。

超級EVA的上半身如同一根巨大的火把，捲起強風轟轟燃燒著。
零No.特洛瓦憑著直覺
察覺到——他正在燃燒自己，
破壞自己。

——砰的一聲，掌心也開始激烈燃燒著。

特洛瓦不由得退開幾步。

往真嗣自身燃燒的憤怒之焰，看在特洛瓦眼中就像是拒絕自己的火焰。

真嗣毫不猶豫地進入燃燒中的插入拴。

「你不可能在這裡！你不能在這裡！因為——」

超級ＥＶＡ的Vertex之翼發出嗡鳴聲。那是一反常態，讓人非常不舒服的不協調音……

「你就在月球上啊！就為了找你，把珊克和明日香送上月球，珊克還在抵達之前死了！——

她死了啊！」

愣住的美里猛然回神。

「不行！得快點阻止他…………！」

對獨自被孤立在月球上的明日香愛莫能助的真嗣，一定沒辦法原諒自己。

「真嗣！來把我們載走。現在立刻朝大西洋的方向脫離，這是命令！」

美里連忙對著通信設備大喊。然而，一陣嘶吼蓋掉了她的聲音。

「哇啊啊啊啊——！」

嗚喔喔喔喔————！

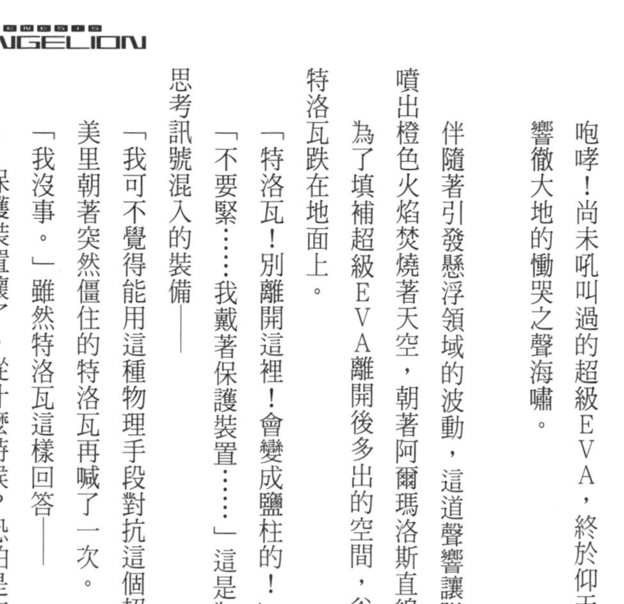

咆哮！尚未吼叫過的超級ＥＶＡ，終於仰天發出咆哮了。

響徹大地的慟哭之聲海嘯。

伴隨著引發懸浮領域的波動，這道聲響讓附近的岩石產生共振，並在下一瞬間，超級ＥＶＡ噴出橙色火焰焚燒著天空，朝著阿爾瑪洛斯直線飛去。

為了填補超級ＥＶＡ離開後多出的空間，谷底捲起了猛烈強風，將美里與劍介一起吹倒，讓特洛瓦跌在地面上。

「特洛瓦！別離開這裡！會變成鹽柱的！」美里滿身是沙的喊道。

「不要緊……我戴著保護裝置……」這是為了與真嗣一起共乘超級ＥＶＡ，用來防止自己的思考訊號混入的裝備——

「我可不覺得能用這種物理手段對抗這個超出理論的拒絕之力啊——特洛瓦？」

美里朝著突然僵住的特洛瓦再喊了一次。

「我沒事。」雖然特洛瓦這樣回答——

——保護裝置壞了。從什麼時候？恐怕是在抵達這裡之前，從新型砲發射，導致超級ＥＶＡ的裝備因為強大的磁力線盡數當機的時候開始……

直到方才都還死纏著阿爾瑪洛斯不放的巨人失去外型，漸漸地停止動作。阿爾瑪洛斯轉過身來。光是直接被注視就感受到猛烈的壓力——這樣一來，就算不是被介入精神的綾波們，也能感受到那個巨人的思考。

〈將那個波動——心跳停下來。〉

被美里命名為阿爾瑪洛斯的黑色巨人，打從脫胎換骨的初號機在胸前開啟了連結高次元宇宙的窗口，並開始發出心跳聲後，就像是為了阻止這件事般的出現在月面上。人們也因此終於得知明確的敵對存在。

重大災難就在這之後陸續發生。巨人投出的朗基努斯之槍帶來大量的鹽柱化現象與地球直徑縮小導致的地殼變動，遮斷了離開地球兩萬公里之後的路徑，直到現在。綾波零No.珊克就在穿越那道界面時殞命；明日香則是在界面上失去行蹤。

繞行中的長槍如今仍在伸長，即將達到直徑約五萬公里的軌道圓形的一半長度。一切都肇因於這架黑色巨人。

〈將那個心跳停下來。〉

「閉嘴！」真嗣不予理會地撲上前去。

以稱不上迎擊，就只是任由憤怒與悲傷支配自己的衝鋒，瞬間飛越推測有數公里遠的距離，但即使速度這麼快，當他拔出備前時也仍在攻擊範圍之外，不過備前的刀尖卻伸長了——正確來說，是包覆在備前刀身上的絕對領域朝著目標伸長，撞上了阿爾瑪洛斯的護盾——

——轟隆！——迸出強烈閃光。

緊接在刀尖之後，超級EVA用肩膀衝撞阿爾瑪洛斯的護盾，雙方護盾相撞的接觸面濺射著相位光，聲音則是形成衝擊波敲打著整座大溪谷。

真嗣將所有的情緒宣洩出來。

「你為什麼會在這裡！明日香怎麼了！」

衝撞接觸面碎裂，讓真嗣衝過去後，雙方就順勢互換了位置。

這亂七八糟的衝撞，導致超級EVA的右肩，在空間隧道內因為第一次射擊而全毀的導引砲Niall被撞飛，持續燃燒的超級EVA無法像平時一樣以自主反應澈底做好防禦，讓本體也跟著受到損傷。

「你必須得在月球上！明日香是不可能放過你的！」

燃燒的超級EVA突然從損傷部位噴出更加猛烈的火柱，就像血沫一般。儘管如此，真嗣仍沒有放棄衝鋒。

「——把明日香還給我！」

■綾波No.卡特爾

先一步出現在阿特拉斯山脈的０．０ＥＶＡ變異體與綾波No.卡特爾，在加持懷中感應到阿爾瑪洛斯的出現而產生動搖。

拍打著漆黑翅膀，躲避來自後方的射擊。從旁擦過的陽電子彈在絕對領域上劃出光之爪痕，轉瞬間消失在地平線上空。

緊追在後的是EVA EUROII，明日香貳號機的同型機，擁有排列著重力子的Allegorica之翼的歐洲機體，這架純白巨人循著０．０ＥＶＡ卡特爾機的空間轉移，自賽普勒斯追擊而來。

——在這種大意不得的情況下，卡特爾的胸口疼痛起來。

植入在失控變化成奇形怪狀的０．０ＥＶＡ胸口上的ＱＲ紋章——阿爾瑪洛斯鱗片，就像是刺在零No.卡特爾自己身上似的，讓胸口感到陣陣滾燙的刺痛感。

「這個聲音……心跳……不能存在。」

阿爾瑪洛斯的思考經由她的嘴，重新構成相近的話語說出。

「遺留在實驗場……舞臺——地上世界之人……要接受，大洪水——末日……呃。」

——噹！

０・０ＥＶＡ想伸手抓住自己胸前的ＱＲ紋章，卻被絕對領域擋住了。

「沒用的，妳是無法自己拆掉那個的——專心對付背後的敵人。」

從冒著汗珠的零No.卡特爾背後抱住她的加持——被SEELE奪走精神的加持的容器在她耳邊喃喃低語。他們兩人都沒有進到插入拴內，而是在絕對領域的維持之下，站在進行著劇烈機動的０・０ＥＶＡ變異體胸口的ＱＲ紋章前面。

EVA EUROII突然豎起Allegorica之翼，展開機翼在空中停下來後，隨即放棄追擊卡特爾機，那架純白的巨大身軀改往阿爾瑪洛斯出現的方向前進。

「怎麼啦……？」加持的容器雖然也搞不清楚狀況，但這給了他工作的時間。

「飛向方舟，去看看情況。」

■巨人相鬥

阿爾瑪洛斯朝著衝過來的超級ＥＶＡ舉起手。

背板隨即變形，朝著它手臂指著的方向——瞄準著超級ＥＶＡ，就像是分裂出一部分似的發射出去，三連發！

是這架巨人首次展現的暗器。

——是動能武器嗎？

正當超級ＥＶＡ打算避開攻擊時，不可思議的事情發生了。燃燒著超級ＥＶＡ的火焰化為人型——ＥＶＡ的形狀，稍微脫離了本體？遲了一步閃避的本體被攻擊擦過，讓頭部拘束裝甲的右側與頸部旁的進氣口被打飛——下一瞬間，本體追上有如蛻皮般脫離本體的火焰身軀的動作，恢復成原本的燃燒狀態——

避開的小型帶翼箭矢擊中背後的岩壁。隔了一會，岩山就像突然從內部炸開似的發出高熱，融解崩塌。

背對著岩山融解的誇張景象，超級ＥＶＡ再度發出攻擊，但是火焰的手臂卻比本體的手臂還要早一步揮向敵人。

——有哪裡不太對勁。

看似正在燃燒的超級ＥＶＡ，如今是實際的身軀與火焰的身軀疊合在一起的多重存在，而且這兩個身軀還開始產生時間誤差——感覺就像是這樣。

——所以我不是說了——真嗣腦中響起薰的聲音。

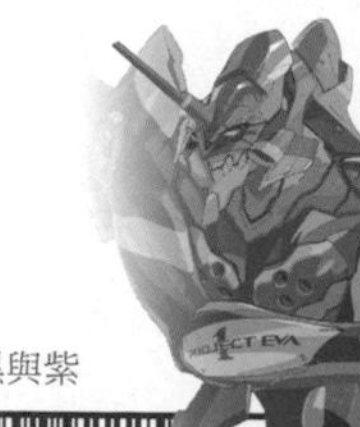

——一旦脫離人類的容器後，你以為還能恢復成人類嗎？

真嗣沒有把他的話聽進去，就算因為時間差而導致動作慢了一步的本體毀掉也無所謂地衝上前去。

每當雙方互擊，超級ＥＶＡ的Ｘ１級拘束裝甲就會碎裂飛散。超級ＥＶＡ特有的與身體外型同步的絕對領域也產生了誤差，變得無法及時防禦。

另一方面，超級ＥＶＡ則攻擊不到阿爾瑪洛斯，全都被類似絕對領域的強大能量盾給擋下。就算失去一片背板，它也無庸置疑是阿爾瑪洛斯。以全身總數超過十座的ＱＲ紋章所展開的護盾，哪怕是超級ＥＶＡ也無法突破。真嗣只憑著一股氣勢把阿爾瑪洛斯連同護盾一起推向岩山，朝著下方打碎高低差有著一千公尺以上的大斷崖，將黑色巨人推下谷底。

峽谷掀起有如海嘯般的煙塵。驟然吹起的猛烈強風吹散煙塵，超級ＥＶＡ被從中擊飛了出來，背部撞上的斷崖被絕對領域轟隆隆地壓垮——

「把明日香還給我！」

——轟！的一聲，斷崖各處的裂痕中湧出火焰！從一口氣崩塌的斷崖之中，上半身有如火山一般噴發烈焰的超級ＥＶＡ緩緩走了出來，同時對面峽谷的煙塵也突然分開，露出阿爾瑪洛斯的身影。

颳起強風的山岳一帶雲層聚起，開始嘩啦啦地下起冰雹。

■綾波No.特洛瓦

「真嗣，先退開！重整好態勢！」

被真嗣拋下的美里，不得不體會到自身的無力。

儘管如此，她還是朝著反覆進行著徒勞無功地衝鋒的真嗣，用通訊設備持續呼喊了好一陣子，但是——

「特洛瓦！要離開這裡了，相田也再努力一下！」

「……我不要緊的。」

要在交戰的巨人交戰的腳邊逃跑，是件多麼白費力氣的事啊。交戰範圍比地面戰鬥廣大，難以預測它們會往何處移動，情況比遭受空襲還要糟糕——儘管如此，儘管如此也必須逃走——姑且不論自己，必須讓孩子們……都將他們捲入戰鬥了，事到如今再說這些也——

「……特洛瓦！」

被她叫喚的零No.特洛瓦茫然地望著超級ＥＶＡ離去的方向，暴露在應該會將人類化為鹽柱的力量之中佇立不動。

她沒有告知美里精神保護裝置已經壞掉了。也不對跟任何人說。

感覺就像是被人宣告「妳就只是個會思考的物品」一樣。

「我得不到救贖……」

「咦？」

獨白潰堤似地脫口而出。

「……就算是從同一個靈魂分歧出來，No.卡特爾、No.珊克、No.希絲她們不論形式，都有辦法展現自我──我卻沒有辦法──連在這裡化為鹽柱的價值都沒有。」

綾波零No.特洛瓦搖搖晃晃地走了起來。

「特洛瓦！妳要去哪裡！不可以！」

「啊！」

美里想追上去，但劍介卻跟不上她的腳步。

配合受傷的他放緩速度後，等到再度抬起視線時，特洛瓦早已消失在反彈著潔白雹粒的岩石之間。

■於方舟

「被誰碰觸到了嗎……該不會是在月球那邊——要是收納情報沒有破損就好了……」

加持的容器來到方舟附近。對於他奪走控制權的0・0EVA卡特爾機，直到方才都還緊追不捨的EVA EURO II突然離開。理由不明。

他操縱著0・0EVA靠近到勉強還能承受的距離觀察著方舟，然後回頭看向用來控制EVA的人型控制器。

「人偶似乎沒事呢。」

穿著黑色戰鬥服的綾波零No.卡特爾。

儘管不清楚這是否為SEELE的能力之一，不過綾波No.卡特爾將包含自己的一切控制權，全都交給了說中她是零No.特洛瓦這個上位存在所潛藏的感情之一「恐懼」的加持。

她比方才冷靜了不少。

看著埋在岩壁裡緩緩轉動的玻璃立方體聚合物（方舟）。

「這是……影像嗎？」

「是將連在永恆的時間之中都不會損壞的存在一分為二，並不是同時存在，而是對存在機率進行調整。所以不會受到物理影響。」

「可是……你說被誰碰觸了……」

「裡頭收納著從生命的誕生到文明的產生——以及到大洪水為止，全地球的生物意識體情報。如果同為意識體的話就能夠碰觸。這是收納情報，是用來記錄的道具，是會思考的蘆葦——也就是筆……」

有如鏡面般的方舟表面泛起波紋，讓加持容器咂了一聲。

「嘖！」

——怦嗡、怦嗡——他從遠方傳來的心跳聲，讓方舟泛起波紋。

「……碇同學……在哭……？」

拍動著染成黑色的天使載體翅膀，ＥＶＡ的失控變異體０．０ＥＶＡ卡特爾機飛上天際，站在其肩膀上的卡特爾與加持的容器看到對峙中的阿爾瑪洛斯與超級ＥＶＡ。

「怎麼可能……！黑色巨像少了一片翅膀？他們是怎樣打倒其中一架的！」

——嗚喔喔喔喔喔——————！

超級ＥＶＡ咆哮著。與其說是怒吼，更像是悲鳴的吼聲讓卡特爾產生反應。

「……真好笑——碇同學，這明明是你選擇的世界……」

卡特爾與加持容器一起在０．０ＥＶＡ的外頭迎風飛行，不過她在被加持操控之後所喪失的表情又回到臉上了。

「呵呵……呵呵呵，真好笑……」

■眾神的戰鬥

加持說這裡是過去上百架的ＥＶＡ進行決戰的場所。有如巨像般林立的岩石群「人體之谷」發出呼喊——這是錯覺吧。

每當阿爾瑪洛斯與超級ＥＶＡ相互攻擊，就會發出巨大聲響，在溪谷之間掀起陣風，強風就從這些埋藏在溪谷裡，有如巨人般的岩石群，以及像是這些巨人撒落一地的臟器般的岩石群之間吹過，朝著天空發出有如呼喊般的低鳴。而每次呼喊，都有好幾座巨岩像是從惡夢中清醒似的化為一團沙粒崩塌。

在冰雹敲打、陣風吹襲之下，拖著受傷的劍介在地面上逃竄的美里，幾乎沒有活著的感覺。有如神話啟示錄般的巨人之戰，在過去是真的發生過吧。她開始覺得在背後展開的異常戰鬥，就是那場巨人之戰的再現。但最重要的是——

「啊啊啊啊——！」

真嗣響徹溪谷的「聲音」讓她心如刀割——不成聲的聲音；不成音的訊息——真嗣的悲傷充滿大地，在場所有的人都聽見了。

■所抵達之處

「……呵呵呵呵！」在迎風飛行的ＥＶＡ上頭，卡特爾笑了起來。

如今應該唯有聽命於SEELE化的加持，成為操控ＥＶＡ的生物控制器，才能從唯一獲得的感情「恐懼」之中解脫的她，就像是取回自我般的笑了起來——每當她聽到真嗣的慟哭，就笑得更加大聲——

「呵呵呵，哈哈哈哈哈哈。」

突然間，０．０ＥＶＡ卡特爾機就像擺脫束縛般，以急劇的機動粗暴飛行著。

「怎麼了嗎？」

在加持的容器懷中，曾一度被壓抑到內心深處的情緒有如決堤般的滿溢而出。

「哈哈哈！這明明是你選擇的世界！」

卡特爾猛然瞠圓雙眼——

「最後果然是這樣呢！」

仰天舉起雙手！——

漆黑翅膀的0．0EVA變異體一接近超級EVA與阿爾瑪洛斯交戰的戰場，就開始在他們上空盤旋，彷彿惡作劇似的低空掠過他們。

「讓補完計畫失敗後已過了三年！曾說過比起互相理解，還是大家能夠個別存在會比較好的碇同學——呵呵！」

SEELE嚇了一跳。

「快離開，會被波及的！」

加持容器在卡特爾耳邊喊道——

——不過，零No.卡特爾堅決地說道。帶著痙攣般的笑容，敞開雙手！

「……是你的自私把大家牽扯進來的，碇同學！你現在還剩下什麼？就跟我一樣是絕望不是嗎！」

平時不曾發出過的高分貝，讓她的聲音開始沙啞——

「——嘻……咳咳……哈哈哈哈！」

翅膀鉤到岩棚，讓０・０ＥＶＡ變異體失去平衡。

「讓ＥＶＡ穩定下來，碇的人偶！」

——已經無法阻止了。

「哈哈！哈哈哈哈！——嘻……嘻。」

卡特爾笑得不停。

「我討厭只有我一個人感到絕望！我能理解你現在的心情！是對不講理的現實感到難過吧，一樣的，我們互相理解了呢！」

０・０ＥＶＡ卡特爾機突然晃動了一下。

帶著力場的翅膀拍打著……但是卻突然忘了該如何飛行——

儘管如此，它也還是一個勁地拍打著翅膀，但就跟從飛翔的夢中醒來時一樣，就只是徒勞無功地開始墜落。

「妳夠了吧！」

以加持的語調說著豁達話語的SEELE終究還是火大了——

抓住卡特爾的下頷，將她的臉用力轉過來——綾波No.卡特爾依舊帶著微笑……視線早已失去焦距——就像個斷了線的傀儡。

「嘖，思考居然僵化了……！派不上用場的玩具。」

「……互相理解……了……」

說出一切想說的話，看到所有想看的事物後，這一切就在她心中兀自完結了。

卡特爾注視著虛空的紅色眼睛流下一道淚水。

「黑色巨像！『代行者』啊！你明白嗎！快停下眼前的心跳！方舟內的所有意識都被那個心跳聲撼動了！——產生共鳴了！形體會損壞的！」

加持從墜落的0．0EVA的肩膀上，朝著阿爾瑪洛斯大喊。

在NERV總部戰三年後的世界，最初的異變就發生在0．0EVA，以及她——綾波零No.卡特爾身上。被植入阿爾瑪洛斯鱗片QR紋章，得知了自己孤獨一人在不為人知的軌道上遭受不明存在汙染的恐懼，與共享靈魂的其他綾波斷絕連結的恐懼，這是令卡特爾誕生，毀掉卡特爾的感情。這份感情就這樣轉變成絕望，直至今日。

0．0EVA沒有重整姿勢，就這樣以斜線朝深邃的溪谷之間筆直墜落，哪怕即將撞擊谷底，也仍不打算改變姿勢。

膝蓋不斷刨著地面。就這樣以墜落的力道撞倒了好幾座人型岩石——過去世界EVA的執念

形狀，最後讓肩膀摔在地面上，停了下來。

■觀察者的視點

「——怎麼了……？」劍介說道。

扶著他的美里也在岩石溪谷的對面看到那一幕。

在真嗣竭盡全力胡亂攻擊的戰鬥之中，阿爾瑪洛斯將朝向超級EVA的手臂往天上舉起。指著天空。

抬頭仰望著阿爾瑪洛斯所指的方向——遠方天空中奔馳著一道光線。

「什麼？朗基努斯？」朗基努斯之槍的前端正在橫越天空。

目前的通稱是朗基努斯環。就連白晝也能在遠方的天空中清楚看到的，秒速九十公里的光之紋路，那條巨大光線一路延伸到地平線，看不見盡頭。因為那條光線的最尾端正在通過地球另一側的天空。

在地球周圍繞行的長槍持續伸長，如今即將達到八萬兩千公里，填滿了一半以上的地心軌道。而當其長度達到目前的兩倍形成真正的圓環時，光是現在就會受到影響而持續縮小的地球，恐怕將迎來末日吧，是地球物理學者與地球科學學者所預想的倒數計時裝置。

那把長槍的前端突然……「……停下來了？」

「哇！」同一時間，整面天空突然碎裂——看起來就像是這樣。

「有什麼碎掉了——融化了！」

透明的某種物體——設置在遙遠的高空上，比天空還要遙遠之處的透明薄冰無聲碎裂，就像沒入水中般的往深處消逝。

「該不會——」美里說道：「朗基努斯界面消失了……？」

——發生了什麼事？美麗且靜謐的異常破壞。天空由西往東的接連碎裂，東方天際的低空雲層之間雖然掛著皎潔明月，不過當那一面的天空碎裂時，人們卻在後方看到了明顯不同的存在。

「！」

——怦嗡……！

感覺就像是突然被吸引過去。個體所感受到的引力並不強。

然而這股引力卻遍及全世界，在整個地球上產生了極為強大的作用力。

「那個……是什麼？」劍介忍不住問道。

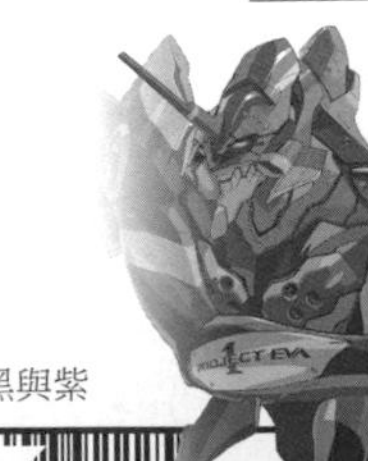

在月亮影像碎裂後的天空另一側發光的那個——好大！——
出現一顆明明是白天，所反射的陽光卻幾乎能在地面上產生陰影的巨大天體。
那顆比人們熟悉的月球大上兩圈以上的月球，碩大地占據著一整面的天空。

■朗基努斯之槍

不過最迫切的問題，不是界面消失，而是靜止的長槍。
界面會消失，就表示阿爾瑪洛斯指派了長槍其他任務。
朗基努斯之槍並非在軌道上靜止不動，而是維持速度不變，讓前端在北非正上方兩萬公里處垂直轉彎，朝著這裡筆直落下。要是能確保遠距離通訊或是後方支援的中繼點的話，說不定就能更早發現到這件事了，但如今已是後悔莫及。
秒速九十公里，這是在接近之前會因為太遠而無法發現，等到接近之後也已經來不及對應的速度。儘管如此，真嗣還是在只有他被拉長的時間流動之中，瞬間舉起了長刀ＳＲＬ備前——不過毫無意義。
無論是備前粉碎，還是垂直光紋貫穿超級ＥＶＡ的胸口從腰部射出，都是同一時間發生的事。

在一切都被壓縮到剎那以下的時間之中，真嗣看到了——

胸前的中央三角，作為超級ＥＶＡ心臟的高次元之門，被前端分岔為兩股的長槍挖走了。

長槍就這樣鑽進超級ＥＶＡ體內破壞，從腰部穿刺出來——

——遲了一會兒，傳來沒有現實感的劇痛！

「呃啊啊啊啊——啊啊啊————啊啊啊——啊啊啊啊——啊啊啊啊啊啊啊啊啊——！」

真嗣不停地慘叫著。

「啊啊啊啊——啊——啊啊啊啊————啊啊啊啊啊啊啊啊啊————啊啊——！」

因為這把長槍的長度非比尋常。

目前全長共八萬兩千公里，就算以秒速九十公里通過，也要花上整整十五分鐘。

在這段期間，超級ＥＶＡ試圖用雙手抓住垂直通過體內的長槍。

儘管手上的絕對領域與長槍的能量產生反應迸出激烈火花，卻無法奪走長槍的驚人動能，繼續遭到貫穿，腳下的大地在因為長槍通過時的衝擊而鼓起後，一口氣爆炸開來。只不過超級ＥＶＡ卻被光紋貫穿無法動彈，就這樣被壓在巨大坑洞的底部，讓真嗣不停地慘叫著。

此時朗基努斯之槍的前端已貫穿地球。從幾乎穿過地心後的另一端，撞破夜晚南太平洋的紐西蘭北島出現。

當那道光之軌跡維持著垂直角度衝上天際後，長槍就回到原本高度兩萬公里的軌道上繼續繞行，不再用假象遮蔽真正的月球。

而真嗣則是被奪走了自己的心臟。

當朗基努斯界面，這個以長槍軌道封閉地球，直徑五萬公里的球狀界面粉碎後，人們這才看到徹底改變的真正月球。

在夜晚側看到這一幕的人們——俄羅斯圈、亞洲圈、澳洲圈的事態嚴重，當天空伴隨著白晝側所無法比擬的猛烈閃光碎裂，暴露出突然變得巨大的月球、陰影側布滿無數赤紅龜裂的凶暴月球時，各地也同時爆發多起恐慌事件。

——月亮掉下來了！——

眾人所抱持的這種印象不見得是錯誤的。月球繞行地球的軌道已逐漸低於二十九萬公里。而且體積還因為阿爾瑪洛斯利用朗基努斯持續從地球內部壓榨抽出的地殼物質膨脹。光是外觀上的變化，就十分足夠讓人們陷入恐慌了。

注視月亮會使人瘋狂。世界各地自古流傳下來的這句話彷彿成為現實，都市地區轉眼間就因為恐慌產生了媲美戰爭期間的損害。

而在赤道周邊，更具有物理性的威脅正在逐漸逼近，仰望著這顆失控衛星的人們尚未注意到這件事。夜晚的海面有如高山般的隆起。

前所未有的滿潮來臨了。

#12 間奏

回到將超級ＥＶＡ送往「窗口」對面的箱根。

儘管不知道超級ＥＶＡ的下落，但只要跟特洛瓦在一起，真嗣就不會亂來吧。這曾是鈴原冬二代理副司令的想法，但他如今則是後悔不已。

沒有回報──也就是送往的地點很可能是在通訊圈外。沒料到通訊環境最終還是斷絕到這種地步了。

不知道窗口對面是哪裡的景色，假設是在地球上的話，第二次開窗時，對面是豔陽高照的白晝。儘管只憑岩山作為地標是很不適當，不過根據陰影與日照的角度計算，地點很可能是位在大西洋周邊的環狀地帶上──預測地點之所以會是環狀，是因為無法分辨東西南北。而且遠從歐洲到非洲，以及南北美洲，也有一部分的地點符合條件。沒辦法因為不確定位置，就派人去調查所有的可能地點。

至於外部的情報變化，則是歐盟軍開始以猛烈的氣勢從地中海向北非進軍。那會是在非洲嗎？除此之外，地球各地都因為直徑縮小發出災難的吶喊。向神祈禱的人口增加是很自然的趨勢，不過自以為是超越存在的代行者的阿爾瑪洛斯，世界各地聽見它「聲音」的人數比NERV JPN所想像的還多上許多，讓人也不是沒有一種被那個黑色巨人巧妙欺騙的感覺。不過話說回來，各地的通訊中斷，連衛星也無法使用的情況還真不方便。

而箱根的修復計畫，由於在天亮後重啟調查時發現到許多與現況不一致的部分，所以讓鈴原冬二NERV JPN代理副司令與擔任輔佐的冬月一起，打從清早就在重新調整計畫內容。

——雖然很在意真嗣他們——由於心中滿是焦躁不安，於是冬二就試著向冬月提起戰自的AKASIMA駕駛員向他們轉達的話題。

「要將首都機能轉移到第三新東京市啊……不知道該怎麼看待這件事才好，箱根山火山臼的外輪山內側這裡，姑且算是聯合國的租借地，會因為房東要住，就要我們房客滾蛋，或是移到角落，把正中央讓給他們嗎？」

「可是，」冬二說道。「敵人會到這裡來耶，還隔三差五的。」

「是打算利用那個複製心跳聲引誘敵人吧，不過也很懷疑這件事得到多大程度的認可，實際上對面或許也還在研討當中吧。」

冬月在回答後，就把大半擱置的修復案件上的優先度「緊急」的勾選符號唰地通通取消掉。

——喂，還真不客氣啊……

這讓每次都會一件件地深思熟慮，拖拖拉拉難以決定的冬二感到害怕——

「真的要做的話，這可是件大事啊……！現在的第三新東京市可是跟蓋在Geofront上頭的時候不同，基地設施外圍的市區除去武裝區域，可是擠滿著ＮＥＲＶ設施，以及支撐ＮＥＲＶ運作的市民與企業耶……」

「也是呢，那麼你是要讓日本政府到強羅西側，在神山崩塌後遭到土石淹沒的北部沖積扇地區紮營嗎？很快就會因為與都市地區的差異起爭執吧。」

說到這裡，冬月就像是忽然想到似的問道。

「話說回來，代理副司令，就連本國政府都提出這種要求了，那麼假設歐盟的……德國ＮＥＲＶ說希望將EVA EURO II編入NERV JPN的話，你要怎麼做？」

「咦？」這是什麼驚人發展啊——

「哎呀～教授，我們可是在北海道跟那個打過一架喔，歐盟軍機還在東北山中被捲入蝗蟲風暴裡，摔了一大堆下來耶——沒這可能性吧。」

雖然嘴上這麼說，但冬二心中當然有想到小光——ＥＵＲＯ II的駕駛員。

……哎，這個兜著圈子的壞心眼話題，會是老人用來增添對話樂趣的題材嗎？

「也是呢，就社會結構來看，這是聯合國組織的內部鬥爭。而派出自己軍隊參戰的各國則是被牽扯進來的，所以必須追究責任歸屬並提出解決方法。以收拾善後的名目讓分裂的ＮＥＲＶ再度合併，聯合國做出這種決定的可能性也不是零。」

注意到他是打算教導自己某種事情的冬二，停下手邊工作聽著冬月說明。
「而且對方雖然盜用了我們的技術，但ＥＶＡ可不是工業產品，每一架都是特殊規格。當對方把ＥＵＲＯⅡ送來時，包含工程師在內的相關人員也會跟著一起過來吧。」
這感覺是件好事。儘管不想接受小光是過去差點殺死自己的ＥＶＡ的駕駛員這件事，但要是她能夠回來的話……
……只不過──等等喔？
「啊……就算沒打起來，對方也能從內部吃掉NERV JPN的意思嗎？」
冬二說出符合代理副司令職務的回答，讓冬月揚起微笑。
「沒錯，不只是能竊取情報，還可能奪走指揮權吧。」
「嗯～嗯……」冬二一面沉思，一面回到修復計畫的調整作業上。

當超級ＥＶＡ衝進Victor 2、3開啟的空間之門離開箱根時，綾波零No.希絲就已經操控著Ｆ型零號機出動，只不過搜尋被超級ＥＶＡ破壞得亂七八糟的天使載體屍體與確認消滅的作業持續到深夜，身體約是八歲兒童的No.希絲終究吃不消。
昨晚早早就在插入拴內像隻貓咪般捲曲著身子睡著的她，被科學部的調整室人員抱到床鋪上躺平。

然後到了早上，在不是徹夜未眠就是只有小睡片刻的主要工作人員面前——

「早安啊。」她一個人帶著毫不疲憊的表情出現。

「個子小充電也很快的樣子，真讓人羨慕呢。」冬二的感想讓附近的職員說了一句。

「對我們來說，代理副司令也一樣喔，才一個晚上你就撐不下去了吧。」

「——哎呀，想睡的時候就是想睡呢。」

冬二與指揮所甲板人員一起乾笑，希絲拉著他的褲管。

「地面下有轟隆轟隆的聲音。」

聽希絲這麼說，表情稍微認真起來的冬二看向螢幕。

「不好意思。」他朝著操作員喊道。

「請將環境資料拉到螢幕上，我看看喔，妳是在二十三點之後去睡的——」

螢幕上的時刻表切換成日誌檔，唰地往上捲——

——在捲過頭後將畫面移回來。

「是這個吧。」

中甲板的工作人員答道。參照ＭＡＧＩ的回答——

「是火山蒸氣在移動呢。」

箱根雖然沒有天然溫泉湧出，不過某些地點會噴出帶有大量硫磺的蒸氣，這裡的溫泉就是藉由這種蒸氣井加熱的。

「在東南的……舊大涌谷附近很常出現這種現象……這次雖然偏向南方，但有可能發生吧。」

對於冬二的詢問，檢查日誌檔的男性職員一臉困擾的苦笑。

「畢竟地面被三四千噸的物體咚咚地踩著，脆弱的蒸氣井三天兩頭都在移動，不過這麼小的低頻聲，還真虧妳能注意到……一般就算是躺在地上也聽不出來喲。」

「真虧妳能注意到，座敷希絲子。」

被冬二輕輕拍頭的希絲有點生氣。

在眾綾波之中，她就連表情也特別豐富。

在三年前，駕駛員都是十四歲並非偶然。

腦部發展與ＥＶＡ的同步率有關，據說巔峰年齡就在十四歲時。目前已過巔峰年齡的真嗣等人，是靠著提昇訓練水準，以及使用人為提昇同步率的裝置獲得比巔峰值更高的數字，但這遲早會迎來極限吧。

年幼的希絲就是為了預防這種時候，特意在巔峰年齡之前從人工子宮內取出的個體。

將肉體與大腦作為容器，只要輸入十七歲的知識，就能有如十七歲般的行動、思考——儘管眾人這樣認為，但實際上卻並非如此。

作為知識的記憶，與配合身體學習到的記憶產生歧異。而年幼的心智年齡，也讓思考出現很大的差異。這種差異原本應該是能靠四名綾波的連結消除的。會因為產生自我而出現個性雖然出乎意料，不過她如今就存在於此。

集中力高卻無法持久，不夠審慎但判斷迅速。

這就是綾波零No.希絲。

「位置距離通往駒岳射擊哨的地下搬運通道很近，就姑且做一下隧道內的維護保養吧。」

這個話題到此結束，零No.希絲感覺無趣似的離開指揮所。

她的特徵之一，就是懂得無聊的綾波零。監視各位綾波腦部活動的三臺N型機器人，在門外不停轉動著等待她。

其中一臺是希絲的機體，其餘兩臺則是不在基地的珊克與特洛瓦的監視機器人，由於機器人之間會互相交換訊息，所以只要放著不管就會像這樣聚在一起。

用橡膠履帶移動的三臺機器人，就跟在離開的希絲背後排成一列。

屋外還是一樣匆促不已。遭巨大力量破壞後重建，雖然中間休息了三年，不過這就是第三新東京市的日常風光。不逃往他處是因為莉莉斯在這裡，而每次都會投入足以重建都市的資材，是考慮到將目標分散各地的危險，認為讓攻擊損害集中在同一處會比較方便。

希絲背對著總是充斥著建築噪音的都市地區，與三臺機器人一起前往蘆之湖畔。

小小的腦袋轉了一圈——有個男人坐在岩壁上釣魚。

身旁躺著一隻大型犬，與主人看著相同的方向。

希絲想了一下，向他攀談。

「你是外頭的人吧，如果想偽裝的話，只帶狗會比較好。這個池子裡沒有魚。」

綾波零No.希絲確實不是外表看上去的七歲小孩。不過她為了解悶打算玩火的心態，也無法說是經由十七歲的思考判斷做出的行為。

「喔？喔喔！嚇了我一跳。」

藍色棒球帽的男人戴起運動太陽眼鏡，跟這種樣板角色在一起的大型犬——一隻黃金獵犬轉頭望來。

希絲的興趣瞬間轉移到獵犬身上，在胸前敞開雙手，獵犬想了一下後看向主人。

男人笑道：「安土，去打招呼。」

獵犬被這樣叫到名字後站起，體型比希絲還大——三臺N型機器人一齊躲到希絲背後，形成大型犬——希絲——機器人、機器人、機器人的奇妙直線。

毫不膽怯——沒有這種感覺的希絲被獵犬安土舔了一下鼻子後，就伸出一雙小手搔起牠的頰毛，大型犬則是任由嬌小的少女擺布。

希絲朝著獵犬說道。「你還是快點逃吧，有什麼要過來了。」

「咦？那是什麼——是指這裡的警察嗎？」

「不是的，是有什麼在地面下。」

男人放下釣竿，因為這句話而轉過身。盤起腿後，繼續坐在岩壁上。

「去叫大人們確認吧。」

「大家都在忙，希絲明明就辦得到……就算同樣都是零，如果是特洛瓦的話，就會給她獨自調查的行動噓噓了。」舌頭還是一樣轉不過來。

「是行動許可吧——那該怎麼辦才好……那個……」男人指著她——

「希絲。」

「希絲！妳覺得該怎麼辦才好呢？」

「讓這些孩子裝上震動感測器。」

三臺N型機器人以亂數猜拳決定順序，用男人的釣竿釣起魚來。

「然後用ＥＶＡ去調查。」

「喂喂喂，這也太危險了吧——」

「零號機的感測器對於其他波長，有著比直接視野還要豐富的感覺。」

「原來如此，安土，回來。」

希絲雖然感到依依不捨，但男人會把獵犬喚回，是因為獵犬身上亮著不可見波長的雷射光點。似乎是終於有人注意到有可疑人物在接觸ＥＶＡ駕駛員了。狙擊手已經就位。根據光點晃動的幅度，是從一千公尺外的總部設施塔直接瞄準的，警備人員也很快就會趕來這裡。

「老天保佑，老天保佑。」

男人匆匆離開現場，在警備部與情報部的眼皮子底下消失無蹤。而正當返回總部的希絲在監察室裡，準備被扛著反器材步槍，這種號稱「只會用來攻擊器材」以欺騙世人的大型槍的冬二狠狠大罵一頓時，警報突然響起。

指揮所這頭，冬月下達將警報切換成警戒的指示。「別慌，是我們的友人。」

冬二也連忙趕到指揮所。「冬月教授！」

「戰自的AKASIMA又打算越過山脊了。」

戰略自衛隊的大型威脅個體戰專門兵器AKASIMA，這架軀體有如戰車的機械巨人在蘆之湖南方的山脊上若隱若現。昨晚才遭到他們的強制介入——

「沒有任何通知。」

「快去詢問，松代（註：指第二新東京市）那邊也一樣！」

無法理解機動兵器出動的理由，讓指揮所陷入混亂。畢竟NERV以前也曾遭到戰自攻打，無法忽視這種事態。

「戰自的其他部隊有動作嗎？」

「其他方面，只有出動縣政府要求的救災派遣部隊。」無法判斷動向。

「希絲，快去整備室！要將F型零號機送上射擊哨了。」

雖然夜晚時沒看清楚，不過在光亮處看到的AKASIMA，會是部隊章嗎？裝甲上印著一個小巧的犬型圖案——

「啊。」希絲想到了什麼。

「？怎麼啦。」

「沒事——」

冬二朝著跑走的希絲喊道：「把監視機器人留下！妳用不著吧。」

不過一人與三臺，這時已連滾帶爬地衝進關閉的電梯門裡了。

『指揮所管制站呼叫零號機，只需要牽制AKASIMA就好。』

「F型零號機，希絲收到。」

回覆日向後，缺右腳的零號機就用作為義腳的大型固定樁與左腳站起，移動到能在地下搬運通道裡高速運送它的托盤上蹲下，讓機體固定住。

「已完成固定。」

『駒岳射擊哨方面的軌道暢通。』

「出發！」嬌小身軀突然被壓在座椅上。裝備重量三千五百六十噸，朝著南方一口氣加速滑行。

指揮所這頭即使派出機體全長約四公尺的推進螺旋槳式無人直昇機升空偵察，想設法掌握同屬人類勢力的戰自動向，然而卻得不到AKASIMA以外的情報而感到困惑。

「昨晚那個男的，從AKASIMA發出通訊的那傢伙，是叫什麼來著啊？」

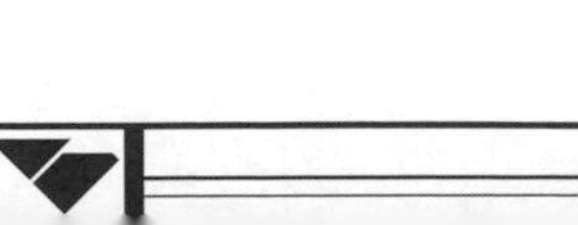

「……是叫遠藤吧。」聽到冬二的詢問，冬月也頷首說道：

「又是那個男人……就他昨晚的口氣來看，不像是會輕率挑釁的人。」

——嗶！警報突然響起，冬二與冬月吃驚地抬頭，螢幕上的地圖從都市的武裝展開圖切換成運輸路線圖。

——看到地下搬運通道上出現紅色警示。

「零號機F型，脫離搬運托盤！」、「你說什麼！」

用通道內的監視攝影機拍攝緊急停止的托盤，發現上頭就只載著一臺像電鍋長出手腳的N型機器人，看得讓冬二差點跌倒——

「零號機！希絲，妳沒事吧！」

『I'm fine，thank you。』

「駕駛員生命徵象、機體，皆無損傷。」

日向報告的遙測結果讓眾人鬆了口氣，不過外部監視人員卻隨即喊道。

「AKASIMA越過山脊了！」

「來了！」擔心再度爆發人類之間的戰鬥，讓指揮所一時之間殺氣騰騰，不過在看到外部攝影機拍到的AKASIMA後，場內立刻安靜了下來。

「那是在幹麼啊。」越過——或是說，坐在山脊上看過來。

就像是個坐在外野看臺上，有氣無力的觀眾一樣。

「～這些傢伙，一個個都在給我開什麼玩笑啊！」

然而青葉的叫嚷卻解除了現場的這種氣氛。

「舊Geofront南壁有異常熱量！希絲機注意，就在妳附近！」

F型零號機一發現開口就跳到下一個階層，而那個階層也被降落時的重量踩破，露出了舊Geofront階層。看到牆壁被燒得通紅——

——轟！的一聲爆裂開來。出現的是——

「是桑德楓！——的幼體！由於搭載的載體被打爛，還以為早就消滅了……」

冬二會這麼想也無可厚非。載體裝在繭中抱來的使徒幼體，就算打倒也只會粉碎掉，不會引發十字相位爆炸。不論哪個個體，目前都是連核心都還沒長好的成長前狀態。

要是沒有載體提供的能量，實在不認為它們能長時間生存下去。

冬月叫出研究所的摩耶畫面。

「伊吹，妳有何見解。」

『桑德楓最初是在淺間山的熔岩裡被發現到的，要是地熱與那個使徒的生存之間有著很大的關聯……』

「這座箱根山也是火山——也就是說，這裡是不會讓那傢伙死掉的環境嗎？」

光看大量噴發的蒸氣就能得知，箱根火山並不是一座死火山。

但也不是會頻繁噴火的淺層岩漿庫結構的火山。

在箱根北側，菲律賓海板塊就像指尖般伸進北美板塊底下，而像是指甲的部分開了一道縱向斷層。

箱根以北的平山斷層與以南的丹那斷層構成一條裂縫，從東西兩側夾住箱根火山所處的菱形地盤相互摩擦。這是板塊運動導致的地盤變形，只要在地底的岩漿庫上定期開出傷口，就會產生蒸氣爆發，整座山體也會跟著膨脹。

而舊Geofront這個巨大的蛋型空間，就從側面與這種地球科學上的修羅場互相摩擦著，當初在以聲音探測發現到此處時，還以為是因為新山體的熔岩穹丘崩塌而被掩埋起來的古代小型火山臼。然而在挖掘時發現到壁面太過平滑，讓眾人改變推論，認為這裡是埋藏在中央的莉莉斯產生的空間痕跡。

也就是說，舊Geofront確實是由人類挖掘出來的，但結構本身是由莉莉斯自己製造的。要不是這樣的話，在這種板塊與斷層互相碰撞的荒謬場所，不可能會有能以人類技術建造地下都市的空間。

莉莉斯如今也製造出黑色空間，停止內部的時間將自己封閉在裡頭。這個空間的形狀也是蛋型，還真是令人在意的相似吧。

而火山的使徒桑德楓，已抵達沉睡在這座火山懷中的巨蛋內部。

「零號機希絲，開始射擊。」

F型零號機沒有右手右腳，是因為在身上安裝了掛在右肩上的長管槍「天使脊柱」。拜此之賜，讓這把重粒子砲能以絕對領域進行驅動。其特徵是以侵蝕型的絕對領域打破對手的絕對領域，具有著領域侵攻槍（Field Sinker）之名。

只要擊中就能結束戰鬥，但在這場戰鬥中卻是最糟的組合。相較於只有一隻腳而缺乏低動力的F型零號機，桑德楓的動作敏捷。

——咚咚！

被猛撲後反擊的第一發，貫穿了好幾層天花板逃向天空。

桑德楓靈巧地動著長手臂，在輕易避開零號機的攻擊後，造出火球朝它丟來。周遭的溫度瞬間飆昇。

「啊嗚！」零號機護住臉的左手燒傷了。

儘管痛得表情扭曲，希絲也還是為了要讓桑德楓進入射程範圍而揮著天使脊柱。並排著領域

加速器的外型雖是這把槍的強處，但這個長度如今完全是適得其反。追不上使徒的動作。

「呼——」

第二次的劇痛讓希絲一時之間無法呼吸。背部被燒傷了。

「吁……吁……——好痛喔……嗚——」當F型零號機的動作開始變慢後，桑德楓造出的火球就開始無情地破壞著零號機的拘束裝甲。

「零號機也有左手！就不能搬運ＣＱＢ（註：室內近身作戰）用的武器給她嗎？」

指揮所也不知該怎樣對應才好，整個亂成一團。

「只要從武裝區域朝地面打出一個洞的話。」冬二也急得發慌，只覺得必須想想辦法。

——冷靜點！關於這個使徒，物流以前也有打倒過幼體的狀態。

根據作戰紀錄……「對了，冷卻劑！水！消防栓呢！」

冬二大聲嚷嚷起來，但回過頭來的青葉卻一臉很抱歉的樣子說道。

「最近的是在兩層樓上面，沿著搬運軌道的消防設備就是僅有的了，不過由於排水困難等因素，就只有泡沫式或二氧化碳式的滅火器。」

零號機不停地被動作迅速的桑德楓玩弄著。

「明明打中一發就結束了！」

不知是使徒的影響，還是引來了地下深處的蒸氣，周遭溫度不斷上昇，讓機能開始開始失靈。距離耐熱極限還有多久啊。

「好痛……好痛……好想吃冰喔……」

以遙測觀看戰況的指揮所也急得有如熱鍋上的螞蟻。

零號機不斷累積的機體損傷。最令人在意的是，損傷與疲勞開始集中在左腳部上。要是左腳損毀，F型零號機就會徹底失去機動力。

——這可不妙啊……！

就算下令撤退，對手的速度很快，三兩下就會被追上了。

「希絲！注意不要讓對手繞到左側！槍口沒辦法朝向那邊！」

儘管冬二朝她喊著，但這根本算不上戰略。就沒有其他更好的建議嗎！他用力握緊拳頭。

——該死！事情會變成這樣，全都怪自己沒有好好聽希絲說話，就因為自己有妹妹，所以總覺得自己也很習慣應付小孩子——

「這邊地下現在變得怎樣了？」冬月突然問道。

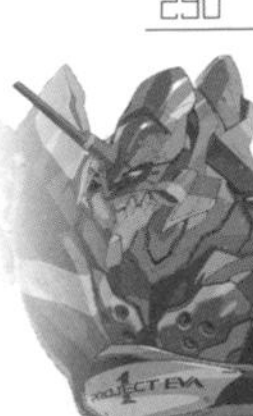

「不……不像以前分得那麼細，大概就是地上階層跟到地下兩層為止。三層以下是封鎖區域，第五層是舊Geofront的地盤。」

「就連地下第三層也……啊，因為外圍部分是使用以前的地下搬運通道啊，也就是第二層以下基本上是無人地帶呢。」

這位教授都這種時候了還在說什麼……──啊──

關於自己想到……不對，是在誘導之下靈機一動的作戰，冬二一時之間說不出話來。

「雖然善後處理會很辛苦，但也能認為這是新的日常景象，就這樣撒手不管。」

──喂，老頭！

『呀！』左腳終於還是斷了！萬事休矣──

冬二朝踉蹌倒下的F型零號機裡的希絲大喊：

「希絲！打穿南南西側的牆壁！盡量避開柱子──基礎結構的骨架，用最大輸出發射！」

雖然斷路器立刻切斷左腳的感覺反饋，劇痛也依舊留在腦中，讓希絲幾乎就要嚎啕大哭，但是被冬二的氣勢壓倒，把眼淚吞了回去。

她強忍著疼痛閉上一隻眼，將瞄準器對準所指示的方向，釋放出完成充電的最大輸出。

──嘰啪！粉塵猛烈揚起，將玻璃碎片以隧道狀撒出的複雜相位光往南奔馳，推出耀眼的重粒子彈體。

——嘰嘰！

從地底貫穿到地面上的衝擊震動，讓第三新東京市全部的人都感受到了。

桑德楓不理會偏離自己的子彈去向，朝著終於倒下的零號機猛撲過去。就在這時。

湧入地底的洶湧大浪從側面把桑德楓沖走了。

陸自的機動兵器AKASIMA裡，被裝備背帶五花大綁的遠藤（這是正式的搭乘姿勢，所以他也沒辦法）注意到以外部觀測組件看到的蘆之湖，情況不太對勁。

——他忍不住摘下墨鏡。湖面北側泛起漩渦了。

「喂喂喂喂——他們在搞什麼啊？」

蘆之湖的湖水猛烈灌進舊Geofront裡，沖走裡頭的一切事物，然後淹沒過去。

過去在ＮＥＲＶ總部戰中，將多架SEELE的量產型ＥＶＡ擊斃的性能毫無虛假，Ｆ型零號機的天使脊柱一砲打穿火山地層，開出一道直通蘆之湖底的坑洞。

使徒幼體桑德楓吸收不了湧入地下空間的湖水帶來的溫度差，再度於蒸氣爆發之中粉碎殆盡。

當他們將休眠狀態的F型零號機從地下水中打撈上來，用抄網撈起三臺N型機器人時，舊Geofront已被大量的湖水澈底淹沒，在NERV JPN與第三新東京的地底下形成一個巨大地底湖。

就在蘆之湖的水量大幅減少，到處都能看到湖底的那一天，天空碎裂了。

據說有大範圍的海嘯自南太平洋北上。

#13 貳號機的呼喚聲

■戰鬥之後

在阿爾瑪洛斯接近後，表面有如黑色鏡子的立方體聚合物「方舟」就像追在阿爾瑪洛斯身後似的，開始緩緩移動。

當黑色巨人表面上再度沉入地面之中，也就是使用有如樹根般遍布在大地之間的結構體開始空間轉移時，方舟也像是被阿爾瑪洛斯拖走似的沉入岩山之中，離開了阿特拉斯山脈。

阿爾瑪洛斯是為了將位置曝光的「方舟」帶走而離開的。

朗基努斯之槍在通過時形成了一個坑洞，當時所揚起的沙粒與塵土瀰漫著整座溪谷久久不散，美里扶著劍介，沿著岩壁走著。

「那股奇怪的力量消失了……」

「方舟」發出的拒絕人類之力，劍介的右手就是被這股力量變成鹽粒垮掉的。劇痛讓右半身

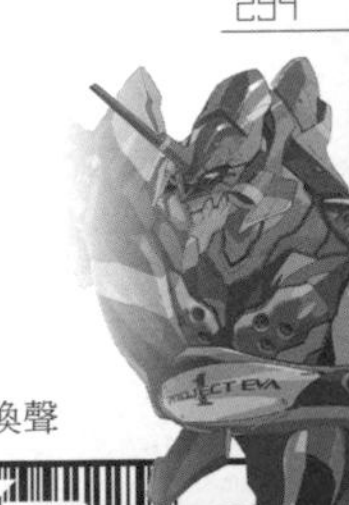

的感覺變得很奇怪，不過在力量消失後，感覺走起路來也稍微輕鬆了一點。

——是時候了吧。

正當他這麼想時，大概是被戰鬥波及損壞的吧，巨石像就像崩塌似的倒下，美里與劍介千鈞一髮地躲開。

「呃——葛城司令！」他在大喊後得到「我沒事，相田你呢？」的回應。

劍介用僅存的左手從胸掛包口袋裡掏出一個輕薄小巧的保護殼，朝石像的另一邊——聲音的方向丟去。

「相田？——這是什麼？」

「請帶回箱根吧，葛城司令……我就在此道別了。」

「等等……相田！」

「能抵擋住那股力量，大概就是因為這個。歐盟那些傢伙說這是『奧利哈鋼』。很可笑吧，掃描的結果就只是普通的鉛塊——」

劍介的聲音逐漸遠去。這讓打算帶他回去的美里慌了手腳。

「等等！你傷成這樣是想做什麼！」

「我會再跟你聯絡的——」劍介的聲音就到此為止。

就算想追上劍介，沙塵也阻礙了視線，儘管如此，美里仍然在塵霧中找尋了一陣子，但怎樣也找不著他。

而美里也在這時迷失了方向，讓她不得已只好瞇著眼把手錶的顯示換成指南針模式，朝著最後看到超級ＥＶＡ的方向，它被朗基努斯之槍貫穿的地點走去。

——拒絕人類的那股力量確實是消失了，但敵人真的離開這裡了嗎？

在地形複雜的谷底，人類的尺寸就連這種事也無法確認。

當風開始吹走沙時，美里發現倒在地上的綾波。

「特洛瓦……！」

她連忙趕到被深埋在乾燥沙塵裡臉色慘白的綾波身旁，拍開她臉上的土。

「振作一點，特洛瓦！」

就在這時她注意到，這不是剛才跟她在一起的綾波零No.特洛瓦。

仔細一看，身上的戰鬥服是舊版本，拍開塵土後露出的顏色是黑的。

「妳是……卡特爾嗎？」

把美里綁架到如此遙遠地方的她，儘管勉強還有呼吸，但是卻沒有意識。

——發生了什麼事？

綾波零No.卡特爾，造反的綾波。被植入阿爾瑪洛斯鱗片——ＱＲ紋章後變得奇形怪狀的０．

０ＥＶＡ的駕駛員。不僅遭到覺醒的自我擺布，最後還被成為SEELE的加持容器操控——

美里猛然警戒起四周，不過卡特爾的０．０ＥＶＡ變異體感覺不在附近。

「這是怎麼回事……？」

吹過紅色峽谷的風裡，夾帶著複數正在接近的噴射引擎聲。

聽到帶有真實感的噪音，得知舞臺已換成人類的回合。

「這是當地的——軍用機呢。」

——該怎麼辦呢——美里等人不僅被單方面地帶著到處亂闖，真嗣還擅自開啟通往這裡的道路，未經允許就侵入他人的地盤，還在上頭胡作非為。感覺事情會變得很麻煩呢。

「唉，也不是第一天這樣了。」

劃破大氣的聲音，來自掛著偵察莢艙的兩架摩洛哥空軍戰鬥機。

在高低劇烈起伏的山谷裡一面讓引擎轟鳴聲迴盪著一面繞行，不過在繞了幾圈後，就將偵察莢艙投下，而莢艙本身就是無人飛機，在展開機翼後開始自主飛行。

——轟嗡嗡！戰鬥機突然掉頭，朝著東北迅速飛離。

「？那個方向是……」美里忍不住撐起趴下的身體。

她想起自己直到剛才都還在賽普勒斯。

是獲得轉移能力了吧，既然ＥＵＲＯＥＶＡ的Heurtebise在這裡——

「啊，追過來的團體來到附近了呢。」

看向身旁的卡特爾，不知她到底有沒有意識，就這樣半睜著眼看著遠方。

在將她無力垂在地上的手臂搭到自己肩上後，美里站了起來。

「～自己站好啦……！」癱倒的人可是很重的。

得先找到超級ＥＶＡ才行——巨人不論位在何處都能讓人看見，所以才會是巨人——記得某個讓自己被奪走的笨蛋這麼說過吧？

美里從谷底望向以螺旋槳飛行的無人機主要繞行的天空，得知跟自己當初要前往的方向幾乎一致後，就朝著那裡走去。

「啊啊，真是夠了。」被卡特爾的腳絆到，踉蹌了一下。

「妳把我從箱根帶走有什麼收穫嗎？反正妳也只有現在能發呆了，這次的滿足會是下次不滿足的開端，妳就好好體會這件事吧。」

大批直升機與傾斜旋翼機的噪音從遠方蜂擁而至。

以混淆視聽來說，ＥＶＡ確實是太大了。

一批掛著聯合國軍名義的歐盟混合航空聯隊，自地中海東側的賽普勒斯急忙趕往北非的阿特拉斯山脈。

其中一架雖是重型ＶＴＯＬ，卻配備空中管制機裝備的機體，正是EVA EUROⅡ的主控機，能從這架機體直接——在地球直徑縮小，衛星派不上用場的此時——經由平流層飛船擔任中繼站，向EVA EUROⅡ的替身插入拴發送訊號。

就連對德國ＮＥＲＶ的人員來說，ＥＵＲＯⅡ會追著在賽普勒斯進行空間轉移的０・０ＥＶＡ卡特爾機一起穿越空間，也是出乎意料的發展，讓他們目前正以全速追逐著突然跳到北非的訊號。

然而問題卻接連發生，而這次毫無疑問是最糟糕的。

「Heurtebise沒有回應指令訊號。」

EVA EUROⅡ是機體代號，Heurtebise則是在歐盟的正式名稱。

建造計畫直到中途都還是由德國ＮＥＲＶ獨力進行，不過在將這架當初建造ＥＶＡ貳號機時的廢棄軀體努力完成到出廠標準之前，發生了讓一百九十萬人犧牲的朗基努斯鹽柱化大災變，此後計畫就獲得歐盟各國的積極協助。

這項合作關係的證據之一，即是由法國為機體命名，所取的名稱是天使名，不過雖說是天使，卻不是跟使徒名稱相關的宗教神話上的天使，而是由前衛藝術家考克多創作的虛構天使。

出自人類之手的白色天使沒有回應主控機。

不可能是受到干擾。就算真的是受到干擾，也有多種手段足以應付，自主行動的選單也很豐富。根據遙測裝置，機體的一切狀態都很正常，這讓操作員們一臉困惑地互望著。

北非阿特拉斯山脈的戰鬥是以超級ＥＶＡ和阿爾瑪洛斯為中心進行，在被遺忘的臺地上，有著那架跟阿爾瑪洛斯扭打著一塊出現的人型巨人。各式各樣的生物外型混雜在一起，已經不知道是否還能稱為人型的那個——曾是EVA 02 Allegorica的物體，逐漸停下它那發狂般的行動。

在攻擊阿爾瑪洛斯時所展現的活躍已沉靜下來，似乎就連這麼做的涵義都已逐漸遺忘的樣子。「自己與自己之外」的情報互相混雜，要是遺忘了自己的個性、形態、意識的話，那就只是一團混沌，將永遠不會再動了吧。暗灰色的團塊——那是垂著頭跪在地上的姿態嗎？

EVA EURO II Heurtebise，這架純白ＥＶＡ是貳號機的姊妹機。可說是雙胞胎的這架機體，展開Allegorica之翼讓重力子浮筒振動著，降落在這團混濁的身旁。

曾是明日香的物體，已無法察覺這片天空是藍色的。

在月面上碰觸到一切生物的存檔「方舟」而產生變化的貳號機與明日香——正確來說，是個

性逐漸被各種生物的資訊抹消掉的「曾是貳號機與明日香的物體」，將一切憤怒的矛頭指向失去一片翅膀的阿爾瑪洛斯，撲向那架比ＥＶＡ大上一圈的巨大黑色巨人，猛烈地將它壓倒在月面上——本來應該會是如此。

——扭打在一塊，以彷彿跳入水面的感覺被月面吞沒的兩架巨人——

——藍色——從一切都是單色調的月面風景之中，突然被拋到一切都帶有色彩的鮮豔世界裡——是連在這些顏色當中也格外鮮豔的藍色！

「這是——怎麼辦到的？」

假如是喪失個性之前的明日香，說不定就能從她在月球上目睹到的情況——為了前往某處出擊而消失在地面上的天使載體——彷彿從月球表面上湧出一般，被阿爾瑪洛斯從地面上拉出的地球內部物質——根據這些狀況做出一定程度的推測。

只不過，在與數量龐大的意識互相混合之下，她的存在已逐漸消失，那個曾是明日香的物體即使回到地球上，也沒能察覺到天空是她曾如此渴望的藍色。

「嗚……嗚。」只能發出呻吟聲。在不知不覺中，就連最後的話語都遺忘了。

不斷改變的形態早已失去具體的生物外型，無法成為任何模樣的逐漸崩潰——看起來就像是這種感覺。伴隨著這種變化，它的動作急遽遲鈍下來，於是阿爾瑪洛斯就將這個混濁的存在推開，迎向超級ＥＶＡ。

就連集中在「憤怒」上的最後感情都因為滿溢而出的個體崩壞，曾是貳號機的物體，曾是明日香的物體，曾是流入的生物資訊，在互相混合之下逐漸失去行動原理，失去形態，失去存在的意義。

已經「不知道那是什麼」的那架未定型泥之巨人，就連自己是經由漫長的旅程來到這裡的都想不起來，就這樣蹲伏起身軀不再動彈。

■貳號機的聲音

覺得那是求救的聲音。

因為那個聲音——意象，小光醒來。

「這裡是……哪裡？」

頭痛到不行，全身就像是被拷問過似的吱嘎作響。不對，實際上就是這樣。

這架歐盟的ＥＶＡ是經由替身插入拴，以外部遙控方式讓作為啟動鍵搭乘的。小光身上所連結的[illegible]接頭發出強制訊號，讓她物理性地一面哭叫一面操控著EVA EUROⅡ。實際上這種控制方式讓歐盟所選拔的適任者全都受到無法挽回的身心創傷，被消除掉紀錄。

然而，小光並沒有直接承受痛苦的記憶。在擔任駕駛員的期間，她一直跟某人在一起。某人——EVA之中的那個某人，是在小光第一次搭乘EUROⅡ時，於心中浮現的想法。

——明日香一直都是這種感覺啊——

這種不經意的印象，使得EVA之中的那個「某人」出現——感覺就像是被小光對明日香抱持的印象給吸引出來，讓她們開始在意識中對話。

雖說是對話，但由於不是用語言溝通，所以具體上她們到底說了什麼，就連小光自己也不太明白。不過，有如體溫般溫暖的意象將小光的精神從肉體的痛苦之中抽離守護著，並不時像是哄小孩似的呼喚著她。在從肉體與記憶之中解放的期間，小光就像個年幼孩子般笑著回應，在面對那個溫暖對象時，讓心靈免於遭到所承受的痛苦破壞。

靈魂無法分割是這個世界的定律，EUROⅡ終究是打造NERV JPN的EVA貳號機時的廢棄軀體，這說不定只是殘存的思念。只不過——

「我想——是明日香的母親吧。」

儘管印象模糊，但小光如此確信著。

目前替身插入拴的控制臺已澈底當機了。

幾乎所有福音戰士的插入拴座椅後方，都有著一臺明顯落後時代的巨大磁碟儲存裝置「邏輯定義大型驅動機」。

啟動狀態的ＥＶＡ，要是溶入核心的某人思念沒有失控，或是駕駛員沒有過度同步的話，在置之不理的狀態下甚至無法維持人的形態。邏輯定義大型驅動機即是隨時告訴ＥＶＡ它是誰，有著何種姿態等，將各種存在情報持續傳送給ＥＶＡ的ＥＶＡ控制系統的核心。

機能進化、自我修復、劣化、退化，ＥＶＡ是能隨時改變自身形態的存在。

這個不讓ＥＶＡ因此劣化，作為無法覆蓋的絕對情報的巨大媒體裝置，此時停止運作了。

這讓小光現在能夠不經由替身插入拴，直接以自己的意志控制ＥＶＡ，但她實際上對目前的狀況一無所知。這是因為她的記憶就只到頻繁進行的ＥＵＲＯⅡ同步測驗開始之前。

感覺意識有很久沒有回到自己的身體裡了。雖然完全搞不清楚狀況，不過小光依舊朝著近在眼前的螢幕中，捲曲起身軀的奇怪團塊叫道：

「——明日香……？」

小光並沒有自己一家人是被誘拐到德國的自覺。

在海外旅行途中，由於朗基努斯環開始繞行軌道，自然災害頻傳，導致返國的交通中斷，通

訊管道也不完備，而德國ＮＥＲＶ就在這時邀請她擔任ＥＶＡ的測試駕駛員。

在被召集到第三新東京市的三年前的階段，十四歲的少年少女們縱使在適任性上有著很大的差異，但大都是ＥＶＡ適任者的候補人選，小光也是其中一人。而在看到NERV JPN已經同意的文件後，實際上她也沒有否決權。

儘管要暫時與冬二分開會很寂寞，但也不覺得討厭。因為小光想去參觀好友明日香的國家。

然後到了現在。感受與實際情況有著很大的差異，讓她不知所措。

至今為止到底發生了什麼事？

——方才長著黑色翅膀的福音戰士零號機飛在自己前面。

可是我就只參與了啟動測試……

——在這之前還與碇同學的新型初號機交戰……

「咦……為什麼？」記憶曖昧不清。在這之前，在這之前——

——姊姊……

『哇啊啊！』

逐漸安靜下來的岩山上，迴盪起伴隨著小光慟哭的ＥＶＡ咆哮聲。感情就像決堤似的湧出。

『……姊姊她——』

——為什麼忘記了！

『姊姊她死了啊！照到光……！變成鹽粒……！』

——咚！——有如純白天使般的ＥＶＡ——Heurtebise就像崩潰似的跪倒在岩石臺地上，抱著眼前捲曲起身軀的奇怪團塊喊道。

『——我一點辦法也沒有啊，明日香！』她呼喊著好友的名字。

這是因為跟小光在一起的那個存在，確實在尋求女兒的幫助。

『我已經受夠了……！不要連明日香都離我而去！』

這裡是北非的阿特拉斯山脈深處，SEELE化的加持容器所謂，過去世界的補完計畫終焉之地，過去的ＥＶＡ無處宣洩的悔恨化為形體，形成無數人型巨石遍布整片谷底的場所「人體之谷」。

與阿爾瑪洛斯一同出現在此，如今就只是一團混濁土塊的塊狀物體，被早已遺忘了的好友，呼喚著早已遺忘了的自己的名字——

——有了些許反應。

『明日香！』

■小光的思維

高速的排氣聲轟然響起，一群戰鬥機自東北方經過Heurtebise的上空。

隨後伴隨著無數的重低音，出現一批由各式機種組成的大型航空聯隊。

他們是為了迎擊出現在地中海東部賽普勒斯島上的綾波No.卡特爾的0·0ＥＶＡ變異體，由歐盟各國所組成的混合航空聯隊，Heurtebise的空中管制機也在其中。

由於Heurtebise也追著空間轉移的卡特爾機一起跨越空間，所以讓他們追逐著Heurtebise出現時的訊號振盪，改往位在北非西側的此處移動，直到剛剛才抵達——

但情況有點不太對勁。

姑且不論垂直起降機與短距起降機，就連應該無法降落的大型固定翼機都開始降低高度，用燃料空氣炸彈的直線連續轟炸，將標準再怎麼寬鬆都難以說是平坦的岩石臺地夷為平地後開始著陸，有機體降落成功，也有機體傾倒，或是墜落谷底。

這種混亂是怎麼一回事？

最早離開此地的劍介將「方舟」位在這裡的事，隱瞞著已被帶走的實情，附上照片後洩露出去。

因為他當時認為，這場混亂能製造出逃離此處的機會。畢竟世人還不知道「方舟」是以人類補完計畫失敗為前提，為了提早讓下一個世界重新構成的系統。就好比是遊戲的存檔紀錄。

彷彿沒看到這一連串騷動般，小光持續朝著捲曲起身軀的土巨人喊著明日香的名字。『明日香……！』

被她的呼喊刺痛，土塊抖動了一下。小光看起來像是這樣。

日落後，半天前露出真面目的巨大月亮在天上耀眼地照亮大地時，人們已在地面上搭建好帳篷，不輸給在軌道接近後，因為反射面積增加帶來異常光量的月光，無數電力構築的星光蠢動在溪谷之間。

在這段期間，小光也依舊毫不理會歐盟德國的呼叫，持續呼喊著好友的名字。在沒搭乘EVA時，她並不是能無視他人話語的個性，但有哪裡還尚未清醒的意識，讓她只選擇去做她認為重要的事。

這是因為她搭乘的EVA(Heurtebise)本來是由管制機進行遙控操作，而為了讓駕駛員不抵抗替身插入拴

的控制，會讓她陷入恍惚狀態，也就是抑制腦部活動，讓她時常保持在淺眠的狀態中，這對遙控操作來說是很方便，不過當替身插入拴的自律程式像這次這樣陷入全面性的機能不全時，就沒有人能控制得了在擁有無限驅動時間的巨人之中作夢的少女。

然而有些事物，正是因為小光處於這種狀態才得以看見。

思考不只是在自己的腦中，還擴展到ＥＶＡ的意識上，讓她能在Heurtebise之中認知到當初在建造貳號機時，應該未能固定下來的明日香母親的存在，而最重要的是，如果她的精神狀態正常的話，是不會認為眼前的混濁存在是自己的朋友吧。

如今也只有她看得出來，眼前這個除了她以外沒人能看得出變化的土塊，會在她每次呼喚名字時產生些許反應。

——可是還不夠……缺了什麼？

『明日香，我該怎麼做才好？』

那個曾是貳號機的物體，曾是明日香的物體，以及曾是流入的生物資訊，就連集中在「憤怒」上的最後感情都因為滿溢而出的個體崩壞，在互相混合之下早已逐漸失去行動原理、失去形態、失去存在的意義。

「不知道那是什麼」的那架未定型泥之巨人，就連自己是經由漫長的旅程來到這裡的都想不起來，就這樣蹲伏起身軀。

『明日香，就算消失妳也無所謂嗎？妳難道沒有想見的人嗎？像是綾波同學、美里小姐，還有……碇同學——』

小光就像猛然想起似的開口：「碇同學……碇同學在這裡，我好像有看到碇同學的ＥＶＡ飛過來——啊，為什麼腦袋會這麼朦朧不清啊？」

這個朦朧的意識是ＥＶＡ的意識。

為了現在沒有發揮作用的洗腦操作，插入栓裡混雜著許多排線與裝置，小光就在這裡面搖了搖頭，張合著手掌重新認知自己的手，再度握起把手。

「感覺連自己的身體都好大喔——」她直到現在才認知到這一點。

在看到提高N^2反應器輸出的Heurtebise突然展開機翼，在Allegorica組件的鑽石空隙裡排列起重力子後，不知是何時靠近，想從外部重新啟動Heurtebise的德國ＮＥＲＶ工作人員們隨即落荒而逃，白色巨人在輕盈飄上夜空後環顧起四周。

在月光下有如月面般陰影分明的視野增感，在一根根有如ＥＶＡ般讓人看得很不舒服的岩石群之間，能看到不計其數的人們在動。

——這裡……是哪裡？直到這時，她才總算思考起自己的所在位置。

ＡＩ直接在小光的腦中回答情報。

『這裡是北非的摩洛哥——達德斯峽谷，近郊都市為包馬爾尼達德斯。』

只不過，地型資料已不一致。

小光下方的岩山被大範圍炸毀，直徑約兩公里的新生坑洞在複雜的地形中，製造出一道令人毛骨悚然的圓型黑影。

在軌道上繞行的同時，伸展到全長八萬兩千公里的朗基努斯之槍，以秒速九十公里貫穿了這顆行星。

從地球另一側飛出的長槍連同海洋轟飛上千公里範圍內的群島，掀起高達兩百公尺的海嘯襲向澳洲東岸，跟那邊相比，在這一側撞擊出來的坑洞算小的了。

小光所尋找的巨人就在那裡——跪在坑洞中央的巨大人影。

——連同地球一起被長槍貫穿，心臟慘遭掠奪的超級ＥＶＡ毫無動靜，在探照燈光中被無數條鋼索固定在地面上，聚集在上頭的歐盟工兵與技術士們用工具切割著插入拴區塊，噴濺著火花。

與劍介的意圖相反，美里並沒有離開這裡。她趁亂搶了一套歐盟軍的軍服，抱著卡特爾綾波潛伏在超級ＥＶＡ附近的岩石後面。

必須救出眼前的真嗣，而且也還沒找到特洛瓦綾波的下落。

然而，這裡的士兵們——不對，這些沒有澈底管制的群眾在做什麼？全都拿著手電筒在找尋「方舟」。

這可說是異常的光景。原本在遠方搜索亞拉拉特山等處的各國團隊也紛紛趕來，就連現在都還陸續有飛機抵達，而著陸失敗的機體就丟在一旁任其燃燒著。

飛機有如飛蛾般接連降落在這條火焰跑道上，並有半數成為新的燈火。

然後火光再度引來更多輕合金的飛蛾。

背對著火焰，群眾為了此時所追求的東西蠢動著。

人們帶著期待與焦慮的低聲呢喃混在一起，整體化為低沉的嗡鳴充斥此地，誰也不關心美里與卡特爾。

不久後，遭到歐洲軍隊擅自闖入的當事國聯合了非洲其他國家的軍隊趕來，在直射範圍內展開對峙，但最後卻演變成雙方一起搜索「方舟」的奇異景觀，沒有立刻爆發直接性的衝突。

據說是ＥＶＡ意念所形成的巨像群，就是像這樣聚集在這個場所展開舊世界的最終戰爭的吧，美里這樣想著。貪婪的人群此刻還沒開始相互廝殺，是因為關鍵的方舟被阿爾瑪洛斯移送

走，讓他們遍尋不著之故。

等天亮後士兵們也會察覺這點而恢復冷靜吧。但人們果然還是想活下去，這讓她對此深有所感。由美里攙扶著，意識依舊朦朧的綾波No.卡特爾忽然抬起空洞的視線。

——「咚！」的一聲揚起煙塵。

目前雖是夜晚，但由於月亮與地面太過明亮，所以誰也沒注意到升空接近的EVA EURO II Heurtebise，一雙白皙的腳粗暴地踏上地面。

「！」在Allegorica之翼有如低鳴般的不協調音之後發出吼聲，轟飛超級EVA周圍的人員和重機具。

Heurtebise抓住超級EVA，不顧一切地搖晃，把彷彿格列佛遊記中小人般爬滿巨人的士兵們甩掉，綁在上頭的鋼索也接連斷裂，在空中劃出弧形落在人們頭上，濺起鮮血。

美里感到毛骨悚然，因為無論是當事人或者周遭的人，都對這種慘狀漠不關心。

『碇同學！』外部揚聲器與所有頻率同時響起日語，就跟真嗣之前說的一樣，這架歐盟的白色EVA上搭乘著小光，美里現在可以確定這件事了。

而超級EVA——

『——碇同學！』

超級ＥＶＡ沒有動靜，雙眼上的遮罩也關閉了。

胸前那道連同心臟一起挖走的深洞貫穿至腰部。

美里也看得出來這是致命的損傷，讓她不由得踉蹌了一下。

「可是……可是還保有形狀……三次元座標消失所導致的崩壞爆炸也——沒有發生！」

她這樣說服著自己。

真嗣與超級ＥＶＡ是以兩者合為完整的一人這種不穩定的量子態存在著，其心臟——連結高次元的空間窗口，這個特異點，也是反過來將他們留在這個世界上的錨。在這個錨被奪走後，他們還能留在這個世界上的原因為何？

很遺憾的，實際上目前就只是在消耗臨死前的時間，而且也已即將耗盡，真嗣很清楚這件事。

被奪走的心臟並不是活體器官，而是將波動輸送過來的高次元之窗。即使遭到奪取，也會持續以量子跳躍形式向超級ＥＶＡ與真嗣輸送能量。

不過距離是愈來愈遠了吧，真嗣就在這數小時內迅速失去力量。

以前被卡特爾機的伽馬射線雷射燒死，與初號機共用一個心臟，在這個世界上重新構成的真嗣，並不具備人類一定會有的活體心臟。

他將手抵在不會跳動的胸口，維持著這個姿勢早就無法動彈。他知道自己的身體已經冷透了。

真嗣也喪失了表情，維持著輕淺的呼吸在等待死亡——而這也不遠了……

『碇同學——是你吧，雖然很亂來，但抱歉了！等下你可以對我發脾氣！』

小光擴張到以ＥＶＡ身軀思考的心理，注意到自己心中已有了能夠解決這種事態的解答。等回神時，Heurtebise的右手就已經抓住自己左肩上的懸掛架——

——嘎吱嘎吱嘎吱！『呃……啊！啊啊——！』

認識的人的慘叫聲，讓真嗣在一片漆黑，看不見外界的插入栓內忍不住問道。

就連自己有沒有好好發出聲音來都不知道。

「……副班長？是洞木同學嗎……？妳到底是……在做什麼——」

Heurtebise高高舉起將左肩的ＱＲ紋章——連同懸掛架一起扯下來的右手，然後將不斷流著鮮血的ＱＲ紋章，塞進超級ＥＶＡ胸前的穿刺傷口裡。

『班長——碇同學……！你去把明日香叫醒！』

是能量子傳送埠，也是擊敗真嗣的阿爾瑪洛斯鱗片的ＱＲ紋章，在這瞬間於超級ＥＶＡ體內朝著四面八方猛然伸出長針，讓自己與超級ＥＶＡ結合為一體。

『哇啊啊啊啊啊——！』

置身於死亡深淵的黑暗之中的真嗣受到更深的黑暗侵襲，感受到一股強大的力量遍及全身。但是作為代價，一股宛如漆黑之物強硬地撬開一根一根的血管，逐步闖入全身各個角落的痛楚和厭惡感讓他幾乎就要嘔吐。

「啊啊……啊啊啊啊啊——」

身體冰冷沉重卻逐漸充滿力量，這是奇妙且令人不寒而慄的感覺。

超級ＥＶＡ全身在ＱＲ紋章的汙染之下，身體組織逐漸改變了顏色。

「我的天啊……這樣一來豈不是——」

突如其來的發展嚇得美里渾身發抖，在她前方的超級ＥＶＡ開啟關上的頭部遮罩，大大地睜開雙眼。

在插入栓內突然展開的視野之中，真嗣最先看到插在自己胸前的ＱＲ紋章——「騙人的吧？喂！」

在前方看到的EVA EUROⅡ——左肩流著血的Heurtebise掀起旋風地轉身後，隨即發射陽電子步槍。

『不准碰她！』

接近光速的陽電子砲射向岩石臺地，從為了調查曾是貳號機的巨人而用起重機將之吊起的現場上空掠過。

這一槍只是牽制，所以小光特意打偏，不過還是讓好幾個人蒸發成為離子。幾座重機具失去平衡，讓被吊到半空中的混濁巨人從臺地上摔落到林立著巨人像的溪谷裡。

『明日香！』

「洞木同學，妳這是在叫誰！」

他不知道小光這樣吶喊的用意。但比起自己目前的狀況，真嗣更加在意著那個名字。

混濁巨人墜入手電筒的銀河之中，讓人們手中的星光有如波浪般的一哄而散。

有星光飛起，也有星光熄滅。

瘋狂的祭典就從這裡開始。當混雜得就像是泥團一樣的巨人蹣跚站起後，一旁林立的岩石像就突然變了模樣。

「那是什麼……原生動物？」美里看起來像是這樣。

只是大小跟原本的岩石——ＥＶＡ差不多大，在翻倒後就被自身的體重壓垮，一面濺撒著體液，一面吃起周遭滿滿的士兵（人類）。

這種情況接連發生。

岩石像變化成本來要用放大鏡或顯微鏡才能勉強看見，而且還是已在過去滅絕的各種生物，以需要抬頭仰望的大小充斥於整個谷底。

還陸續出現中途變成其他生物的個體，讓人們被比鯨魚鬍鬚還長的纖毛捲起絞碎，被帶有消化液的表膜吞噬等各種方式吃掉。逃生路徑有限的谷底幾乎無處可退，人們四處逃竄，互相推擠，轉眼間就陷入恐慌。

儘管也有人開始以槍械應戰，但對手的體積實在太大了，這麼做又有什麼用啊。

能看到泥之巨人走在岩石的巨像群之間……就在這時，真嗣彷彿看到了一道紅色人影在岩石巨像間晃過。

「明日香……」

用ＱＲ紋章以很過分的方式重新啟動的超級ＥＶＡ，已經朝著能從坑洞裂縫中看到的巨大生物遊行隊伍奔馳而去。

在被直徑膨脹的月球所照亮的瘋狂之中，Heurtebise裡的小光目送著他離去。

「碇同學，你要把明日香叫醒……我……我就——真不甘心呢。」

超級ＥＶＡ縱身躍入過去世界的巨像森林之中。

追逐著那架有如泥團般不定型的巨人。剛才看到的會是錯覺嗎？

不過，真嗣還是有些遲疑地喊出那個他原以為不會再次呼喊的名字。

『……明日香。』

被叫喚的巨人抖了一下作出反應後，就像逃跑似的跑了起來。

『咦？——等等！』

當那個巨人避開超級ＥＶＡ伸出的手，奔跑在林立的巨像之間後，巨像群就開始再度變化成巨大生物。

超級ＥＶＡ正要推開的巨像突然變成一隻超乎常理的巨大三葉蟲，以波浪般整齊劃一的複足纏上，為了滿足被封印了上億年的欲求而緊咬著真嗣不放。

「讓開！」

當真嗣踢開牠的腹部時，那隻三葉蟲已變成其他的節肢動物摔在地上。

地面上的士兵們就算想逃也逃不了。

因為這是在黏菌散布著孢子，巨大生物透明的心跳有如爆炸聲響巨大，無處可供人逃跑的溪谷之間，忽然有奇怪的巨大生物與損壞倒塌的岩塊從天而降。

等注意到時，巨人與超級ＥＶＡ的大腳就從夜空之中落下，在奔跑過去的同時踢飛人類與各種物品，而且無法預測接下來它們會在哪裡著地。

超級ＥＶＡ將纏在頭上的水母從內部撕裂，讓數百噸的明膠物質撒落谷底。

真嗣的眼睛現在就只看得到跑走的巨人背影。

超級ＥＶＡ衝進大小異常的古代生物群裡。

整座溪谷已漸漸成為神造作品的博物館。

展覽的主題會是什麼？──

過去世界的大量生物資訊之前在明日香與貳號機之中激起洶湧漩渦，跟著她們一起漸漸化為毫無意義的灰色混沌物體，而現在則是接二連三流入周遭的新容器──充滿這個場所的舊世界最終戰爭的ＥＶＡ意念石像裡，紛紛變化為各自心目中的模樣。

撥開這批巨大的生物群，真嗣追逐著那個往中心移動的身影。

「……速度……」

每當所追逐的那道身影釋放出生物資訊，速度就跟著加快，動作也變得愈來愈靈活。

──呼吸──喘不過來──

彷彿胸口裡被塞入了乾冰。像著火似的又熱又冷。

ＱＲ紋章、阿爾瑪洛斯鱗片。真嗣雖然正在奔跑著，但是卻有種沒有進入視野的後方一切，

全都化為黑暗朝自己追來的錯覺。

不對，感覺是真的被吞噬了。與流入的巨大力量作為交換，一股十分嚴重的強迫念頭不准他停下腳步。

這股黑暗不是惡意也不是敵意，也不是意義或思想之類的恐怖。

要舉例的話，這就像是四季、自然、宇宙，一旦掉以輕心就會毫不遲疑地殺過來的，美麗卻殘酷的天之法則的恐怖。這就像是巨大時鐘的齒輪一樣運行著，絕不會顧慮個體的情況，就只是無情且正確地記錄著世界的結構。

「……啊。」

——好像明白黑暗的真相了——

這是自己的無力感。最初被植入QR紋章的綾波零No.卡特爾在自我覺醒後所引發的恐懼情緒，他如今也體會到了。

——我或許……也很不妙啊——

儘管心裡這樣想，但他現在有著要追求的事物。

現在驅動著真嗣的是——

「明日香！」

呼喊著她的名字。就只有這件事。

岩石像改變模樣，裸子植物的樹幹高高長起。

每當過去的生物資訊從曾是明日香的物體，曾是貳號機的巨人身上湧出，流入周圍的巨像之中取回自身模樣時，那道奔馳的身影就變得更加美麗。

紅色身影再度晃過視野。

當眼前的巨人穿過岩石之間時，那分明的面容、玲瓏有致的輪廓就不時會染成紅色，接著褪色——然後再度染成紅色。

一口氣伸長——伸得太長的超巨大蕨類植物開始倒下，伴隨著嘎吱嘎吱的斷裂聲，朝著代表人類在地上逃竄的光點壓過去。

所追逐的身影在從上頭躍過去後，逐漸變成熟悉的模樣。

熟悉？我是第一次看到這種東西吧。

就連在它身後飄揚的是翅膀還是頭髮都不清楚。

不知是人還是ＥＶＡ，那嬌媚的體態也像是穿著戰鬥服的明日香。

——沒錯，愈來愈接近她的曲線了。水蛇腰下的翹臀隨著韻律擺動著，纖細的腳踝有如彈簧般的讓腳尖攫住地面，然後用力踢開。

『明日香，等等我！』

對了，在學校，在總部——總是待在自己身邊，要是不小心偷看起她，可能會讓她更加生氣。最後一次親眼看到見明日香，是要跟綾波零No.珊克一起前往月球進行武裝偵察，準備升空時的戰鬥服模樣……

忽然覺得眼前跑動的那道身影，會不會是自己異常的心理所產生的幻影。

明日香在越過界面前往月球時失蹤了。而發誓要將她救出的自己卻無法實現誓言，敗在阿爾瑪洛斯手下——我有追逐她的資格嗎？

古代魚群在去路上滿溢而出，有如波浪般一面痛苦彈跳著，一面驅散地面上的光芒，吃著周圍的人類與物品。用膝蓋突破魚群前進的超級ＥＶＡ放慢了步伐。

『距離拉開了！』

小光的聲音打掉了他的迷惘。

『別管這麼多了，快追上去！相對地，你一定要抓住她啊！』

沒錯，不論是神、惡魔，還是什麼都行，既然肯再給我一次機會的話——

真嗣追過爬上來的兩棲類，越過丘陵。

『明日香！』

當她的身影衝進岩石之間穿越過去時，那塊岩石就變成一隻巨大恐龍，從側面以低角度衝撞過來，把重心高的超級ＥＶＡ撞飛到岩壁上。
然後張開另一種肉食恐龍的嘴巴長滿尖牙咬來，儘管一度將牠打退，但是當那條長脖子轉了一圈再度咬來時，尖牙已經變成鳥喙——
「啊！」左眼被啄瞎了。
——絕對領域沒有確實發揮效果！
或是說，無法理解ＱＲ紋章的護盾概念，所以沒辦法澈底防禦住——只不過——
——這又怎麼樣！現在這種事怎樣都無所謂。
『……明日香！』
當真嗣抓住恐龍的脖子扭斷頸椎，勉強把那隻恐龍摔出去時，他就在高聳的被子植物叢中追丟了那道身影。
當他這樣感覺時，那股「黑暗」就一口氣吞噬掉真嗣的半身——
『明日香！妳在哪裡？』
超級ＥＶＡ的巨大身軀撞上岩壁，就像是要逃離黑暗似的找尋著她的身影。
但是卻遍尋不著。一口氣異常生長的植物群從綠葉一齊轉為紅葉，葉片泛紅，掉下足以讓真嗣看不見去路的大量落葉。
結果是這樣啊——

『我已經受夠妳不知道消失到哪裡去了！明日香！不要離開我！』

真嗣就像個鬧彆扭的小孩般叫喊，跌跌撞撞地踉蹌走著——

然後在繞過岩石的對面——

——她就在那裡等待著。

那是有著明日香姿態的巨人，也像是與ＥＶＡ混合的明日香。

將混在自己身體裡的大部分累贅卸下，剝掉最後貼在身上的表層後，露出全身赤紅的軀體。

真嗣他——就像迷路的孩子找到母親似的，不像話地哭了起來。然後，像是要遮掩哭泣，也像是感到困惑的呵呵笑了起來。

『什麼嘛，自己說要塗成月球的顏色，但果然還是紅色比較好嗎？』

——轟隆！——超級ＥＶＡ癱跪在地上。

紅色巨人伸出右手，真嗣抓住了那隻手。

埋在溪谷裡的悔恨巨像幾乎都變成了巨大生物，讓這裡沒有留下任何景觀的痕跡，而這些生物也都在天亮之前被自己的體重壓死。

從誤以為是永恆的「方舟」之中獲得解放，結束這短暫一夜的生涯後，這些巨大身軀就與遭到蹂躪的人們一起倒臥在地球的大地上。

這場生物的祭典，就伴隨著太陽東升，瘋狂的月亮西沉後閉幕。

■小光歸來

NERV JPN借用兩架聯合國軍的巨人運輸機，走空路前往非洲摩洛哥需要十六個小時。在航程中，已經沒有任何一處的天空看不到極光了。在地球全體的異常狀態持續之下，就連在高空中都有著高電位，一架伴隨的中型機就在應該能避開雷雲的晴天下遭到雷擊，導致機體故障，不得不脫離運送隊伍。

而最讓人毛骨悚然的，是在上空看到從新疆維吾爾自治區到哈薩克一帶，以吉爾吉斯為中心的大地超乎常理的大範圍下陷，而從周邊擠來的大地皺褶則將地上的一切吞噬殆盡。

這附近自古就是大規模地震頻傳的地帶，是世界上唯一在板塊下方有地函對流下沉的場所，被視為是超級冷地幔柱。而歐亞大陸之所以會這麼巨大，本來也是假設被如果這個排水孔吸入的地函是水，那麼名為板塊的葉片就會順著水流聚集在這裡的緣故。

地函原本類似堅硬的岩石，不會以這麼快的速度流動，但是在地球內部物質的持續消失之

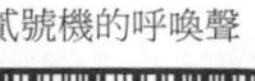

下，讓應該具有高黏性而緩慢流動的地下結構，變成一旦開始流動就會失去黏性，有如蜂蜜般止不住地往地球深處滑落，然後消失無蹤。

儘管由於NERV JPN代理副司令的職務，沒辦法說出口。

——但這是人類有辦法處理的問題嗎……如此誇張的慘狀讓冬二不得不在內心裡抱頭苦思。目睹到這一幕的工作人員大概也都是這麼想的吧。

他們的目的地非洲摩洛哥，剛好是這架巨人機剛好不用加油就能抵達的距離，不過要在非洲這裡取得歸還用的燃料，就因為受到世界災害的影響而不太樂觀，不得已只好高舉著聯合國義務的名義要求歐盟支援。

歐盟各國雖然面有難色，但讓人驚訝的是，在提出派遣負責人NERV JPN代理副司令鈴原冬二的名字後，就有好幾國的空軍自行派出空中加油機過來提供協助。

這是因為以前歐盟方假借聯合國軍的名義，打算以混合航空聯隊攻打箱根NERV JPN的強攻計畫中途挫敗，導致許多歐盟軍機接連墜落在北海道至北陸的群山之中。冬二當時在山野之間奔波指揮救援生還者，並護送他們返回歐盟的行為，讓受到救助的他們記住了這名「說著奇怪日文的日本人」，所以打算向這名高中生報答恩情——不對，是償還人情。

「這就是所謂做好事同時也是為了自己嗎？」

在巨人機中的臨時戰情中心裡，戰自機動兵器AKASIMA的指揮官春日二佐，是駕駛員遠藤准尉的長官。他看著冬二盯著螢幕的臉說道。

「請別再說了。」冬二會不高興地別開臉，是因為被他說中了。

當時的冬二是「特意這樣做的」因為得知小光是EVA EURO II的駕駛員，所以為了與歐盟方建立關係而積極行動著。

嗡地一聲響起警報後，駕駛員以英文告知即將抵達當地上空。目前阿特拉斯山脈的騷動已姑且平息，歐盟軍與非洲聯軍互相拉開距離布陣。

NERV JPN能在這種時候來訪，是在政治上已經取得聯合國與當時國家之間的雙方同意，而非洲方的戰鬥機也在不久前擔任起航空聯隊的直接掩護。

當地似乎發生了不少事情，儘管不是完全沒有突然發生危險的可能性，但如今不論歐盟方還是非洲方都在忙著護送彼此的傷患。

冬二周遭也開始準備降落，人們匆匆忙忙地移動著。

「春日先生，就麻煩您了。」

聽到冬二這樣說，讓春日微笑起來。

「畢竟家人被你們抓去當人質了呢，不論是要我聽從指示，還是要我隨機應變，我都會確實做好的。」

「咦，你是說家人嗎？」——那是狗吧……

兩架巨人機的其中一架，一號機的貨艙裡裝載著三個貨櫃與AKASIMA。冬二會請求戰自的AKASIMA支援，是因為當總重量高達四千噸的超級ＥＶＡ在沒有設備支援的崎嶇地面上翻倒時，要是不借助這架反使徒用的機械巨人之手，能在短時間內回收機體的手段就很有限。

不對，是還有一個方法，那就是讓唯一平安留在軌道上，處於凍結狀態的０．０ＥＶＡ希絲機降落，但要是這麼做的話，綾波零No.希絲就得離開箱根。

「安土、茉茉。」在NERV JPN總部設施的小型庭園裡，被小不點綾波零No.希絲叫喚的兩頭黃金獵犬走了過來。

大型犬的接近，把待在希絲附近的三臺Ｎ型監視機器人嚇得發抖，就跟往常一樣在希絲背後排成一列試圖躲藏起來，但這次的對手有兩頭，幾乎沒有死角可以躲。

在明白這點後，它們就卑鄙地把僚機往狗的方向推，採取將夥伴當成肉盾的策略。

無視於這醜陋的鬥爭，希絲摟著兩隻大狗狗的腦袋，一副心滿意足的模樣。

希絲是冬月作為代理司令代管的留守部隊先鋒，作為目前唯一留在NERV JPN總部的EVA——F型零號機的駕駛員，待在這裡就是她的工作。

「握手！——不對，那是頭。」

雖是基於這種意圖向戰自請求機動兵器AKASIMA的海外派遣與支援，但沒想到請求一下子就通過了。似乎是漏掉了大部分湖水後的蘆之湖底部浮現了什麼東西，讓日本政府提議與NERV JPN進行聯合調查——哎，利益交換是很重要吧。

——嗶！蜂鳴器響起，是第一陣的降落訊號。

降落到的地面上有著難以形容的光景。

冬二摘掉口罩，在駕駛艙裡環顧四周。

打開座艙罩的N²側衛戰機從地面效應巡航模式切換成腳部機動模式，將機翼摺疊收起後，緩緩降落到AKASIMA旁邊，關閉引擎。

同時也是EVA 02 Allegorica的Allegorica之翼力場懸浮試驗機的這架機體，是冬二在獨自前往遠方時的代步工具——

「不過沒有廁所，沒有床鋪，也沒有冰箱呢——嗨！」

他向朝著自己走來，左肩染成一片血紅的白色巨人打著招呼。

『好久不見了。』那架歐盟的Heurtebise用小光的聲音回應。

「狀況如何？」

『算是馬馬虎虎……吧。』

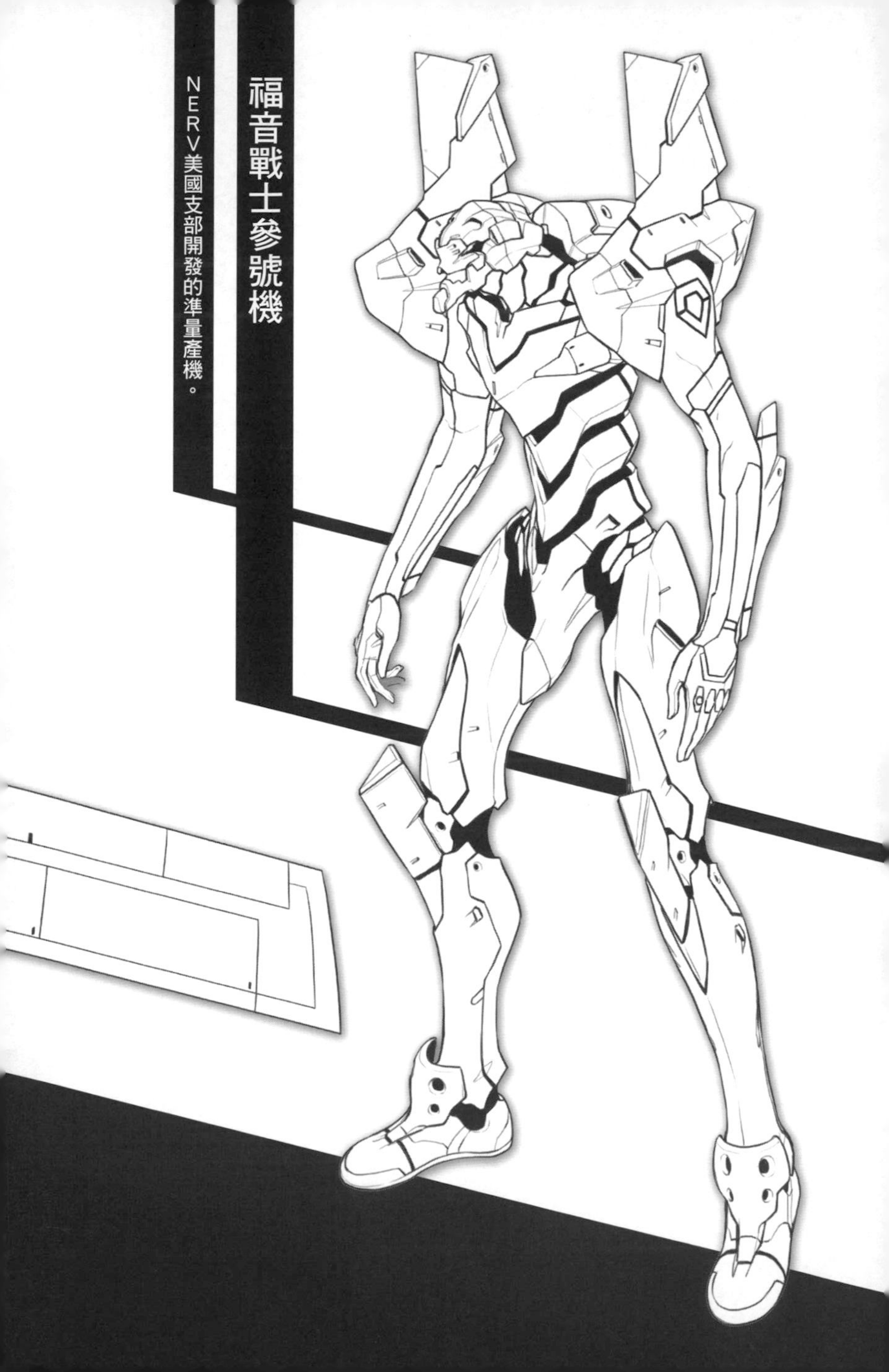

福音戰士參號機

NERV美國支部開發的準量產機。

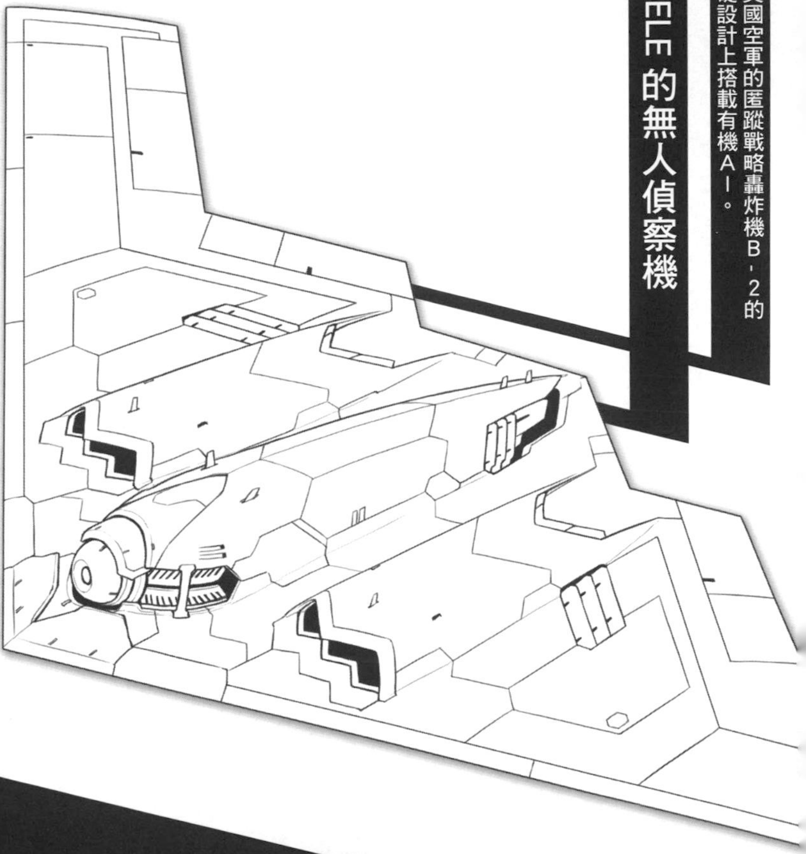

SEELE的無人偵察機

在美國空軍的匿蹤戰略轟炸機B－2的基礎設計上搭載有機AI。

ILLUSTRATION: 間垣リョウタ

POSTSCRIPT

是的，這是《新世紀福音戰士 ANIMA》第二集，收錄了電擊 HOBBY MAGAZINE 二〇〇九年九月號到二〇一〇年十月號所連載的故事。
該怎麼說才好，當 EVA 的故事離開箱根周邊後，就突然變得不像 EVA 了。況且還是跑到海外去的故事，虛假感也太重了！——在有人這樣講之前，我就先寫出來了。
北非摩洛哥的達德斯谷——當地人口中的「人體之谷」是實際存在的。雖然沒有人型岩石，但很久以前曾在民營電視臺的旅遊問答節目裡，看過這座有著許多內臟外型岩石的紅色溪谷，不過當時是被當地人使用的形狀跟尖帽子很像的豬肉烹飪器具所吸引。就是日本也曾盛行一時的塔吉鍋，但這一點也不重要就是了。

新世紀福音戰士機體設計　山下いくと

國家圖書館出版品預行編目資料

新世紀福音戰士ANIMA / カラー原作 ; 山下いくと作 ; 薛智恆譯. -- 初版. -- 臺北市 : 臺灣角川, 2020.02-

冊 ;　公分

譯自 : エヴァンゲリオン ANIMA

ISBN 978-957-743-555-2(第2冊 : 平裝)

861.57　　108021213

Kadokawa Fantastic Novels

新世紀福音戰士 ANIMA 2

（原著名：エヴァンゲリオン ANIMA 2）

2020年2月20日 初版第1刷發行
2024年6月17日 初版第3刷發行

作　者：山下いくと
原　作：khara
企劃、編輯：柏原康雄
譯　者：薛智恆

發行人：台灣角川股份有限公司
總　監：呂慧君
總編輯：蔡佩芬
主　編：林秀儒
編　輯：邱璟萱
設計指導：陳晞叡
美術設計：吳佳昫
印　務：李明修（主任）、張加恩（主任）、張凱棋、潘尚琪

發行所：台灣角川股份有限公司
地　址：104台北市中山區松江路223號3樓
電　話：（02）2515-3000
傳　真：（02）2515-0033
網　址：www.kadokawa.com.tw
劃撥帳戶：台灣角川股份有限公司
劃撥帳號：19487412
法律顧問：有澤法律事務所
製　版：尚騰印刷事業有限公司
ISBN：978-957-743-555-2